おとうさんは同級生

澤本嘉光

おとうさんは同級生

カバーアートディレクション　佐野研二郎（MR_DESIGN）
デザイン　市東　基（MR_DESIGN）

1

「ちょっとご挨拶《あいさつ》に来た！」

ドンドンドン、と、鉄板を拳《こぶし》で殴りつける大きな音とともにしゃがれた声が響いた。

五十歳くらいに見えるいかつい男が、駅前の商店街の一角にあるビルの真っ黒な鉄のドアを激しく叩《たた》いている。

「うるさいな！」

強面《こわもて》の男が二人、ドアを少し開けて顔を出し、

「誰だお前！」

とドアを叩き続ける男を威嚇した。

「はなしましょう」

角刈りのいかつい顔の訪問者は丁寧に答えた。

「用件聞いてるんじゃねえよ、名前聞いてるんだよ！」

よくもまあこんなに怖い顔に生まれたもんだと言いたくなる、鬼のような形相の男が怒鳴りつけた。

しかしこの訪問者は全くひるまない。

「だから、はなしましょう、だ。用件も名前も」

「はなしましょう？」

「そうだ」

「はなしましょうって、名前が？」

「ハナは咲く花、シマは海に浮かぶ島、ショウは飛翔《ひしょう》の翔」

「花島翔？」

「そう。で、用件も、話しましょう」

「ふざけてんのか？」

「お前の顔のほうがふざけている。福笑いかと思ったぞ」

「なんだと！」

鬼の顔が怒りで赤鬼みたいになった。

「お前たちの組長さんに話があって来たんだよ」

花島翔、と名乗った男は、ポケットから一枚の小さく折り畳まれた紙を取り出すと鬼たちの前に開いて差し出した。

「送られてきたこのメールのことでな」

折れ筋だらけの紙は、一通のメールをプリントアウトしたものだった。

「メールのことならメールで返事しろ。それがメールってもんだろ」

翔が差し出した紙を突き返して赤鬼が怒鳴る。

もう一人、比較的穏やかな顔をしているものの やはり鬼のような形相の男が、

「いちいちお前みたいなおっさんに会う時間は組長にはないんだよ、馬鹿」

あきれたように笑いながら、少し開いていた黒い鉄のドアをいきなり閉めようとした。

その時。

花島翔と名乗った男は予想外の行動に出た。

閉まるドアに頭を突っ込んで挟んだのだ。

「なにするんだ……誰なんだこいつ」

赤鬼たちは真っ青になった。

この男、普通じゃない。

ドアに挟んだ頭をぐりぐりとねじ込みながら花島翔は、

「はなしましょう」

と繰り返す。

「……痛くないのか？　このおっさん」

鬼たちは眼前の狂気に激しく動揺した。

「あいにく、生まれもっての石頭でね。頭も固いし、考え方も固いって言われてる」

翔は頭から部屋の中へとグサリと入り込もうとする。

「お前、ここが日横《ひよこ》組の本部とわかってしているのか！」

鬼たちの泣く子も黙る威嚇も、この男にはまるで効果がない。

「その日横組の組長さんに文句があって来たんだよ！」

と鬼たちを睨《にら》みながらついに翔は全身をねじ込み、

「こんにちは！　毛飯会《もういい》です、こんにちは！」

と叫びながら、ひるんだ鬼たちをゴン！　ゴン！　とお辞儀のような二回の頭突きで昏倒《こんとう》させた。

「ご挨拶だ！」

と言い捨てると、頭を抱えてうめいている二人の鬼を置き捨てて翔はずんずん事務所の中へと進んでいく。

騒ぎを聞いた日横組の組員たちが続々と玄関の方へ集まってくる。

「組長に文句があって来た。会わせてくれ」

翔は進路に群がる組員たちを見渡しながら低い声で話した。

「どんな文句だ？」

サングラスをかけた一九〇センチはあろうかというスキンヘッドの男が立ちはだかった。

翔は右手に握っていたプリントアウトしたメールをサングラスの真ん前に高く突き出した。

「これ引退勧告だそうだ。うちの組長への。なんだこれは？」

それは日横組の本郷組長から毛飯会の松野組長へ昨日送られてきたメールだった。

その場にいた皆がくすくすと笑った。

「なんだこれは？　って、いま自分で言ったじゃないか。引退勧告だろ。引退して、俺たち日横組と合併しろっていう」

スキンヘッドの男の言葉の通りそのメールには、毛飯会は日横組と合併して日横組の傘下に入ること、松野組長は引退して組長を日横組の人間にすること、駅前商店街の再開発のため反対派住民を立ち退《の》かせることに協力すること、と書いてあった。

「言うこと聞くほうが、お前らの組のためだぞ」

スキンヘッドの男は鼻で笑いながら言い放った。

「今や、お前たち毛飯会は日横組の敵ではないからな」

実際、日横組と毛飯会の関係は、アメリカでＭＢＡ（経営学修士号）まで取得してきたインテリの本郷が日横組の組長になってから急変していた。本郷組長は、義理と人情というかつてのヤクザの精神世界とは真逆の徹底して合理的な暴力団経営を導入し、欲しいものは力とカネで手に入れるという、情など全くからまない近代的な暴力組織としてどんどん日横組の勢力を拡大してきた。

一方の毛飯会は、情を何よりも大事にする昔ながらの組織。時代にとり残された感も強く、今ではパソコンもうまく扱えない数人が残るだけになってしまっている。

「あんたのとこの組長さんに言わないとこっちの気がすまねえことがあるんだよ。だから会わせてくれ」

翔は軽く頭を下げた。

「組長はお忙しい方でな、お前みたいなおっさんに会うような時間はないんだよ。痛い目に遭いたくなかったらとっとと帰れ！　何かあるならメールでお伺いしろ！」

二十人近い組員がジリジリと近づいてくる。翔は、

「メールは指が太すぎてうまく打てないんだよ！」

と怒鳴った。

嘲笑《ちょうしょう》が日横組の組員たちから漏れる。

「仕方ねえ、な。伝えなきゃ帰れねえんだよ。組長命令でな」

翔はプリントアウトしたメールをゆっくりと折り畳んで胸ポケットにしまうと、

「ご挨拶だけでもさせていただく」

と言うやいなや、前に並んだ日横組の組員たちに、突如、

「こんにちは！」

とお辞儀のような頭突きで再び襲いかかった。

不意を衝かれた数名の組員が瞬時にこの頭突きの餌食《えじき》になった。

翔はさらに、

「挨拶すれば友達増えるよ！」

と叫びながら次々と頭突きをする。

混乱した現場に、

「こんにちは！」

という声が響くたびに鈍い衝突音がし、一人ずつ、日横組の組員が頭を抱えて昏倒していく。

「こいつ、狂ってる！」

怖い。命を惜しまない人間と、言っていることの意味がわからない人間ほど怖いものはない。

この男は、両方だ。

「なにするんだ！」

叫ぶ日横組員たちに、

「コミュニケーションだ！」

と翔は暴力的なお辞儀を繰り返しながら叫んだ。

「お前、コミュニケーションの意味、間違えてるだろ！」

スキンヘッドの男がひるみながら叫ぶと、翔は、

「コミュニケーションはご挨拶から！」

と叫びながら、

「こんにちは！　こんにちは！」

と壮絶なお辞儀を続けた。

「待て、話そう！　話し合おう！」

慌てたスキンヘッドの男が花島翔に訴えたが、

「言葉じゃわからないからこんにちは！」

と止まらなくなった水飲み鳥のように頭を縦にゴンゴン振り続ける。

「待て！　話せばわかる！　おい！」

「わからねえ。だから話す必要ねえ」

「お前、名前はたしか……」

「はなしましょう、だ！」

「矛盾してるじゃねえか……」

と言い終わらないうちに、翔の頭突きがスキンヘッドの脳天に炸裂《さくれつ》した。

昏倒したスキンヘッドに翔はプリントアウトしたメールを胸ポケットから取り出して突きつけながら叫ぶ。

「組長に伝えろ！」

「わかった。何を伝えればいいんだ」

朦朧《もうろう》とした意識の中でスキンヘッドは尋ねた。翔は、

「このメールの内容はお受けできねえ！　と、お伝えください！」

と急に丁寧な言葉遣いで絶叫した。

「かしこまりました」

こちらも丁寧に返事をしながら、スキンヘッドは翔に渡された紙を片手に、奥の部屋にふらふらと走っていった。

結局、その場にいた二十人前後の日横組の組員を、翔は頭突きのみでのばしてしまった。

「運動したら腹減っちゃったじゃないか！」

そう言いながら、翔は胸ポケットに入れていたゆで卵を取り出して、その場で頭で、コンコンと割って殻を剝《む》き始めた。


花島翔が帰ったあと、奥の部屋からイタリア製の高級スーツに身を包んだ本郷組長がまだふらついているスキンヘッドを伴って現れた。

とてもヤクザには見えない。立派なビジネスマンのようだ。

本郷組長は、組員たちがうずくまるフロアを見渡して、床に散乱した卵の殻を拾いながら、

「ずいぶんと立派な挨拶だったみたいだな」

と感心したようにつぶやくと、翔が残していったプリントアウトしたメールに目を通し、

「こうなれば力ずくで潰《つぶ》さないといけないようだな、毛飯会を」

と、持っていたパソコンを開いて何やらメールを打ち始めた。

2

「馬鹿者！」

松野組長は翔を大声で叱《しか》った。

「暴力では、何事も解決しないんだ。暴力反対！」

そう言いながら松野組長は持っていたステッキで翔の頭を叩いた。

翔は、これはまさに暴力じゃないかと思いながらも、

「すみません、親父さん」

とひたすら謝った。

この人の言うことは絶対で、どんな矛盾や無理があっても従う。それが、翔にとっての松野組長という存在だった。

本郷組長とは正反対の、義理と人情の人、である。毛飯会の紋章は、丸。裏の世界にいながらも常に明るく世の中の人々を照らしていきたいという松野組長の気持ちを紋章にしたものだ。その証拠に、身寄りがなかった自分を拾って育ててくれた。極めて感情的だが何より情を大事にする人間らしさに翔は心酔していた。

「お前の石頭で日横組を本気で怒らせてしまったみたいだな、翔。厄介なことになった」

松野組長は日横組へのご挨拶でできた翔の額の小さなたんこぶをステッキの先で突《つつ》きながら続けた。

「駅前の再開発は奴らにとって重要な問題だ。商店街を立ち退かせてデパートを増築すれば、奴らの稼ぎも増えるわけだからな。商店街と昔からのつながりのある俺たちの存在は邪魔で仕方がないところに、今回お前が奴らを完全に怒らせてしまった。うちの組に対する攻撃は、ますます強くなるだろう」

「すみません」

「本郷は冷徹な男だ。こちらの弱点ばかりを狙《ねら》ってくるに違いない」

「親父さんのボディーガードを五人に増やしましょう」

「そうしたら残りが事務のおばさんしかいなくなっちゃうじゃないか！」

「大丈夫です。おばさんがある意味一番強いですから」

「……情けない組だ」

松野組長は大きなため息をついた。

「親父さんを守らないと」

「俺のことはいい。心配なのは、俺の家族だ」

「安心してください。奥さまはきちんとお守りいたしております」

「いや、妻じゃない。実はな……」

松野組長がちょっと言いづらそうに翔を手招きした。

「なんでしょう」

翔は耳を松野組長の口元に寄せた。組長が、ほとんど聞こえないような声でささやいた。

「実は、隠していたが、孫がいてな」

「え、お孫さんですか！」

松野組長は慌てて翔の口を塞《ふさ》いだ。

「妻にも内緒なんだがな。いろいろ事情があって、いま高校三年生の女の子がいる」

「奥さまもご存じない孫……」

「事情は聞くな」

「はい。聞きません。で、どういう事情ですか？」

「聞くなと言ったばかりだろ！」

翔の耳元で松野組長が大声で怒鳴った。

「すみません」

翔は耳鳴りに耐えながら謝罪する。

「その孫娘を狙われるのが一番怖い。内緒だから妻にも相談できないし。第一バレたら妻が日横組以上に怖い」

「奥さまが……お察しいたします」

そう言ったものの、翔には妻がいない。正確に言えば、十八年前まではいたのだが、ある日、

「あなたといるとムカムカする」

と言い残して出ていってしまった。

ましてや、翔には子供も孫もいない。松野の本当の気持ちなどはわかるはずもないのだ。高校生、と聞いて翔は、去っていった妻との間にもし子供がいたらちょうどそのくらいの歳《とし》だろうな、とぼんやりと思った。

松野組長は、困った顔をしながらポケットからまた別のプリントアウトしたメールを取り出した。

「本郷組長からまたメールが来た。これがそのメールだ」

松野組長は毎回メールをプリントアウトして読む。どう見ても情報化に全く乗り遅れているのだが、本人曰《いわ》く、手紙は紙に書いてあるから手紙だ、という理由らしい。

「何が書いてあるんですか?」

「そろそろお孫さんとののんびり暮らされたほうがよくないですか? お孫さんも貴殿も来年春の高校の卒業式には元気に出たいでしょ?」

「脅迫じゃないですか?」

「妻も知らない孫のことを、何故か日横組が知っている」

「なんですって!」

「このことを知っているのは学校でも校長と教頭だけのはずなんだが」

「では、お孫さんの身辺に危険が!」

「そうだ。安全と思っていた学校の中が一番危ないようだ。学校の中ではおおっぴらに警護もできない」

「お孫さんが心配です」

「そこで、だ、翔」

嫌な予感がした。

松野組長の「そこで、だ」のあとに続くのはたいてい翔には大変な任務ばかりだからだ。

「なんでしょう?」

「翔、お前、責任をとって孫娘のボディーガードをやれ」

（なんだ、そんなことか。もっと無理難題かと思った）

翔は安堵《あんど》して、

「お安い御用です。お任せください」

と気軽に返事をした。

しかし、そのあとに続いた言葉に翔は耳を疑った。

「よし。お前、早速明日から、高校三年生だ」

高校三年？　俺が？

「どういうことでしょう？　ちょっと理解ができません。なんせ石頭なもので」

事情を呑《の》み込めない翔は眉間《みけん》にしわを寄せながら尋ねる。その深いしわに蚊が足を挟まれて飛べずにもがいている。

「学校にはボディーガードは入れない。入れるのは生徒だけだ。孫娘から一時《いっとき》たりとも目を離さないためには、お前が高校生になるしかないだろ」

「しかし、この年齢で、この顔ですよ……」

「そんなものあとからなんとでもなる！」

なんとでもならないだろ、と思う間もなく組長の指令は続いた。

「とにかくお前は孫娘を守り抜くんだ！　同級生として！」

どんな無理な、理不尽な命令でも松野組長のためなら聞く。翔が自分に課した掟《おきて》だ。しかし、これは今までで一番理不尽な命令だ。さすがに無理がある、四十五歳の自分が現役の高校生なんて。

返事を躊躇《ちゅうちょ》している翔に、松野組長はイライラしながら大声を上げた。

「お前は高校に戻るくらいがちょうどいいだろうが！」

翔は松野組長の剣幕に一歩後ずさりした。

「お前、俺の家で妻の作った手料理食べたとき、妻になんて言ったか覚えてるか？」

過去の記憶をほじくり出して松野組長が翔に迫る。

「ああ、あの肉じゃがの時は……」

翔の言葉を遮って短気な松野組長が大声で言う。

「『絶体絶命のおいしさです！』だぞ！」

「はい……」

「それ、ピンチじゃないか！　絶命だぞ！　食べたら死んじゃうじゃないか！」

「そうもとれますね」

「そうとしかとれない！」

「絶対を強めようと……」

「絶命っていうのは命がなくなるってことなんだよ。殺人料理だぞ。おかげでお前が帰ったあと、不機嫌になった妻に俺が絶命させられそうになったじゃないか！　お前、学校でなに習ってきたんだ！」

「いえ、特に……」

「馬鹿者！」

「はい、そうです」

「素直すぎる！」

「すみません」

今は何を言っても怒られる。

「いい機会だ。孫娘のボディーガードをすると同時にきちんと基礎から物事学んでこい！」

「は、はい」

「とにかく俺の可愛《かわい》い孫娘を日横組から守るんだ！」

この剣幕には、はい、としか言えない。

「入学は明日、転入生という扱いだ」

「ちょっと待ってください。……本当に高校生になれということですか？」

「小学生よりましだろ」

「いえ……でも、私、今年四十五歳で」

翔の声が困惑で裏返った。

「学問に年齢は関係ない」

「それはきれいごとで」

「きたないことよりよっぽどいい」

「しかし」

「ニュートンも言ってる」

「本当ですか？」

「知らん！　とにかく十七歳で通せ。はい、お前は今から十七歳」

松野組長はポン、と手を叩いて強引に決めようとした。

「通せって……さすがにこの顔で十七歳は無理だ……」

「無理だ、という言葉は、なかったことにする」

松野組長は眼光をさらに鋭くして言い放った。

「なかったことにする」は、松野組長の口癖だ。

「わかったな。翔、お前は明日から十七歳だ」

「どうすれば……」

「あとは、力でねじ伏せろ」

松野組長のドスの利いた声が響いた。

「力、ですか」

あまりの迫力に一歩下がりながら翔は答える。

「すべての疑問を力で封じる」

「それじゃファッションじゃないですか」

「『ファッション』じゃない、『ファッショ』、ファシズムだろ」

「例の、イタリアのマルチーズの」

「ムッソリーニだ！　音を伸ばすところしか合ってないじゃないか！」

「すみません、マルチーズは食べ物でした」

「馬鹿！　犬の種類だ！」

ドーベルマンのような顔で松野組長は吠《ほ》えた。

「話はもう高校の校長とつけてある。なに、古くからの知り合いでな、お前は、転入してきた高校三年生として普通に扱われる。どんなに不自然でもな、絶対に言い張るんだ。十七歳です！　と」

「しかし」

「しかしもカカシもない！　お前の行く学校は、先生の言うことは絶対の、管理された高校だ。誰もお前に対する疑問は口にしないだろう」

「じゃあ、本当に私は……」

「明日から高校生！」

翔は、こうして絶体絶命においしいピンチに立たされた。

3

「高校生ががに股《また》で歩くのはやめろ」

「でも親父さん、制服が体に全く合ってないんですよ」

真新しい制服をまだ着慣れていない高校生・花島翔は、行きたくない気持ちが乗り移った不自然な歩き方で駅から学校へと続く坂を上っていった。

「親父さん、このズボンをデザインした奴、デザインばかり考えて実用性全く考えなかったんじゃないですかね。腿《もも》がパッツンパッツンで」

「確かに。学校の校舎をデザインした建築デザイナーに同時にデザインさせたらしいがな」

「制服、専門外じゃないですか」

「そういうボーダレスな感覚がいいデザインを生むらしいな」

「ボーダレスか何かわからないですが、これじゃきつくてボンレスですよ、ボンレスハム、俺の脚」

「文句あるなら食ってやるぞ、そのハム」

松野組長は　本当に食いそうな鋭い眼光でじろりと翔を睨んで坂の上へと追い立てた。

翔が入学しようとしている聖ミカエル学園高等学校は、もともとの「厳しいだけの女子校」という時代遅れになったイメージを、共学化を機に制服や校舎のデザインを一新し、見事に生徒募集と大学合格実績の向上に成功した例として有名である。

その無駄のない近代的な外見に合わせて、学習のプログラムも無駄なくデザインし、大学合格のために生徒を徹底的に管理し育てていく。親たちから絶大な人気を得ている学校だ。

そんなデザインされた学校に人生のデザインに失敗した翔が本質的に合うはずもない。制服だけではない。翔のすべてが高校生に合っていなかった。

「この学校では、お前が毛飯会の一員ということを決して悟られてはいけない」

「……わかりました、親父」

「親父はやめろ。組の者だとバレるじゃないか！」

「はい、組長」

「もっとダメだ！」

「なんて言えばいいんですか？　組長とも、親父とも言っちゃいけないなんて」

「お父さま、にしなさい」

「お父さま、ですか？」

「そうだ。松野のお父さま、だ」

親も同然だったとはいえ、いきなり組長を、「お父さま」とはなかなか言いづらい。

「呼んでごらん、さあ」

「……お父さま」

「なにもじもじしてる！　お呼び！」

松野組長の雷は常に理不尽に落ちてくる。

「……お父さま」

言葉と制服の窮屈さで翔は学校に着く前にすでに窒息しそうになっていた。

「いいか、これから卒業するまでの間、決して堅気の方にご迷惑をおかけするな。それから、俺をお父さまと呼べ」

「はい」

翔は必要以上に大きく頷《うなず》いた。

人間、納得していなくても頷かないといけないときは無理に大きく頷くものらしい。

「それから」

「まだあるんですか？」

怯《おび》えながら翔は松野組長を見た。

「お前、今日からミッション系だからな」

「ミッション系？」

「この高校の名前、『聖ミカエル』だろ。聖だよ、聖。聖といえばミッション系」

「でも、俺は体育会系で……」

「体育会系でもアキバ系でもない！」

「こんな日焼けしたアキバ系はいないですよ」

「いらん解説するな！」

お父さまのステッキが翔の頭の上に鋭く振り下ろされた。カン！　という金属に近い音がして、ステッキはくの字に三〇度くらい曲がった。

「痛い、ような気がします」

「この石頭め」

「頭は固くて」

「だから学校で学んでくるんだ、柔らかくなるように」

「はい、親父さん」

「お父さまと呼べと言っただろ！」

「では、お父さま」

「なんだ」

「私がボディーガードするお孫さんのお名前はなんとおっしゃりますか？」

翔は、肝心の名前をまだ聞いていないことに気がついた。

「外でその話はするな」

慌てた松野組長は警戒して周りを見渡しながら小声で怒った。

「でも名前がわからなければ守りようがないです……なんというお名前で？」

松野組長はまじめな顔で、

「名なしのゴンベイ子」

と答えた。

「ゴンベイ子？　まじめに教えてください！」

翔は少しいらついた表情で松野組長に抗議した。

「誰に聞かれているかわからん」

松野組長は過剰とも思える慎重さを見せている。

「敵を欺くにはまず味方を欺け、だ。学校で見れば一発でわかる！　俺にそっくりな可愛い女の子だ」

組長にそっくりの可愛い子、という理屈が成立するとは一パーセントも思えなかったが、翔はこれ以上の追及を諦《あきら》めて口をつぐんだ。


四十五歳の男が制服を着て歩いていた。

あくまでも、十七歳として。

花島翔・四十五歳は、聖ミカエル学園高等学校三年二組に本日、転入する。

4

小田麻里《まり》は、朝から何か嫌な予感がしていた。

母は、また朝まで仕事に没頭していたらしい。もう少し娘のことにもその注意力の一部を払ってほしいものだ、と思いながら、制服姿の麻里は食卓で一人フォークとナイフを動かしていた。

建築設計事務所に勤める麻里の母は、建築デザインの業界ではかなり名が通った存在だった。麻里の通う聖ミカエル学園の新しい校舎も、実はこの母のデザインしたものだ。彼女の描《か》く図面は、曲がったことが大嫌いという彼女の性格をそのまま表すように直線だけで構成され整然としていたが、ところどころに思いもつかないようなアイデアが潜む独創的なものだ。代表作の「完全防犯の家」などは、壁にいくつも玄関が並んでいて、そのうちの一つだけが本物、という、確かに泥棒も入りづらいが住む人も困惑するようなものだった。さらにはドアノブを押しても引いてもドアは開かず、実は横に開ける引き戸になっているという芸術だか迷惑だかわからないものに仕上がっていた。ところが、こういうものが絶賛されるから建築業界はわからない。

その母の口癖は、

「結婚のデザインだけは失敗した」

だった。

どうやら計算と設計通りにいかないのが恋愛らしい。

芸術家という人種は成功作だけ喧伝《けんでん》して失敗についてはなかったもののように振る舞うものだが、母もそのご多分にもれず、設計に失敗した結婚生活については自分の作品集から抹消してしまっていた。

だから、麻里は父親とは物心ついてから一度も会ったことがない。

それどころか、写真の一枚も残っていない。

父親という存在は抹消されたのだ。全くなかったことにされていた。

幼稚園の頃、麻里は母に、

「お父さんに会わせて」

と頼んだことがあったが、母は、

「お父さんはね、絶対に治らない病気にかかっていたの。地球ではもう治せない病気に。それで月に行けば治るかもって日本で初めて月に着陸したんだけど、月面歩行中に月の地底人に連れていかれたのよ」

と、まじめな顔で適当な返事をした。

おかげで小学校に上がってしばらくは、麻里はお月見をしながらお父さん元気ですかと月に話しかけていたくらいで、ウサギを抱くとつい月にいるまだ見ぬお父さんのぬくもりを思い出して涙する子供だった。

「父に会ってみたい」

声には出せなかったが、麻里は小さい頃からいつも思っていた。


麻里の家の朝ご飯は、毎朝決まってトーストと目玉焼き、それと二〇〇ミリリットル・パックの野菜ジュース。母によれば正方形と円と直方体のコンビネーション、だそうだ。

麻里は毎朝違ったものを食べたかったのだが、母はデザインの調和を崩すと言って拒絶した。時計を見るといつの間にかギリギリの時間だ。急いで朝食をかき込んだ麻里は、食事の準備を終え再びベッドにもぐり込んでいた母に、

「ご馳走《ちそう》さま、行ってきます」

と一声かけ、慌ただしく鞄を抱えて玄関を出た。

エレベーターのボタンを押した瞬間に、目の前でエレベーターが何故か緊急停止した。

まるで、乗るな、とでもいうように。

(今日は学校で良くないことが起こる予感がする)

麻里は不安を鞄とともにずしりと抱えながら十三階から階段を駆け下りた。その勢いのままに通学用のお気に入りのママチャリに飛び乗り、嫌な予感から逃げるようにペダルをこぎだした。

「走るよ、ポチ」

ママチャリの名前は「ポチ」。

ポチは返事をしない。

その代わりに、麻里は「チリリン」とベルを二回鳴らした。

学校へとペダルをこぐたびに、不安はぐいぐいと大きく成長していった。

5

花島翔と松野組長は校長室の前に立った。

ドアをノックしようとしたとき、一瞬早く校長室のドアがスッと開いた。

「お待ちしてましたよ、花島翔くん」

松野組長と同じ年齢くらいに見える上品な顔立ちの紳士が笑顔で翔に声をかけた。

これが、聖ミカエル学園高等学校校長、近藤勇三だった。

二人の気配を感じてドアを開けたのだろう。ただ者じゃなさそうだ。

翔は警戒しながら自衛官のようなビシッとした挨拶を校長先生に返す。

「花島翔です。十七歳です」

松野組長は古い親友にでも会ったかのように笑顔で校長に話しかけた。

「お久しぶりです。近藤校長」

「こちらこそ」

近藤校長も懐かしそうな笑顔で松野組長に応《こた》えた。

松野組長は翔の角刈りの頭を気持ちよさそうに撫《な》でながら、

「すみませんね、こいつを預かってください」

と軽く頭を下げた。近藤校長は、

「事情は全部了解してます、松野さん。一生徒として、この聖ミカエル学園できちんとお預かりいたします」

と優しく返事をしたあと、

「ねえ」

と横に立っている男性に話しかけた。そこにはさらさらの髪の毛の石田教頭が必要以上ににこやかに立っていた。

「すべては校長から伺っております。お孫さんの秘密を知っているのは、校長と私と、それと今日からの担任の三人だけ。何かお困りのことがありましたらなんなりと私にお申しつけください」

さらさらの髪の毛が揺れるたびにラベンダーの香水の匂いがする石田教頭は、この上なくさわやかな笑顔で握手を求めてきた。

　こういう無駄にさわやかな人は、どうも好きになれない、と思いながらも、翔は、きっと自分より年下だろう教頭とがっちりと握手をした。外国人は別として、日本人でいきなり握手をしようとするのは、相当自分に自信がある人間か、相当勘違いしている人間か、またはその両方かのどれかである。

　ラベンダーの香水の匂いは、教頭が両方のタイプの人間だと翔に教えてくれた。

「花島くんは、うちの学校がミッションスクールだというのを知っていますよね」

「はい。親父さん、いえ、お父さまに聞きました」

「じゃあ、君のミッションは？」

　手を握りながら教頭が当然のことのように尋ねた。

　翔は動揺した。

「え？　ミッションって……キリスト教の学校ということなのでは？」

　握手した手を離すと、教頭はゴホンと咳払《せきばら》いをし、授業のような口調で説明を始めた。

「うちの学校の生徒は、何かミッション、使命を持って入ってくるんですよ」

「使命……それでミッション系？」

「生徒のミッション達成のために最高の道筋を準備する。生徒もそれに応えるように努力する。それが、ミッション系です。まあ、多くの生徒のミッションは一流大学への現役合格なんですけれどね」

　翔は、わかったようなわからないような顔で頷く。

「で、君のミッションはなんですか？」

確認する教頭に、翔は、

「お父さまのお孫さんをお守りすることです」

と答えた。

「そう、それも絶対にあなたの年齢がバレないように、です。花島くん」

教頭が付け加える。

「年齢のことがバレたらその時は……残念ですが、退学です。そこはいいですね、松野さん」

教頭の言葉に、

「わかっております」

と、松野組長は頷き、翔を睨みながら言い聞かせた。

「どんなことがあっても退学にはなるな！　もちろん暴力は厳禁だ！　絶対に孫娘のもとを離れるな！」

翔はその迫力に一歩後ずさりしながら頷いた。

「バレたらって、どう見ても俺……」

不安を隠せない翔を、

「とにかく十七歳だ！　お前は！」

と松野組長は恫喝《どうかつ》した。

どう見ても相当難しいミッションだ。

この歳で、この顔で、高校生。

豆腐の角で頭を打って自殺するより難しいだろう。

しかし、翔には松野の言うことは絶対である。黙って頷くしかなかった。

困惑しきった翔を励ますように近藤校長が、

「まあ、せっかくの学園生活を存分に楽しみなさい」

と、ポンと背中を軽く叩いた。

「君は、意外と学校に合っているかもしれないと思うんだ、私は」

翔はびっくりして、

「学校に合ってる？　俺がですか？」

と声を裏返して校長の顔を見た。今まで学校に「出て行け」としか言われなかった俺が？

「本当はこの学校にぴったりなんじゃないかとね」

松野組長も、大きく頷いている。

「まあ、確かめましょう、学園生活で」

と言い終わると校長は、

「じゃあ、担任の先生を呼びましょうか」

と、インターフォンに口を近づけた。

「四方《しかた》先生、どうぞお入りください」

廊下に校長の声が響く。

ノックの音がした。

担任の先生って、懐かしい響きだ。どんな先生が来るんだろう？　翔にとっては、約三十年ぶりの不安と緊張だ。

「失礼します」

ドアが開くと、まるで抑揚のない声とともに色白ですらっとした美人が現れた。

年齢は三十歳前後。化粧っ気のない顔からは、自分の任務以外には少しも無駄な時間を使いたくないという強い意志すら感じられる。

「三年二組の担任、四方小雪です」

義務をこなすかのようにこの気の強そうな美人は自己紹介をした。

「四方先生、です。仕方なく花島くんの担任にされてしまいましたね」

校長はからかうように話しかけたが、

「私、冗談は好きじゃありません」

低血圧で朝は不機嫌なのか、校長のこの決定に大いに不満なのか、はたまた校長のひどいだじゃれが許せないのか、口元だけのとってつけたような笑顔を四方先生は翔に向けた。その表情を見た松野組長が、

「素晴らしい！」

と叫んで手をパンと大きく叩いた。

「ただ者ではない。うちの組でも十分上に立てる人とお見受けしました。それが三年二組の上に立つ。安心してこの翔を、そして孫娘をお任せできます」

松野組長は校長に感謝を述べた。

「無理を、無理じゃなくする。それがこの四方先生です。今回のこのミッションには彼女しかいないと思いました」

校長は四方先生を満足そうに見つめる。

当の四方先生はひたすらに全くの無表情。敵の品定めをする殺し屋のように冷たく翔を見つめている。

「不可能を可能にする女」と呼ばれる四方先生は、全く目立つところのなかったこの学校の大学合格実績を数年で飛躍的に向上させる奇跡を起こした先生として、その名前は知れ渡っていた。

生徒を伸ばすには、その道さえ走れば必ず結果を出せる道筋を示してやってそこを走らせるのが一番だ。勉強時の姿勢から、毎朝必要な糖分を摂取するためにバナナジュースを飲んでこい、という食事のことまで事細かく指示を出し、守らせ、結果を出させる聖ミカエル学園のスーパーコンピューター。

「すべてが正しく、疑ってはいけない先生」

それが四方先生だった。

校長先生は、そのスーパーコンピューターに翔を託した。

「この転入生の花島くんは、こう見えても十七歳だ。十七歳。何も疑いを持たないでほしい。十七歳。わかってるよね？」

校長先生は確認するように四方先生に念押しした。

四方先生は気の強そうな瞳で翔の顔をじっと見た。

「かなり老け顔の少年とは伺っていましたが、ここまでとは……」

冷静に老け顔と言われて、翔はいささか不愉快になった。

「どう見ても五十歳の中年ですよ」

まるで結論を伝えるかのように、四方先生は言い切る。

まだ四十五だ。翔はますます不愉快になった。

「たまにいるだろう、学年に一人くらい妙に老けた高校生が。あれだ、あれ」

優しい顔をして校長も平気で酷《ひど》いことを言う。

「この、荒れた肌、しわの刻まれた顔。さすがに高校生と言い張るには無理があるのでは」

四方先生はかわいそうな生き物を見るような目で翔の顔を見つめている。

「無理だからこそ、君に担任を任せた」

校長は、頼むぞ、といった表情で四方先生を熱く見る。

「とはいえ無理な顔は無理ですが」

「無理を無理でなくしてきたのが君だろう」

顔を無理と言われ続けて翔の我慢も登校初日で早くも限界を超えそうになったとき、

「そうだ、名案がある！」

校長先生が大声を上げた。

「名案？」

四方先生と翔は顔を見合わせた。

校長先生の名案は、他の者にとっては迷案であることが多い。

「君がメイクさんになればいい」

「メイクさん？」

校長の唐突な提案には慣れている四方先生だったが、このあまりの唐突さにはさすがに当惑した。

「花島くんの顔や髪型を整えるんだ。少年らしく。君が、毎朝」

素晴らしい提案だと言わんばかりに校長は得意気に鼻の穴を膨らませている。

「私が？　ですか？　無理です。私、メイクとか自分でも興味がないのに、他人のメイクなんて」

全く化粧っけのない四方先生の顔に少し困惑の表情が浮かんだ。

「君は美術が好きですよね」

「はい。でも、前衛アートですが」

「この作業は一種の前衛アートです」

四方先生は翔の顔をしばらくじっと見て、なるほど、と頷いた。

今度は自分の顔が前衛アートと呼ばれている。ピカソの絵か？　いい加減にしてほしい。

「校長室を使えばいい。毎朝軽くファンデーションを塗って、崩れた顔を整えてくれ」

「崩れた顔？」

翔はさすがに腹が立って声を上げてしまったが、

「とはいえファンデーションの濃すぎはだめだよ、高校生は原則お化粧禁止なんだから」

と矢継ぎ早に話す校長の勢いに、翔は文句を言うタイミングを失った。

それは四方先生も同じだった。校長先生の、次々とわんこそばを給仕するような止まらない熱意に、気がつくと、

「わかりました」

と頷いてしまっていた。

こうして、毎朝、四方先生が翔の顔にメイクを施すことがまず決まった。

「それから、髪型だな」

校長は今度は翔の白髪の混じりだした角刈りの頭をじっと見つめて、

「そうだ」

と声を上げた。

また何やら迷案を思いついたらしい。

「教頭先生！」

近藤校長は、不意に石田教頭に声をかけた。

「はい」

石田教頭が、長めの前髪をさわやかにかき上げながら風のように一歩前に進み出る。

「貸してほしいものがある」

「なんなりと」

校長は、教頭の目をじっと見つめながら言う。

「それ、しばらく貸してくれない？」

視線の熱さに応えるように、教頭もきっぱりと答える。

校長は熱い視線をずっと上にずらして教頭の頭を見つめながら言った。

「え、それって」

「それだよ、それ」

校長の視線は、教頭の頭から離れない。

教頭は、頭を両手で抱えるように押さえた。

「知ってらっしゃったんですか……」

困惑の色を隠せない教頭に、校長は言い切った。

「私はこの学校のことはみんな知っています」

ニコニコしてはいるが、実はこの校長が一番怖いかもしれない。闘ってきた男として翔は直感した。

少々の沈黙。

何かへの思いを断ち切ったように、教頭は引きつった笑顔で言った。

「校長命令ですか？」

「校長命令です」

「校長命令なら」

諦めたように教頭はそのさわやかな髪の毛に当てた両手をすっと真上に高く持ち上げた。

「あ……教頭先生……」

今まで全くの無表情だった四方先生が口を開けて呆然《ぼうぜん》としている。

カツラを頭の上に高く王冠のように掲げた教頭はまるで別人だった。

髪型は人の印象を大きく変える。その見本が、目の前にいた。

ありのままの教頭は、さすがミッション系、十六世紀に日本にやってきた宣教師のようだった。

教頭は、自分の頭から外したさわやかなテニスプレーヤー風のカツラを、戴冠式のように翔の頭の上にうやうやしく載せた。

角刈りの寿司屋のようだった翔の印象は、いきなりJポップの歌手のように変わった。

「これで、少しだけ高校生っぽくなりましたね」

校長はニコニコ顔のままだ。

一部始終をじっと見守っていた松野組長は、満足そうに大きく頷いている。

翔の前髪が揺れてラベンダーの香りが校長室にほのかに漂った。

翔は、懐かしそうにその香りを嗅《か》いでいる教頭先生を慰めることもできずに、ただ、

「ありがとうございます」

と深々とお辞儀をした。

ちょっと、カツラが前にズレた。

「この校長室であったことは、くれぐれも内密に」

教頭は周囲を見まわしてひそひそと話したあと、気分を切り替えるかのように声を張り上げて四方先生に指示を出した。

「じゃあ、早速四方先生はメイクを始めて。授業が始まってしまう」

この顔で真顔で言われてもまるで威厳のない命令だったが、四方先生は黙って頷いた。

翔は、これから始まる高校生活への違和感を頭のあたりに強く感じていた。

何かが、ズレている。

そして、翔はズレたまま、高校生活を送ることになった。

6

「メイクなんてした分だけ、授業開始に遅れちゃったわ」

廊下を早足で進む四方先生が不機嫌そうにつぶやいている。

「ボディーガードか何か知らないけど、あなたのミッションにつきあっていたら私のミッション、生徒たちを大学へ導くことの遂行の邪魔になる。迷惑な話ね」

翔は先生のすらっと伸びた足だけを見ながらうつむいてあとに続いた。なんだか、自分が自分じゃないみたい。初めて化粧をしたときの女の子は皆、人に見られるのがこうも不安なものなのだろうか。

四方先生の足が、教室の前で止まった。

三年二組。

翔の新しい学園生活の舞台。

教室の中からは先生もいないのに鉛筆を走らせる音が響いている。

「顔を上げなさい、花島くん」

下を向いたままの翔に、担任としての最初の教育的指導が行われた。

その言葉は、自信を持て、というようにも、その顔をさらせ、というようにも翔には聞こえた。

翔は、さっき増えたばかりの前髪をかき上げながら顔を上げて先生を見た。

ラベンダーの香りがふわっと漂った。この香りを嗅ぐたびに自分がしている無理を痛感させられる。

軽い吐き気すら襲ってくる。

「入りますよ、教室」

ガラッ、とドアが開けられた。

熱心に自習していた男女あわせて三十人の視線が一斉にこちらに向けられた。

そして、見慣れない不審者、いや転入生にぎょっとしたように静まり返った。

四方先生は、タイトスカートからすらっと伸びた右足から教壇にスッと登る。

ああ、ついに、二度目の高校生活が始まる。

翔は三十年ぶりにドキドキ鳴っている自分の鼓動を静寂の中でじっと聞いていた。

そしてカツラから垂れるさらさらの前髪を透かして、これから同級生になる生徒たちを見た。六十個の瞳はいけないものを見るように翔をちらちらと見ては視線をそらしている。

四方先生のただ情報を伝えるような声が響いた。

「今日から、このクラスに一人仲間が増えます」

仲間、という言葉に教室がざわついた。受験学年のこの時期に環境に変化を起こしたくないという気持ちが素直に表れていると四方先生は感じた。

「さあ、花島くん、こっちへ」

このアウェイの状況に、一人、三十年ぶりの学生服で乗り込む。

これは殴り込みだ。三十人の敵の中への、単独での特攻だ。

特攻ではない。転校なのだが、まあある意味特攻みたいなものだ。

最初が肝心。とにかく、威嚇すべし。

教壇に登った翔は、全員をとって食いそうなすごい形相で生徒たちを睨んだ。

生徒たちは、シマウマたちが近づいてくるライオンを見るように、警戒してじっと翔を見ている。

その時だ。松野組長の、

「決して堅気の方にご迷惑をおかけするな」

という血も凍るような声が翔の脳裏に響いたのは。

目が一気に覚めた。

これは任務だ。俺はボディーガード。まずは同級生として受け入れてもらわないと。笑顔。笑顔だ。この生徒の中にゴンベイ子、いや、松野組長のお孫さんがいるのだし。

翔はいきなり無理やり、満面に作り笑いを浮かべた。

目じりと頬は痙攣《けいれん》のようにヒクヒク。追い討ちをかけるように右奥の金歯がキラッ。

気持ち悪い。ライオンは笑顔のほうが怖い。

翔の急変に、生徒たちは震えて顔を伏せた。

「こ、こちら、花島翔くん。今日からみんなと一緒にがんばることになりました」

無理を通そうとするときはどんな人でも緊張するらしい。四方先生の声が上ずっている。

「この人が、高校生？」

教室にざわざわと動揺が走った。

四方先生は、生徒を落ち着かせるように、

「ちょっと老けて見えるけど、みんなと同じ十七歳。いい？　十七歳よ、十七歳」

と、自分をも納得させるように何度も何度も「十七歳」と繰り返した。

言い訳はすればするほど疑惑をかき立てる。

教室のざわめきはさらに大きくなる。

「では、花島くんから挨拶してもらいましょう」

四方先生は皆の動揺を抑えようと、翔に挨拶を促した。

翔はスピーチは苦手だった。今までの人生、しゃべれないからその分暴力で説き伏せてきたようなものだ。しかし、この挨拶で一気にフレンドリーな関係を築かないとボディーガードとしての任務遂行に支障を来す。翔は思い切ってこれ以上はない作り笑顔でスピーチを始めた。

「花島翔、といいます。名前の通り、皆さん、僕と『はなしましょう！』」

　クラスが凍りついた。

　怖い。とてつもなく怖い。

　慌てて四方先生がフォローするように、

「面白いこと言うわね……」

と言った。

　誰一人頷かない。

「ユーモアたっぷりの花島くんだけど、前の学校ではなんて呼ばれていらっしゃったんですか？」

　四方先生は気づくと敬語で質問していた。狂ったことのないスーパーコンピューターが初日で故障しかけている。

　翔は焦った。このままだと、溶け込むことなんてできなくなってしまう。よし、いっそ、「老けた高校生です」というのを笑いのネタにして、ユーモアのある転入生としての地位を築こう。笑いこそ、距離を縮める唯一無二の武器だ。

　翔は、おどけながら人差し指で自分の両方の頬を差して笑顔で言った。

「あだ名は、『おっさん』です」

　まるで反応がない。

　笑うべきか、否か。生徒たちは静かな恐怖の支配する中、瞬時には判断がつかなかった。しばらく

考えたあと、生徒たちは笑って怒りを買うリスクを避けるほうを選択し、全員が揃《そろ》って、

「なるほど」

と深く頷いた。

「おっさん」

は、ただ全員に納得されてしまったのだ。

焦った四方先生は、悪化した状況を改善する切り札として学級委員の増田を指名した。

「増田くん、じゃあ、君たちからも歓迎の挨拶を」

増田正二は四方先生の意思を生徒に伝達し、この三年二組をまとめる役割を学級委員として果たしていた。顔もハンサム。成績も優秀。先生の言うことは絶対に聞く。歩くときも狂言師のようにただ正面だけ自信ありげに見て、顔を動かさずに滑るように歩く。さすが増田は、動揺に流されることなくすっくと立ち上がり、

「よろしくです」

と多少キザに聞こえる声で語りかけた。

カチーン！　という擬音が翔のこめかみの血管の方から響いた、ような気がした。

それは翔が実際に発した声だった。

（よろしくです、だあ？　よろしくお願いします、だろ。このキザ野郎）

そんな声を含んだような鋭い視線で翔は増田をギロリと睨んだ。

声にならない言葉は大声より饒舌《じょうぜつ》である。

増田は、次の言葉を出そうにも恐怖で硬直してしまった。

翔はすぐに、

（いけないいけない、ついやってしまった）

と、一転してまたあの引きつった笑顔に戻し、

「よろしく」

と口元をひくひくさせながら鬼のような笑顔で返した。

しかし、この、

「よろしく」

を、クラスのみんなは瞬時に漢字に変換し、

「夜露死苦」

と聞いた。

増田は、声を震わせながら、

「よろしくお願いします、おっさんさん」

と、恐怖のあまりにあだ名の「おっさん」に、さらに敬称の「さん」をつけて翔を呼んでしまった。

おっさんさん。

敬語だか馬鹿にしてるのだかわからない呼び方だ。

翔は引きつった笑顔のまま生徒たちをぐるりと見回した。

三年二組の生徒全員がゼンマイ仕掛けのように一斉に立ち上がり、

「よ、よ、よろしくお願いします、おっさんさん」

と頭を下げた。

四方先生も、

「はい、花島くんのあだ名は、おっさんさん、ね」

と、強引にその場を締めくくった。

こうして花島翔は、

「おっさんさん」

と二回もさん付けで呼ばれることになった。

最大限の畏れと最大限の侮蔑の混ざったこの名前で。

7

麻里の翔への第一印象は最悪だった。

さらさらの前髪をかき上げる、笑顔の引きつった妙に老けた十七歳を見ながら、麻里は、受験学年の大事な時期にこの人と関《かか》わるのはやめよう、と心に誓った。

その誓いをいきなり覆すような発言が、四方先生の口から発せられたのはその直後だった。

「花島くんは、小田さんの横の席に座って」

麻里はびっくりして落ちそうになった黒い眼鏡を慌てて右手で押さえた。

(この「おっさんさん」が私の隣？　ちょっと嘘でしょ？)

朝、家を出るときから感じていた嫌な予感は、このことだったのかもしれない。

麻里は抵抗しようとしたが、この学校では先生への抵抗は厳禁。麻里を除く二十九人の生徒がその決定に本当にほっとした表情を浮かべて拍手で賛同した。

「小田さん、花島くんにいろいろと学校のことを教えてあげてくださいね」

四方先生の事務的な口調の指示に麻里が嫌とも言えずに黙っていると、

「じゃあ、早速着席して、花島くん」

と追い討ちをかける声が響いた。続けて四方先生は翔の耳元で、

「隣の子が松野さんのお孫さん。バレないように小田と名乗ってる。本人は自分が松野組長の孫ということは知らされていないみたい」

とスパイの情報伝達のように事実だけを羅列してささやいたあと、

「さあ、花島くん、自分の席に着きなさい！」

と声を大きくして着席を促した。

翔、いや、今や「おっさんさん」は、促されるままに自分の席とされた最後列の窓際の席に歩いていく。

指定された席の横に、怪訝《けげん》そうな顔で眼鏡越しにこちらを厳しく見ている女子がいる。

人を見下した冷めた眼光と、拒絶したような態度。

背筋がぞっとしたその時、翔は確信した。間違いなくゴンベイ子だ。

人を睨むときに眼鏡を上下させる癖も、松野組長のものとまるで同じ。

この子を守るために、自分は、こんな思いまでして高校生に成りすましているのだ。

彼女こそ、我がミッション。

「俺が、お守りしますね」

翔は熱く見つめて麻里に挨拶した。

唐突に意味がわからぬことを話しかけられた麻里は、

「なに言ってんの」

と、思い切り気持ち悪そうな顔で翔を見た。

（いいんだ、どんな目で見られても。何があろうと、俺はこの子を守るんだ。それは覚悟の上だ）

使命感にさらに胸を熱くしながら、翔は数十年ぶりに高校生として自分の席に腰をおろした。

「よっこいしょ」

声を聞くやいなや、汚いものを見るような冷たい視線が、麻里から浴びせられた。

（しまった！　高校生は、よっこいしょ、とは言わない！）

ごまかすように翔は今度は高校生らしい若々しい動きをしようと、垂れてきた前髪をさらりと右手でかき上げて、

「よろしくね」

と凍りつくような引きつった笑顔で麻里に挨拶をした。

吐き気がする。麻里は少し具合が悪くなってきた。

「授業始まるわよ」

冷たく言い放つと、麻里は翔とは全く視線を合わさずにノートを広げた。

「よろしくお願いします。花島です」

重なる失敗に慌てて翔は一転して丁寧な口調で話しかけた。

「花島翔くん、でしょ」

翔の方をちらりとも見ずに麻里は答える。

「はい」

「さっき、はなしましょう、なんてつまらないこと言ってたけど」

「名前ですから」

「私、小田です」

「小田さん……」

「名前は麻里」

「麻里さん……」

「続けると」

「おだまり」

「そう。おだまり。名前からして全く気が合わなそうね」

翔に顔を向けると今度は、背筋がぞっとするような目で翔を睨みながら麻里は強く言う。

「はなしましょう、に、おだまり……」

永遠にコミュニケーションは成立しない。

十七歳の女子の軽蔑《けいべつ》に満ちた視線は、四十代の男には立派な恐喝だ。

この威圧感！

組長の冷徹な遺伝子は間違いなく麻里に受け継がれている。

翔は背骨が一本一本下から筋が凍りついていくのを感じたが、たとえこのゴンベイ子、いや、小田麻里がどんな人間だろうと自分はいくら嫌われようと日横組から守らないといけない。それが、俺のミッションだから。

まずは、もし彼女が外から狙われるとしたらどこが危ないのか確認すべし。

外から狙撃《そげき》が可能な場所を確認しようと座ったまま窓の外を見ると、中庭の向こうの職員室の窓に双眼鏡を構える人影が見えた。

石田教頭だ。

翔の視線に気づいた教頭は、双眼鏡を慌てて空に向けた。

「自分の大事なカツラが傷まないか、心配なんだろう」

翔は、意地悪くわざとカツラを両手でかきむしった。

「窓の外を見ない！　花島！」

授業を始めた四方先生の怒った声が翔に向けられた。生徒たちの、自分たちのミッションの邪魔だけはしないでくれという冷たい視線も一斉に突き刺さる。

全員が、敵。

予想以上に、この任務、難しい。

横で全く翔の存在を無視している組長の孫娘を見ながら、翔は気が遠くなりそうになった。

8

その日からいきなり麻里のボディーガードとしての翔の学園生活が始まった。

授業中も、休み時間も、掃除をしているときも、翔は常に麻里のそばにいて周囲に目を光らせる。

四十五歳の顔にメイクをした不自然きわまりない十七歳の顔で。廊下を歩くときも麻里の後ろにぴったりとついて歩く。トイレに行くとき一緒に女子トイレの入り口近くまで行って出てくるのを出口で待つ始末である。

どう見てもストーカーだ。

麻里は、いきなり現れた自分にやたら関わってこようとする、この老けた高校生がうっとうしくて仕方なかった。正確には、気味が悪くて仕方なかった。

翔の学園生活初日が終わろうとするとき、麻里が翔に初めて話しかけた。

「悪いんだけど」

「なんですか？」

翔は、麻里と初めて交わす会話らしい会話に少し緊張しながら、不気味な作り笑顔で答えた。

「気持ち悪いんですけど」

「ありがとうございます」

翔は、組長のお孫さんが会話をしてくれたことにお礼を言った。

「お礼言われることじゃないでしょ」

麻里は、ますます気味悪さを感じて、

「私についてきすぎじゃない？　おかげで誰も私に近づいてこないじゃない」

それこそボディーガードには最高の褒め言葉だった。

「お褒めいただき、ありがとうございます」

翔は満面の笑みを浮かべた。

「気持ち悪いわ。悪い男につけられているみたいで」

麻里の苦情は続いた。

悪い男から守るためについてまわっているのに、自分がつけてまわる悪い男にされている。

「正直、迷惑なのよね」

そしてさらに迷惑扱いだ。

「やめてほしいんだけど」

「そうはいきません」

黙って聞いていた翔はそれだけは断固拒絶した。

翔は麻里の目をじっと見つめながら言った。

「僕は、あなたから目が離せないんです」

まるで告白のような言葉を急に浴びせられて、麻里は怒りと恥ずかしさとで真っ赤になって、

「なに言ってるの！」

と狼狽《ろうばい》した。

「あなたから目が離せない」

だなんて、麻里が初めて男性から言われたセリフだ。

しかしその記念すべき相手が、気持ち悪い老け顔の高校生だった。子供の頃から初めての告白に抱いていた麻里の夢はズタズタだ。

この理解不能なおっさんみたいな高校生とこの先一緒に学園生活を送ると思うと、麻里は絶望的な気分になった。何より、心理的にも受験勉強に悪影響だ。

「もう、ついてまわらないで」

麻里は声を荒らげた。

「守ってあげたいんだ、君を」

負けずに翔は、また聞きようによっては口説いているような言葉を麻里にささやいた。

度重なる告白の言葉に麻里は、

「勝手にして」

と真っ赤になって口を尖らして走り去った。

「嫌われてもいい。俺は、お孫さんをお守りするんだ」

何が麻里を走らせたのか全く気づかずに翔はあとを追って走った。

9

聖ミカエル学園の生徒たちは教師の言うことに絶対的に従う。

疑問など決して持たない。

反抗するために学校に通っていたような、翔の高校生時代とは全く逆である。今の聖ミカエル学園の生徒は、ただ敷かれたレールの上を走るだけである。

生徒の行動も、服装も、髪型も、恋愛の可否までも、聖ミカエル学園の生徒は学校がデザインした通りの画一的な規則に従って生きている。

それが、翔には不思議だった。

だいたい、どう見てもおっさんの自分が、高校生だという強引な話が成立しているのも、四方先生が、「花島くんはよくいる老けた高校生です」

と言ったからであり、それに誰も疑問を持とうとしない。

これ自体も、本当は疑問を持って質問、追及すべきことだと当の翔は思うのだ。

クラスメートに、武藤という男がいる。

柔道で鍛えた屈強な巨体、何より昔なら絶対に不良になりそうな顔つきなのだがこれが、飼いならされたように四方先生に従順だ。

「どうして先生の言うことに全く疑問を持たないんだ？」

と聞いても、

「だって、一番の近道を教えてくれているんだから言うこと聞くのが得じゃない。わざわざ逆らって回り道して疲れるより、最短距離を進みたいし。楽だし」

という返事が戻ってくる。

「遠回りしたり失敗したりしながら自分で道を探していくのが高校生じゃないのか？」

と高校生論をぶつけてみても、質問の意味自体がわからないという表情で翔を見るだけだ。

まるで、感情のない機械の集団のように、黙々と大学入試という目標に向かってまっすぐ前進していく。翔は今までの生き方と１８０度違った高校生たちの生き方に強い違和感を覚えるのだが、任務の遂行のために翔もほかの生徒とおなじく学校に従って従順に過ごそうと努力せざるをえなかった。

こうして学校で暮らしていけばいくほど、翔は、体にどんどんフラストレーションが溜《た》まっていくのを自覚していた。

10

ボディーガードの任務をこなすにあたり、実は大きな障害が一つあった。

トイレである。

自分がトイレに行くときだけは麻里から目を離さざるをえない。

休み時間中に麻里の周囲を警戒していると、トイレに行けないうちに授業開始のチャイムが鳴ってしまう。

この三時間目と四時間目の休み時間も、翔は麻里の周囲の気配に全神経を集中して安全を確認していた。

集中しているときは忘れているのだが、集中が切れると、とたんに気がつくのが尿意である。授業開始のチャイムが鳴り麻里が席に着くと、安心と同時にいきなり襲ってくる尿意に、大慌てで教室のドアを開けてトイレに駆け込もうとした。

しかし、遅かった。廊下に出ようとした瞬間、一人の牧師さんの服を着た老人とはち合わせた。

現代国語の奥先生だ。

翔が諦めて一時間の脂汗を覚悟で教室に戻ろうとしたときだ。

「お出かけか？　少年」

奥先生のゆっくりした声が翔にかけられた。

「転入生の花島翔です」

翔は軍隊のようにピシッと敬礼をし、一礼して気持ち内股《うちまた》で再び教室の中に戻ろうとした。何故反射的に敬礼をしてしまったのか翔にはわからなかった。ただ、奥先生の柔和な顔に刻まれた哲学者のようなしわが翔にそうさせたように思えた。

「待ちなさい」

もう六十歳を超えているのではと思えるような奥先生が翔の表情をじっと観察して、

「トイレ、行きたいんだろ?」

と声をかけた。

翔は恥ずかしくなったが、素直に、

「はい」

と返事をした。

「祈りなさい」

牧師姿の奥先生は翔にこの状況で祈りを求めた。

「え……」

あっけにとられた翔のために先生は両手を組んで祈り始める。

「トイレに行きたくなくなりますように……」

「ちょっといまその余裕がなくて……」

翔は脂汗をかきながら答える。

「そりゃそうだよな、行っておいで。我慢は体に悪い」

奥先生はしわを深く刻んだ顔で微笑《ほほえ》んだ。

「ありがとうございます」

と、翔が一礼してトイレに向かおうとしたとき、

「待ちな」

と奥先生は再度声をかけた。

「祈りなさい。トイレに間に合いますように」

翔は真っ青になりながら、

「その時間があったら先にトイレ行きたいです！」

と答えた。

奥先生の次の言葉は、意外なものだった。

「俺も行くよ。俺も一緒に用を足してくれば、お前、遅刻にならないだろ」

「ありがとうございます」

お辞儀をしながら翔は、この牧師の服をまとった先生に松野組長と同じただならぬ気配を感じた。

「体から出たがってるものを閉じ込めといちゃいけないよ」

奥先生はトイレで並んで翔と用を足しながら話しかけた。

我慢ばかり要求されるこの学校で、我慢をするなと言う先生がいる。

翔は我慢をしすぎてなかなか終わらない用を足しながら話をした。

「溜め込まなくて、いいんですかね？」

先に用の済んだ先生がチャックを上げながら笑って答えた。

「出すときは出さないと。溜め込んでばかりだと体がいつかどうかなってしまうだろ。小便だって、

言葉だって」

「そうですよね！」

翔は、この牧師先生の放つ言葉にものすごい説得力を感じて、

「先生、アドバイスありがとうございます」

と、まだ用を足しながら一礼した。

「物事は一つ終わらせてから次のことをしなさい」

奥先生は危うく周りを汚しそうになった翔に注意をした。そしてこう言葉を続けた。

「どこにいてもお前さんはお前さんだ。お前さんのいいと思うことに従って生きなさい。あとで、他人の責任にしてしまうような人生が一番後悔するからな」

この人の言葉はいちいち心に引っかかる。

やっと用を足し終わった翔は、深々とお辞儀をして急いでトイレから出ようとした。

「トイレから出るときは、手を洗え。たとえ、何をしていてもな」

奥先生は笑いながら翔に言った。

翔も慌てて手を念入りに洗った。

「トイレから出て手も洗っていない奴とは、握手もできないだろ」

と言って、先生は少し湿った手を差し出した。

翔は、濡《ぬ》れた手を制服のズボンで拭《ふ》いて、先生の手を握った。

「いろいろ苦労してきた手だな」

翔は、自分のすべてを見透かされた気がした。

「さ、行くか」

奥先生がトイレの入り口のドアを押し開けた。

「いま洗ったのに、ドアを押したらまたそこでバイキンがつくんだよな」

「確かにそうですね」

「理不尽だよな」

「はい。理不尽です」

「でも、人生、そんなことばかりだ。おかしいと思うことでも、すべてのことがトイレのドアよりましだ」

「はい」

変な説得力のあるたとえに、翔は、憧れの視線を奥先生に向けて大きな返事をした。

「どうしても、という時は……」

奥先生は翔の目を覗《のぞ》き込んで続ける。

「祈りなさい」

奥先生は両手を胸の前で組んで目を閉じた。

翔は大きく頷いた。

「それでも落ち着かなければ」

「その時は？」

「その時はその時だ」

奥先生はニヤリと口元を緩めた。

「出すもん出して、暮らしなさい」

奥先生はそう言いながら翔の肩をポンと叩いた。

「出すもん、出します！」

自分は自分が正しいと思う通りにこの学園で生活していこう。

翔は、この時、そう誓った。

人の目なんか、どうでもいい。

とはいえ教室に戻ると、異様なものとして翔を見る生徒たちの視線が翔の顔のしわに深く痛く突き刺さってくるのだった。

11

その日、英語の授業で抜き打ちテストがあった。

自慢ではないが、聖ミカエル学園入学以来、翔は全く勉強にはついていけていない。

なにせ、三十年ぶりに高校生になったということは、三十年間勉強をしていないということだ。そんな中で、いきなりの抜き打ちテストだ。わかるはずがない。

それも、とてつもなく長い英文のプリントが配られて、「この英文を読んで、あなたの考えたことを書きなさい」という問題だ。

翔がこのテストで読めたのは、この日本語の問題文だけ。三択問題なら適当に記号を選べば当たる可能性も三分の一はあるが、これではその可能性すらない。

「『書きなさい』って、また命令だ」

入学して数日。この学校は生徒に命令ばかりをする。生徒は黙ってその指示に従っている。それがこの高校の当たり前らしいのだが、当たり前でない生徒の翔にとっては、体のいろんな部分が拒絶して仕方がない。

「書けばいいんでしょ」

翔は猛然と答案用紙に何やら書き込んでいった。

周囲の生徒は何もわかってないと思っていた翔がすごい勢いで答案を書いているのにびっくりして、ものすごい焦りを感じた。

翔はクラスで一番に鉛筆を置くと教卓の四方先生のところへ持っていき、

「終わりました」

と提出した。

授業に全くついていっていない翔が一番に提出したことでクラスが一瞬ざわついた。

その直後、顔色を変えた四方先生の怒鳴り声が今度は教室を瞬時に静まり返らせた。

「待ちなさい！　なんですかこの答案は！」

冷静な四方先生のこんなに怒鳴る声は生徒にとって初めてだ。

「『英文を読んで考えたことを書きなさい』ってあったので、書きました」

翔は平然と答える。

「それがこの答案だっていうんですか！」

答案を持つ四方先生の右手がプルプルと震えている。そこにはこう解答が書かれていた。

「僕は痔《じ》なので椅子に座るとお尻が痛い。だからクッションを持ってきたい」

「このふざけた答案はなんですか！」

四方先生は真っ赤になって怒っている。

「英文を読んで考えたことです」

ほかの生徒は全員手を止めたまま、翔の話に耳を傾けている。

「英文を読もうとしたら何もわからないので、とにかく考えたことを書きました」

聞き返した四方先生に翔は話を続けた。

「考えたこと？」

「学校に来て数日。学校に合わせてきました。でも、少しおかしい、この学校。痔も悪化しますよ」

あからさまな学校批判。生徒たちにとっては初めての経験だ。

「していいこと悪いことの判断は全部学校。すべて命令。生徒はそれに従っていればいい。意見を言ってもいけない。それじゃ、機械じゃないですか」

クラスメートたちはこの事態が信じられず、呆然と眺めている。

「僕は機械なんかじゃない。言いたいことも言えなくてすっかり言葉の便秘です。イライラも溜まります。それで、痔になっちゃったんですよ。便秘は痔の最大の原因です！」

「痔？」

四方先生は少し口に出すのをためらいながら聞く。

「言葉の便秘でも痔になるんです。これ、痛いですよ。わかります？　座ってられないですよ。痔ですか先生も」

「違います！」

あの四方先生が感情を剝き出しにして大声を上げた。

「硬い椅子に直《じか》に座るのはつらいんです。だから、クッションを持ってきたい。僕の考えたことが、それです」

「でも、それはこのテストで求めている答えではありません！」

「だから、先生の求めていることだけさせるのが変だと言ってるんです。答えは、クッションです！」

「規則で余計なものは教室に持ち込んではいけないことになってるでしょ！」

「お言葉を返すようですが」

「お言葉を返した！」

教室がさらに色めき立った。

すべてが正しい四方先生に、お言葉を返した奴がいる！

「それが規則なら、その規則が間違ってるんじゃないですかね」

「規則が間違ってる？」

学級委員の増田があっけにとられてつぶやいた。生徒たちが考えたこともないことを、いや、多分考えないようにしてきたことを、この老け顔の転入生は平然と言い放っている。

「仮に規則が正しいとしても、例外を認めてください」

「例外は認められません！」

「だって、僕たちは全員が例外ですよ」

周囲の生徒もみな翔と四方先生を呆然と見ている。

「僕は痔なんですよ、次男じゃないです。痔、なんです。いま、つまんないと思ったでしょ？　僕も思いました。心が痛いです。同じくらいにお尻が痛いんですよ」

真剣な表情の翔が睨みつけるような眼差しを先生に向けている。

「心が痛いとお尻も痛い？」

「クッション持ってこれないなら、僕、立って授業受けるけど、いいですか？」

ミッション系のクッション問題はさらに発展していく気配だ。翔はたたみかけて続ける。

「おかしいものはおかしいと言っちゃ、おかしいんですか？」

四方先生は、とても悔しそうな顔をしたが、一歩も引く気配のない翔に、これ以上長引かせることが得策でないことを教室のざわめきから感じて、

「……わかりました。クッションについては持ち込みを認めます」

としぶしぶ了解した。

「ありがとうございます」

深々とお辞儀をした翔のカツラが、すこしズレかけて、慌てて翔は頭を押さえた。

四方先生は憮然《ぶぜん》として、

「はい、テストを続けなさい」

と生徒たちに指示した。生徒たちは、また元のように黙々と指示に従って問題を解きだした。

四方先生は、生徒に初めて自分の教育について意見をされたこと、そして自分がその意見を認めざるをえなかったという事実に怒りが込み上げていた。

「お言葉を返すようですが、ですって?」

正確無比だった四方先生というコンピューターに、翔というウイルスが侵入してきたようなものだ。計算が、計算通りにいかなくなっていた。そして、このウイルスは来年の春まで駆除できない。

「花島翔。花島翔。花島翔……」

職員室へ戻る廊下で、四方先生は、壊れたテープレコーダーのようにつぶやき続けた。そのたびに、あの妙に老けた高校生の顔が浮かんできて、そのイメージを吹き飛ばすために頭を何度も激しく振った。翔のことを考えるときの四方先生は、人間らしく感情に支配されていた。


テストのあと、翔のもとに一人の女生徒がやってきた。

菊池曜子《ようこ》という名前の、少し顔色の悪いその生徒は、

「私も、クッション持ってくる。ありがとう。寒かったんだ」

と、ぺこりと翔にお辞儀をして、さっと去っていった。

翔は、自分が痔だと主張したことで救われた人がいたことに少し驚いたが、なんだかすごくいいことをしたような気分になっていた。

少し、三年二組が動きだした。

12

「イボ痔野郎」

顔とギャップのある言葉を無表情に吐いて、四方先生は職員室の机に出席簿を思い切り叩きつけるように置いた。その音に驚いた向かいの席の木沢先生がプレーリードッグのように顔をきょろきょろさせて、

「四方先生、どうかされましたか〜？」

と語尾を伸ばす甘えたような話し方で尋ねた。

「どうもしません」

四方先生がこんなに感情的なのは見たことがなかった。

「例の転入生のことですか〜。いろいろ事情がありそうですね〜」

空気を読めずにだらだらと話し続ける木沢先生を四方先生はジロリと睨んだ。

「どんな事情があるにしろ、きちんと指導していくのが私の役目です」

一転して冷静さを取り戻した四方先生は、いつも通りの口調で木沢先生に返事をした。

四方先生は、その冷たい表情を除けば相当な美人だ。

すらっとした長身に、均整のとれたスタイル。冷たい印象の女性が好みの男性なら心が揺すぶられない者はいないだろう。

木沢先生も、その一人。

何かにつけて甘えたような声で四方先生に話しかけるのだが、四方先生は木沢先生の話をタクシーで聞くラジオのように聞き流していた。しかし世の中は不思議なもので木沢先生はそのたびに胸がときめく。中学も高校も大学も一流校、父親はあの駅前再開発を狙う大手・キザワデパートの創業者、顔もかなりのイケメンという絵に描いたようなエリート。今まで何も苦労してきていません、という

木沢先生には、四方先生のようなきついタイプに無視されるのが、悔しさを通り越して嬉《うれ》しくて仕方ないらしい。

対する四方先生は全く恋愛方面には無関心。自分がどう思われているかなどには興味がない。少し胸元の開いた服を着て仕事をしていると、正面の木沢先生がそわそわして視線が落ち着かないのを、体調が悪いんだと思って心配したりするくらいだ。

だから木沢先生は、夏になるとたびたび鼻血を出した。暑さにのぼせたわけではない。四方先生の白い襟から覗く胸元にのぼせたのだ。

おかげで、生徒の間での木沢先生のあだ名は、「鼻血」である。

「今日、どうです？　憂さ晴らしに一緒に食事でも～」

鼻血先生は翔の問題でイライラしている四方先生を誘ってみたのだが、答えは予想通り、

「必要性がありませんので」

だった。

「確かに、必要性はないな～」

木沢先生は、また胸が、いや、鼻がキュンとなり、慌てて鼻の付け根の部分を右手で押さえた。

四方先生は、鼻を押さえた木沢先生をその場に残して、気分を落ち着かせるため、コーヒーを淹《い》れに給湯室へと向かった。

残された木沢先生の後頭部を、最近いつも帽子をかぶっている石田教頭が優しくとんとんと叩いた。

「いつか、思いは通じますよ」

石田教頭は天使のように微笑んだ。

その時、パリン！　というガラスが割れる音とともに、給湯室にいた四方先生の足下にソフトボールがころころと転がり込んできた。

「せっかく落ち着こうとしているときに、一体どこのどいつよ？」

独り言まで荒くなった四方先生は怒りの形相で犯人を捜そうとした。

「すみません、ホームラン打たれちゃいまして」

現れたのは、三年二組の佐々木だ。

この時間は体育で、確かに、今日はソフトボール。

でも、この職員室の端までソフトボールを飛ばすなんて、常人ではあるはずがない。

（いや、もしや……）

四方先生の予感は的中した。

佐々木のあとを追いかけてきた体育の大久保先生が、転がっているソフトボールを拾いながら感心したように話しかけてきた。

「花島、ですか、あれはすごいですね。ソフトボールを一〇〇メートル飛ばしましたよ」

またしても、花島翔！

怒りの表情の四方先生に、感心した表情で大久保先生は続ける。

「あのパワー。高校生離れしてますね」

「ええ、高校生離れしてます、顔も、態度も」

四方先生は苦虫を嚙《か》み潰したような表情で、割れたガラス窓の方を見ながら返事をした。

遠目に、ゆっくりとベースを一周する一見中年の高校生が見えた。

「汗を出すって気持ちいい！」

翔にとっては、この学校で出したくても出せなかったものの一つが、汗だった。溜め込んでいたものをすべて発散するかのように体育の授業で大暴れした翔は、泥遊びをした子供のように汚れていた。

翔は体育の授業のソフトボールの試合を命がけで戦った。

三塁の守備では常に、

「さあ、どこからでも来あがれ！」

と騒音に近い大声を上げ、バッターに向かって鋭い眼光を飛ばす。とてもとれそうにないファールフライをものすごい勢いで追いかけ、全く届きもしない距離からダイビングキャッチを試みる。体の遥か先に弾むボールを見て、

「くっそー、あと一歩だった！」

と地面を叩いて悔しがる。

その直後に、

「ちょっと力みすぎた」

と、痔の痛みをこらえるようにお尻を押さえてうずくまる。

麻里も、あっけにとられてこの異質な生物の行動を観察していた。

今まで聖ミカエル学園の生徒が目にしたことのない世界だ。

体育の授業でここまで熱くなる人がいる。

無駄にすら見えるファイティングスピリット。

人生フルスイングの翔は、打つときもフルスイングでソフトボールをバットでぶん殴った。自ら、

「カッキーン‼」

と効果音まで叫びながら。

ホームランを打たれた投手が呆然とするのはもちろんだが、味方も敵も全員が、学校の授業のソフトボールの試合ごときを全力で戦い、泥だらけになり、雄叫《おたけ》びを上げ、汗をダラダラかきながらベースを一周している人間がいること自体に呆然としていた。

また、翔はいいプレーをした選手に次々と抱きついて締め上げた。

抱きつかれた生徒は何故締め上げられなければいけないのかわからないまま、皆苦しそうにもがいた。

「花島くん、暴力はやめてください。何故なら校則で禁止されているからです」

と苦情を言ったクラスで一番理屈屋の山野には、

「暴力じゃない！　コミュニケーションだ！」

と言いながら、さらなるコミュニケーションとして再度きつく抱きしめて持ち上げた。山野は足をバタバタさせながら、

「わかりました、コミュニケーションです！」

と許しを乞《こ》うた。

「いいだろ、体のふれあいってのは！」

と満足そうに翔は頷いた。また、打席に入る前の生徒に翔は、

「打たなかったらコミュニケーションとるぞ！」

という奇妙な脅しをかけた。

全員が、全力でプレーしだした。

三振した生徒には、

「気合いを入れろ！」

と一喝してコミュニケーションをし、ファインプレーをした生徒には、

「ナイスプレー！」

と祝福のコミュニケーションに走った。

抱きつかれた生徒は、このままだと絞め殺されそうなのでもがいて脱出しようとする。

でもその顔はなんだか少し楽しそうでもあった。

受験の邪魔として無感情に義務的にこなされていた体育の授業は、この無駄に熱い転入生のおかげで、一転して本能のままに暴れる場所へと変わりつつあった。その様子を、近藤校長は感心したように遠くから眺めていた。

着替えの時間、数人の体操服には、たくさんの汗と、ちょっとだけだが泥がついていた。

確実に翔というウイルスはクラスに蔓延《まんえん》し始めているようだった。

13

聖ミカエル学園には食堂がなかった。

昼食は基本的に、生徒たちが自宅から弁当を持参する。

弁当は残酷である。

自分の容姿を恥じるように、弁当の中身に自信がない者は弁当箱のふたを立てて中身を隠しながら食べる。自信がある者はこれ見よがしに堂々と食べる。

家族のいない翔は、初日だけは学校が用意してくれたサンドイッチを食べたが、翌日からは朝起きて自分で弁当を作らなければならなかった。

翔の弁当は毎日焼きそばだった。翔は、毛飯会の松野組長の命令の下、いろいろな縁日に屋台を出してひたすら焼きそばを焼いていた。だから焼きそばを焼くのは慣れたものだった。だいたい、焼きそばが弁当ということ自体が珍しい。それが毎日である。さらに翔はその弁当を弁当箱ではなく縁日の焼きそば屋で出されるようなプラスチックの透明な容器に入れ、輪ゴムで止めて持ってくるのだった。

今日も昼休みにクラスの皆が一斉に弁当を広げだしたとき、翔の机から、パチンという輪ゴムをはずす音、そして、カサカサパリパリというプラスチックの音が教室に響き渡った。

クラスの皆は、全員、最後列にある翔の席を振り返った。今日もまた黙々と焼きそばを食べ始めた翔を見てすぐ目の前に座っていた佐々木が言った。

「また焼きそば？　おっさんさん、おかずはないの？」

翔は、チラッと佐々木を見て焼きそばを口に運びながら言った。

「やきそばは、主食でありおかずだ」

「お前の母さん、手抜きじゃないか？」

行動する前にまず、口だけ動かすようなタイプで、いつも一言多い佐々木の言葉に翔の頬がピクリとした。

「これは、俺が作ってる」

「おっさんさんが？」

佐々木は驚いて翔の顔を見た。

「俺が作った。母さんは関係ない」

翔は黙々と焼きそばを口に放り込みながら話す。

「なんで母さんが作らないいんだ？」

「いない！」

沈黙が周囲を包んだ。そんな時、

「え！　これおいしいんですけど！」

クッションの一件以来、翔に妙に親近感を持っている菊池曜子が翔のプラスチックの容器の端にぶら下がっていた一本の焼きそばをつまんで食べ、目を丸くしている。

「ちょっと食べてみなよ」

曜子の呼びかけに、次々に生徒たちが翔の焼きそばに群がって、一本ずつ焼きそばをつまんで口に運んだ。そして一様に、

「おいしい！」

と口を揃えた。

「俺の焼きそばは絶体絶命においしいんだ」

鼻の穴を膨らませて少し誇らしげになった翔の隙《すき》をついて、隣の席にいた小田麻里も、サッと横から箸《はし》を翔の焼きそばに差し込んで盗むように食べようとしたが、速く動かしすぎた箸からソースが麻里のメガネに飛んだ。麻里はメガネをとってハンカチでこすった。

「あっ」

メガネをとった麻里の顔を見て　翔はなんだかざわざわと落ち着かない気持ちになった。

（……どこかでこの子に会ったことがある気がする）

自分の記憶をなんとか辿《たど》ろうと翔が麻里の顔をじっと見ていると、麻里が、

「……黙って焼きそばとって悪かったわよ。これ一個あげるから許して」

と、ばつが悪そうに自分の弁当の中から厚焼き玉子を翔のプラスチックの容器に入れた。

その厚焼き玉子は、造形的に美しく巻かれて、まるで近代建築のような重層的な楕円《だえん》を描いている。

「ありがとう」

翔は、その厚焼き玉子を口に放り込んだ。

口に、鰹節《かつおぶし》がちょっと多すぎて少し砂糖も多いようにも思える味が広がったその瞬間、

「なんだよこの味！」

翔は独特の玉子焼きの味に愕然《がくぜん》とした。

「びっくりさせないでよ。文句あるなら作ったお母さんに言ってよね」

あまりの翔のリアクションの大きさに麻里も戸惑っている。

「どうなってるんだよ！」

味覚は時に記憶を急速によみがえらせる。

「この味は……」

砂糖と鰹節がお互いに個性を生かしきれていないその玉子焼きの味は、別れた妻の姿を翔にハッキリと思い起こさせたのだ。

この玉子焼きの味は、元妻の焼いた玉子焼きの味と瓜《うり》二つだった。

(なんで組長のお孫さんがこの味の玉子焼きを?)

翔は、探し物をするように麻里の顔を凝視した。

「ちょっと、玉子焼きくらいでそんなに怒らないでよ!」

麻里はとっさに両手で顔を隠して、あまりに暑苦しい翔の視線を遮った。

その時、翔の視線を塞いだ麻里の左手に巻かれた腕時計を見て、翔は愕然とした。

「時計、見せて」

強引に麻里の左手を握った翔の右手を、

「ちょっと放してよ、十二時二十四分よ!」

と麻里はびっくりして振りほどいた。

この時計は、まぎれもない、十八年前の誕生日に妻にアメ横で買ってやったスイス製高級腕時計ラドーだ。テレビのクイズ番組でよくペアでプレゼントにされていて、毛飯会全員でせっせと応募ハガキを書かされたので鮮明に覚えている。

あの頃の妻はそれを偽物だと知っていても、

「気持ちが嬉しい」

と喜んでくれた。その直後、彼女は急に人が変わったように、

「あなたといるとムカムカする」

と姿を消したのだが。

あの時計を、いま目の前の高校三年生がしている。今時、ラドーだ。

妻にプレゼントした時計、弁当の玉子焼きの味付け。証拠が次々と揃っていく。

（麻里の母親は、別れた妻なのか？）

翔は麻里に聞いてみた。

「その時計は……」

「これ、お母さんがいらなくなったってくれたの。レトロでいいでしょ」

「お母さんが……」

疑惑は確信に変わった。

（麻里は、俺の……娘だ）

そういう目で見れば、人を見下した眼光も、麻里は別れた妻の若い頃にそっくりだった。

翔はさらなる証拠を拾い集めるかのように、十八年前に突然去った妻の顔を麻里の顔の中に探した。

「じろじろ見ないでよ」

麻里は背中を向けて残りの弁当をほおばった。

その背中すら、別れた妻の背中に見えた。

翔は、今まで数多く殴られたが、どんなパンチよりもくらくらとする動揺を悟られないように、いつもよりゆっくりと落ち着いた口調で麻里に質問をした。

「この玉子焼き、面白い味だね。お母さんの料理なんでしょ?」

「料理というか、あれは実験ね。鰹節の大さじ一杯っていうのをどう正確に量るかで悩んでいるし」

麻里は論理的に問題を解説するように翔に話す。

「測るの、好きなんだね。お母さん」

「デザイナーだからね。建築デザイナー。『料理はデザイン』だって」

「建築デザイナーなんだ、お母さん」

翔は動悸《どうき》がしてきた。別れた妻も建築デザイナーだった。

証拠はこれだけ揃った。もう間違いない。

最後に、翔は、確かめるべく決定的な質問をした。

「名前は?」

「ミカコ。なんでそんなこと知りたいの?」

「ミカコ……」

それは別れた妻の名前だった。

ああ、もう間違いない。目の前の冷めた女子高生、麻里は、俺の子だ。

そして、この子の母親は、十八年前に別れた妻、美佳子。

ということは、

「あなたといるとムカムカする」

と怒って出ていったあの妻の十八年前のムカムカは、この麻里がお腹に入ったつわりだったということなのか?

あれから十八年。

自分は、無様にも高校生に戻っている。

そして、娘と同級生。

いきなり目の前に高校生の娘が現れ、同時に、その娘と同級生になってしまったことになる。

（いや、待て。麻里は松野組長の孫のはず。松野組長の孫が俺の娘？　ということは俺は松野組長の子供ということになる。確かにお父さまと呼ばされているけれど、本当のお父さまってことになるのか？　いや、組長は俺の父ではない。つまり、俺か、松野組長か、どっちかが大きな間違いをしているってことか？）

混乱してきた翔は、麻里に確認のために大事な質問をしてみた。

「ねえ、お祖父《じい》さんってどういう人？」

組長の孫なら、怖いとか、怖いとか、怖いとか、なにかしら松野組長の話をするはずだ。

「なんでそんなこと聞くの？」

「いや、お祖父ちゃん子っぽそうだなと思って」

極めていい加減な答えに、麻里は少し寂しそうな顔で返事をした。

「亡くなった、とお母さんには聞いたわ。父方も、母方も」

「亡くなったんだ、お祖父さん……」

麻里のお祖父さんは亡くなっている！

ということはピンピン生きている松野組長は麻里のお祖父さんではない。

（組長は、大きな勘違いをしている！）

松野組長も元気とはいえもう老人、いろいろ記憶が混乱してきていてもおかしくはない。若い頃喧嘩で受けた頭部への衝撃のせいで、たまにふと記憶がぼやけるとも言っていた。きっと、あしながおじさんとして高校生に奨学金を渡していることと現実が混乱したのだろう。

でも、この事実を松野組長に伝えれば、ボディーガードの役割は終わってしまう。つまり、退学だ。麻里には会えなくなる。

黙っていよう、このことは。

そして、ボディーガードはこのまま続けていこう。この子の近くに少しでもいるために。

一度も考えたことのない松野組長への裏切りを、翔はたったいま、こんなに簡単に決心した。

子供のことは特別、と聞いてはいたけれど、いきなりそれを如実に実感することになったわけだ。

「でも、おいしいですね、この厚焼き玉子」

麻里を自分の娘として意識し始めたら、翔は急にしゃべるのがぎこちなくなってしまった。

「どうしたのよ急にあらたまって」

怪訝な顔で麻里は翔を睨む。

「いえ、どうもしていません」

「変なの。ちょっと気味悪いわ」

「喜んで！」

「会話になってないでしょ」

いぶかりながら麻里は話を続ける。

「卵は好きみたいなの、お母さんは。朝は目玉焼き。昼は厚焼き。目玉焼きは『黄身が月を想像させる』って言ってね、毎日。変わり者」

そう言いながら麻里自身も、弁当箱に詰められた白いご飯を、まず箸で縦に二分割し、次に横に三本切れ目を入れて、合計八つのブロックに正確に分けたあとで、ひとブロックずつ正確に切り取っては口に運んでいる。血は争えない。

「変わり者なんですね、お母さん」

「困ったものよ。あの血が私にも流れてると思うと、どんどん献血して人にあげたくなるわ」

麻里は、心底、やれやれ、と思っている様子で口に入れたご飯を咀嚼《そしやく》している。

聞くべきか聞かざるべきか躊躇しながら、翔は恐る恐る一番聞きたいことをさりげなく麻里に問いかけた。

「君のお父さんは、何をしているの?」

返事がなかった。

緊張して答えを待つ翔に、しばらく間を置いて麻里は全く無表情に答えた。

「知らない」

麻里の母は、麻里に何も知らせていないらしい。

「知らないって?」

「会ったことない」

「写真とかは?」

「見たことない」

「じゃあ、ホントに何も知らないんですね」

「私が生まれたときにはいなかったから。お母さんは『お父さんは月に行って帰ってこない』とか言うし」

知らないうちに、自分は月に行って戻ってこないことにされているらしい。

「お父さんに会いたい、とか、思わないのですか？」

関心のないそぶりをしつつ、ぎこちなく翔は聞く。

また、麻里が黙った。

翔は息を止めてその答えを待った。

「会いたくない」

「どうして！」

食ってかかるように翔が聞く。

「だって、がっかりしたときに取り返しがつかないじゃない」

「そりゃそうですよね、そうですよね」

翔は必要以上に大きく頷いた。

確かに目の前の妙に老けた転入生が実は本当にすごく老けていて、それが自分の父親だ、なんて現実を知ったらショックで泣いちゃうだろう。

翔は、決意した。

娘は、泣かしちゃいけない。

決して麻里に悟られないように、普通の同級生として学園生活を送ろう。父親として娘を見守りながら。それが、自分と娘との変わった形の親子の暮らしなのだ。卒業したら、きっともう会えない限られた時間の親子だけれど、それまでの学園生活、いや、親子としての変わった形の生活を精一杯親として全うしよう。

何より、バレたら退学である。親子の生活も終わってしまう。

学生でい続けるには敬愛してやまない松野組長を騙《だま》すことになるが、仕方がない。

子供を守るためにはなんでもする。

たとえ、それがどんなことだろうとも。

翔にはいつの間にか今まで感じたことのない親としての強い義務感が生まれていた。そして、もう一つ、翔には大きな変化が起きていた。

翔の麻里を見る目が一変してしまった。

親の目線で見てしまうのだ。

よその人の子供だと思うと気にもならなかった麻里のいろいろな点が、急にものすごく気になりだした。

「おい、麻里、スカートちょっと短くないか?」

翔はいきなり、父親のように麻里に注意をし始めた。

怪訝な顔をして麻里が翔を見る。

「なにうるさいこと言ってるのよ」

「うるさくない、スカートが短すぎる!」

口調まで変わって突然口うるさく人の生活に介入しだした翔に麻里は不愉快そうに返した。

「私の勝手でしょ。だいたい、私のこと、なんで呼び捨てにするのよ！」

確かにさっきまで丁寧語でしゃべっていた翔が、いきなり麻里を呼び捨てにしだしている。麻里にしてみれば、ストーカーまがいのことをされていた男に、いきなり呼び捨てにされ、細かい生活の注意まで受け始めたのだから、怒って当然だ。

「でも、短いだろスカートが」

翔は少々感情的になって注意した。麻里は無視して弁当のご飯を黙々と口に運ぶ。

「聞いてるのか！」

まるで無視するかのように麻里の弁当を食べる口だけがもぐもぐと動いている。

沈黙は最大の攻撃だ。

翔はさらにスカート丈の問題を追及しようとしたが、会話を拒絶している娘の不機嫌そうな横顔を見て、不意に今まで感じたことのない焦燥感に襲われた。

（……娘に嫌われた？）

この猛烈に不安な感覚は初めてだった。娘と会話がないのがこんなにきついとは想像もしなかった。

「ちょっと、返事くらいしようよ」

弱い。弱すぎる。急に口調が優しくなっている。しかし、依然返事はない。翔は不安に耐えきれず、

「悪かった、麻里ちゃん。ごめんね」

と機嫌をとるようなへりくだった言い方で麻里を呼んだ。

「……気持ち悪いわよ、『ちゃん』だなんて。あー、ぞっとした。ご飯が、冷や汗の味がする」

麻里は、汚いものを見るような目で額にしわを寄せながら翔を見た。

（そんな目で親を見るなよ）

翔は、腹が立つというより、むしろ悲しくなった。でも、どんな内容でもひと言でも会話があったことが、無言よりは少し嬉しくもあった。なんなんだろうこの特別な感覚は。今まで経験したどんな喧嘩より勝ち目がないように思える。

（子供との距離のとり方って、なんて難しいんだ）

とにかく、自分勝手に生きてきた男だ。

自分の正義を貫く、といえば格好がいいが、人のことを考えずにとにかく走ってきた。

花島翔は、花島翔。好かれようが嫌われようがかまわない。

それが、今日、いきなり十七歳の女の子の父親になった瞬間、

「娘に嫌われたくない」

という気持ちの洪水におぼれている。

と同時に翔の心の中に湧《わ》いてきたのはその逆の、

「嫌われてもいい、この子は俺が注意してやらないと」

という、これまでの人生で感じたことのないような大きな責任感。この二つが錯綜《さくそう》して翔の気持ちの中で暴れている。慣れないこの感情にどう対応すればいいんだ？　翔は、混乱した頭を冷やすために、大きく深呼吸をして、目をぎゅっとつぶった。

（落ち着け、翔！）

気持ちを落ち着かせるときに翔がとる方法だ。次第に体の力が抜けてくる。

（よし、落ち着いた）

心が安らかになった翔はゆっくりと目を開け、横に座る麻里を見た。

（おい！　腿が見えてるじゃないか‼）

落ち着いて見てもこのスカート丈は、短い。

そんなに短くて階段を上るときなんかどうするんだ？

心配だ。心配だ。

この長さはどう考えても短い。いかんいかん！　男子の気を引いているようなものだ。そんなことは今はまだ必要ない。翔は、再び口うるさく注意を始めた。

「スカートの長さは校則で決まってるじゃないか。膝《ひざ》より上はいけないんだろ」

麻里は不愉快そうに反撃する。

「ねえ、生徒を学校の都合で縛るのはおかしいって、ついこの間騒いでたのはあんたじゃない？」

確かにそうだ。しかし、いきなり父親の立場になった翔はもう校則の拘束大歓迎だった。

「校則は守れ。スカートは膝の下」

「私、短いほうじゃないわ！」

「でも校則は膝から下だ」

「座ってるから膝が出てるだけじゃない。立ったら膝隠れるわよ」

「じゃあずっと立ってろ」

「はあ？」

「でなければ、お前は座ったときも見えないようにしろ。はしたない」

「お前？　はしたない？　ちょっと何さまよ、おっさんさん」

「校則を守りなさい！」

翔の地鳴りのような大声が、教室中に響いた。

皆の弁当を食べる手が一斉に、ぴたり、と止まった。

そして、全員の視線が翔と麻里に集まった。

（つい感情的になってしまった……）

翔は、自分のとった行動にびっくりしながら、自分の子供に対しては他人に対するのとは全く違う感情が起こるものなんだという事実におののいていた。

「わかったわよ。膝を隠しますよ。校則校則……」

麻里はブーブー文句を言いながら、お腹のところで何回かくるくると折り返して短くしていたスカートの丈を渋々長く戻した。

「ちょっと、美香だってスカート短いじゃない、注意してよ」

不服そうに麻里は、座るとかなり腿の上まで見えている内藤美香を指差して翔に注意を促した。

「いいんだ、他人は」

「あたしだって他人じゃない！」

翔は慌てて取り繕う。

「隣の席は家族みたいなもんだ。隣組ってもんがあるだろ。家族同然だ、お隣さんは」

「やめてよ、うざくて仕方ない。だいたい隣組って戦時中の話でしょ？」

「いま高校三年の君たちは受験戦争という戦時中にいるんだ！」

言っていて自分で意味がわからない。なんて強引な理屈だ。でも、熱意はときとして理屈以上の説得力を持つ。数名のクラスメートが大きく頷いている。

「とにかくね、おっさんさん、あんたと家族とかまっぴら」

「隣の席は家族なんだ。歳末助け合い運動なんだよ」

「歳末って、年末でしょ。いま初夏よ、もっと国語、勉強しなさいよ」

翔の額に汗が滲《にじ》んできた。右腕でごしごしとその汗を拭くと、四方先生に施してもらったメイクが落ち、描いた眉毛が薄くなってしまった。

「おっさんさん、ちょっと、顔色悪いよ？」

翔の顔に異変を感じた菊池曜子が心配して声をかけた。人は眉毛が薄くなると顔からいきなり元気が失《う》せる。

「ああ……ちょっと気分が。校長室に行ってくる」

「なんで気分が悪くて校長室に行くのよ？」

美香が不思議そうに質問した。

「あ、保健室。保健室」

翔はごまかしながら顔を両手で覆い隠してメイク直しをするために校長室へ向かおうとした。しかし、翔はふと立ち止まって考えた。

（教室を出てしまうと麻里のボディーガードはできなくなる。麻里がその間危険だ。松野組長に誤って孫と思い込まれたおかげで日横組から狙われている娘を、父親として、少しの間でも危険な目に遭わせてはいけない！）

翔は、くるりと方向転換して、

「いや、大丈夫だ」

と両手で顔を覆ったまま自分の席に引き返した。

(何があろうと、娘は自分の手で守る)

翔は顔を押さえたまま指と指の隙間《すきま》からじっと麻里を見つめた。

麻里は、何か悪いものにでも取り憑《つ》かれたようにぞっとした気分が背筋を抜けていくのを感じていた。

14

増田の爪がものすごい勢いで減り始めていた。

増田は、イライラすると爪を噛む癖があった。成績も安定しこれなら東大もほぼ大丈夫と言われてしばらくその癖も見られなくなっていたのだが、ここ数日、翔の登場で優等生らしからぬ昔の癖が戻っていた。

「転入してきたばかりで、ちょっと目立ちすぎなんじゃないのか」

学校帰りに駅前の商店街をふらふら歩きながら、増田は自分よりひと回りは体が大きい武藤から同意を求められた。

「どう見ても高校生じゃないだろ、あの顔」

柔道部の武藤は低く響く声で増田に熱く語りかける。

確かに増田はおっさんさんを苦々しく思っていた。学級委員として四方先生の指示の下、厳しくまとめてきたクラスの規律が、あの妙な転入生のおかげで明らかに緩んできている。常にクラスの中心にいた者として、クラスの視線がおっさんさんに集まりだしているのも気に入らない。

「まあ、不自然だよな。でも、先生が高校生だと言うんだからそうなんじゃないか」

「でも、先生が言ったとしても、さすがにおかしいと思わないか？　あの顔の高校生は」

武藤は増田のあまりに優等生的な発言に少しイラッとしている。

「四方先生がそうだと言うから、そうなんだよ」

増田は先生の言うことは全く疑問にすら思わない様子だ。ここまでまっすぐだと、もう武藤も諦めるしかない。

「まあ疑わないほうが楽に学校過ごせるしな。俺たちは何も難しいこと考えないで過ごしてればいいんだ」

武藤は反応の悪い増田に話すのをやめて、佐々木の方を見て話し始めた。

「問題は、おっさんさんは四方先生とよく何やら話をしているということだ」

四方先生に憧れてやまない武藤は、四方先生が何やら翔とこそこそ口論したり朝一緒に廊下を歩いていたりするのを数回目撃している。それについて、たとえ怒られているのだとしても羨《うらや》ましいと思っていた。

「俺の四方先生に。なあ佐々木」

「ああ」

佐々木は極めて短い返事をした。佐々木は、武藤と長く話すのは嫌いだった。身長が違いすぎてしゃべると上を向き続けた首が痛くなる。それと、上から見られるとなんだか自分の気持ちをすべて見透かされているような気がする。だからもともとはしゃべりすぎるくらいによくしゃべる佐々木の武藤に対する返事は常にそっけないほど短かった。

「また爪噛んでるぞ」

武藤が増田に指摘した。増田は慌てて爪を口から離す。

「爪なくなっちゃうぞお前」

武藤が増田の右の親指をじっと見ながら言う。

「イライラすると噛むらしくて。つい噛んじゃうんだよね最近」

「増田が最近イライラしてるのは、麻里の隣におっさんさんが座ったこともあるんだろ」

武藤が増田にさらなる突っ込みを入れる。

「そんなことない！」

慌てて否定する増田の動揺ぶりは、わかりやすく、小田麻里が気になっている証拠にしか見えない。高校生の頃の男の子というのは余計なプライドと羞恥心《しゅうちしん》の塊である。増田の麻里への好意はもう誰からも丸見えなのだが、増田はなかなか素直に気持ちを表現できずにいた。増田の席は麻里とは教室の対角線上、一番距離がある場所にあった。それなのに、あのおっさんさんはいきなり麻里の真横。増田は常に翔の動向が気になって仕方がなかった。

「おっさんさんはいつも麻里を見ているよな」

武藤の指摘に、佐々木は黒ぶちの眼鏡を押さえながらコクリと一つ頷いた。

「気持ち悪いくらいじっと見ている。それも、一日中だ」

増田が苦々しそうに付け加える。

「増田が話しかけても、返事もしないこともあるのにな。悔しいだろ？」

そういう佐々木も実は増田に負けず劣らず麻里のことが気になっている。その好意が丸見えの増田、秘めている佐々木、という差こそあれ、だ。校則で生徒間の恋愛は禁止、と決められた学校は、得てしてこういうくすぶった少年たちを多数輩出する。

武藤はどうかといえば、四方先生に憧れるあまりわざと叱られて「武藤！」と大声で呼ばれるのを何より楽しみにしているし、同じく四方先生に好意を寄せていると生徒たちの間で言われている鼻血、いや、木島先生の授業には、敵意むき出しでものすごい形相で臨んでいる。

高校三年生は、複雑で、みんな悩んでいる。

それが、十七歳だろうが、四十五歳だろうが。

高校生は悩むべき生き物なのだ。

きっとそう神さまが決めたのだと思う。

空には夏を知らせる入道雲が高校生の妄想のようにモクモクと立ちのぼっていた。

その時。

三人の目の前を見覚えのある顔が通り過ぎた。

「教頭先生？」

帽子を深くかぶった石田教頭が、商店街の外れのビルにスキンヘッドにサングラスの男と入っていく。

黒い大きな鉄のドアが閉まる音が、ガシャン、と大きく響いた。

15

翔は、不安で仕方なかった。

自分については不安なんてなまっちょろいものを感じたことはない。

毎日目の前で高校生活を送る娘の麻里についてだ。世の中の父親は、普段の娘の学校での生活を見ていないからまだ幸せなのだ。実際に目の前で学園生活を過ごす女子高生を見ると、すべてのことが胃を痛くするタネになる。

男子はみんな女子を狙っていると思え。

三十年近く前に経験した自分の一回目の高校時代を思い出すと、男について警告してやりたいことは細かく山ほどある。

「消しゴム貸して」って言われても「返すから今度、一緒に買いに行こう」と誘われるから貸すな。

街で「奇遇だね」って言われたときはほぼ相手はずっと待ち伏せしてる……。

自分がしてきたことを並べるだけでも相当な数に上る。話しかけてくる男子は、すべて何かしらの邪念を持っているように翔には見えた。いちいち注意してやりたいのだが、すればするほどうるさいと嫌われそうで怖い。

結局、何も言わずにハラハラして見てるだけになる。

胃が痛い。胃が痛い。

過去に悪いことをしてきた分だけ、娘にハラハラしながら生きていかなければいけないのが世の中のルールらしい。報いといえば報いだが、最初からわかっていればあんなことはしませんでした、というほど落ち着かない日々を過ごさないといけなくなっている。

注意したい落とし穴ばかりがやたらと目につく。

親身になって注意すればするほど遠ざけられていきそうだ。

どうやってうまく娘とつきあっていけばいいのか?

困りきった翔は、三年二組の他の女子にそれとなく聞いてみることにした。

「お父さんと最近どういう関係?」

クラスで一番陽気な太田良子にまず聞いてみた。太田はそっけなく、

「え? 知らない」

という答え。

「知らないって?」

「最近、全然しゃべってないし」

「え? しゃべらないの? 一緒に住んでるんでしょ?」

「仕方なく住んでるんだよ」

「仕方なく……」

「だって、話、つまらないんだもん。文句ばかり言うし」

「でも、お父さんだって一生懸命稼いでるんだからさ」

翔は懸命に父親の弁護を試みたが、

「それは向こうの勝手でしょ」

太田良子は冷たく言い捨てた。

（家族のためにって一生懸命働いて、この扱いか）

翔は、太田の父親がかわいそうになってしまった。

次に、クラスの女子で一番しっかりしている鳥海由佳《とりうみゆか》に、

「お父さんって、どういう存在？」

と聞いてみた。

「そうね、風呂の水？」

「え？」

「なきゃ困るけど、いつもあると邪魔、みたいな」

「邪魔？」

「臭《にお》うし、とりあえず流しちゃえ、みたいな」

「臭う？　流しちゃえ？」

「亡くしてわかる親の恩って感じかな」

「まだ亡くなってないだろ！」

「なに怒ってるのよ？　聞かれたから答えてるだけじゃない」

まじめな鳥海にして、邪魔扱い。

他の数人に聞いても、まあ次々とひどい答えしか返ってこない。

（父親っていう仕事はなんて割に合わない仕事なんだ）

女生徒たちの話を聞いていて翔はますますいたたまれなくなっていった。

16

いくら翔に腹が立っていても、四方先生は早朝のアンチエイジングとメイクをやめることはできなかった。

四方先生もその効果についてははなはだ疑問を持っている。

だいたい、元がこんな劣化した素材ならメイクしても気休めにすぎない。

生徒たちも本当はこんな顔の高校三年がいること自体おかしいと思っているに違いない。ただ、この学校ではおかしいと思っても誰も声を上げない。どう考えても不自然なことに対しても。高校生としての翔の存在は、皆が疑問を持ちながらも誰も声を発しないという危ういバランスの上に成立していた。このメイクも、近藤校長の指示だから疑問も持たずにやろう、と四方先生が思い込んでいるものだった。四方先生が慣れない手つきでメイクをした翔の顔に多少不自然さが残ることについても、誰一人、何も言わずに毎日が過ぎていく。

メイクをしながら四方先生が翔に話しかけた。

「本人には言いづらいけど」

「なんれすか?」

メイクされてるときは口を動かしての返事がしづらい。発音も曖昧《あいまい》になる。

「最初のうちはたまに失敗した日もあったわ、メイク」

「失敗？」

「そう、顔が失敗してた。もともと失敗気味だけど」

「失敗した顔って、失礼じゃないですか」

翔はムッとして四方先生に文句を言おうとしたとき、

「ちょっと黙って」

先生は翔の唇を左手で押さえた。

眉毛を描くときは細心の注意が必要だ。

四方先生は翔の顔に息がかかるほど顔を近づけて、いつもよりさらに冷静に、丁寧に丁寧に眉毛に筆を進めていく。一筆ごとに、若気の至りで抜きすぎて薄くなった翔の眉毛が、りりしく整ってくる。

「先生、髪の毛、いい匂いがしますね」

不意に翔が四方先生の耳元でつぶやいた。一瞬びくっとした先生は、

「集中の邪魔をしないで」

と翔をじろりと睨んだ。動揺で眉毛のラインが乱れた。

この翔という男は、思ったままを口にする。この全く計算できない行動は、計算で成立してきた四方先生にとってはすべてがハプニングだった。何より、翔との会話の時、四方先生はあの機会のような口調ではなくなってきていた。

しばらく作業をしたあと、これで完成、と、四方先生は今日の出来映えを確認しようと翔の正面に行ってその顔を凝視した。

成果は上々。メイクの腕も日々向上しているからか、翔はちょっとしたいい男に見えた。

（この人、普通に気を使えばカッコいいんじゃないかしら……）

ふと浮かんだ想像に、

（いけないいけない、自分の施した化粧に自分で騙されるなんて！）

四方先生は激しく頭を振った。

風がふわっと翔の頭をくすぐった。

「先生、やっぱりいい匂いがします」

「だから匂いとか嗅がないで！」

「僕、自分の髪の毛の匂い嗅ぐと気分悪くなるんですよ、このカツラのラベンダーの匂い。偽った自分の象徴の匂いだから」

自分の髪の毛の匂いをクンクン嗅いで、翔は、オエッと吐きそうなそぶりを見せた。

「あなたは、思ったことを本当にすぐ口にするわね」

四方先生は半ばあきれながら翔の顔を見た。

「出したいもの出すようにしてるんで」

翔は、意志の強い瞳で四方先生を見つめている。

「幸せな人ね」

翔の視線が何故か恥ずかしくて四方先生は筆の先に視線をずらして言った。

「あとは眉毛、少し修整します」

「先生、僕のメイクなんかより自分のメイクしたほうがいいですよ」

顔をじっと見つめながら話す翔に、

「どうして？」

びっくりして四方先生が聞き返す。

「だって、絶対美人ですって。もったいないですよ、いい素材を放置するなんて」

動揺で震えた手で眉のラインが大きく乱れた。

「そういう方面に、私、関心ありませんから！」

「それでポニーテールとかにしたら、最高ですよ！」

「ちょっといい加減にしなさい！」

今日の翔の眉毛はブルブルと地震波のように震えたものになっていた。

17

「聖ミカエル学園にいる毛飯会の松野組長の孫娘の件、どうなっている？」

日横組の本郷組長がメールをカタカタ打ちながら顔を上げた。

「小田麻里ですね」

石田教頭が、ニヤリと答えた。

駅前の商店街の外れにある黒いビル、日横組の事務所。

組長室で組員に囲まれながら、石田教頭は本郷組長に報告をしている。

「大きな動きとして、花島翔がボディーガードにつきました」

「花島翔！」

先日の殴り込みで翔から受けた傷が癒えていない組員たちが一瞬ざわめいた。

「それも高校生に化けて」

「化けて、って、どう見ても中年じゃないか」

本郷組長が相変わらずメールを打ちながら反論したが、

「学年に一人くらいいる妙に歳食って見える奴、ということになっています」

組員たちが吹き出した。

「あのいかつい花島が？　高校生？」

本郷組長はメールの送信ボタンを押すと、ラップトップを閉じて言った。

「あいつには痛い目に遭っているからな」

組長は目をつぶって翔の襲撃の日の惨状を思い出す。

「大丈夫です。生徒でいるときは、花島は襲っては来ません」

カツラを失ってから帽子を決して脱がなくなった石田教頭は再びニヤッと笑って言った。

「その理由は？」

本郷組長はさすが優れた経営者、理由を聞かない限りは納得できない。

「花島は、退学を恐れています。小田麻里を守るというミッションのために。年齢がバレても退学。暴力をふるっても退学。滅多なことでは手を出せないでしょう。むしろ、生徒の時の花島は安全です」

「暴れない花島は、ただの学生服のコスプレした中年の変態おじさんだ」

安堵した表情でスキンヘッドの男が叫ぶと、組長室は爆笑に包まれた。

「しかし石田さんが情報をくれるので大変助かっていますよ」

本郷組長が石田教頭に礼を言った。

「校長もまさか日横組さんと仲良くさせていただいているとは夢にも思ってないでしょうけれどね」

帽子を深くかぶった教頭はカツラの時のさわやかさとは別人のような狡猾《こうかつ》な笑顔を浮かべている。

「でも、襲ってこないにしろボディーガードとして花島がいるなら、小田麻里をさらうのは少し難しくなりそうだな」

本郷組長は腕を組んで部屋の中を歩きだした。

「いい考えがあります」

石田教頭は本郷に何か小声で耳打ちした。

「ひどいことを考えるね君は。ヤクザみたいだね」

本郷組長がニヤッと笑う。

「花島の弱点は、古いタイプの人間だということですから。今どき人情とか大事にしています。まあ、友達のひとりやふたりを人質にとれば、彼は手も足も出ませんよ」

「そうとなれば、早いうちに計画を実行に移すとするか。キジマデパート拡張用の用地買収のためにも、反対している地元商店街と縁の深い毛飯会には早めに消えてもらわないと困るんでね」

本郷組長が呼びかけると、組員たちはみな大きく頷いた。

「で、教頭先生、そこまでしてくれるあなたの望みはなんですか?」

本郷組長が教頭に聞く。

「あなた方は人質を楯にして小田麻里を襲って捕らえる。校長は生徒の安全を守れなかった責任を問われて辞職。そして、私が校長になる。いくらでもご希望の方がいれば入学させてあげますよ、少しだけお金を私に頂ければ」

教頭は嬉しさを押し殺すように言った。

「欲の深いお方だ。キジマデパートの用地地上げのほうにもぜひご協力を。この街では聖ミカエル学園の校長の発言は影響大ですからね。いや、当然、あなたのお好きな見返りはご用意します」

本郷組長がお願いを一つ加えたが、

「もちろん。そのために、キジマデパートの御曹司《おんぞうし》を教員として入れています」

当然という顔で石田教頭は本郷組長に頷いた。

本郷組長は石田教頭とアメリカ仕込みの固い握手を交わした。

18

この学校に来て十日と経たないうちに、いつの間にかクラスの女子たちが次々と翔と会話をしにくるようになっていた。とにかくこの必要以上に落ち着いた、誰かれかまわず本気で叱り飛ばす高校生は、女生徒たちの悩みに対して全く遠慮せずに思ったままの本音で返事をくれる。よく聞いてみればその答えも極めて当たり前のことが多いのだが、女生徒たちは断言してほしいらしい。翔にしてみれば質問されてものすごく適当に当たり前のことを大声で答えているだけなのだが、十七、八歳の女子にはその自信に満ちた言い切り方は同世代の男子には見られない魅力があった。たとえば、

「英語の成績が最近落ちてさ、どうしたらいいかなあ」

と相談してきた生徒には、

「英語勉強しな！」

と答えたり、

「私、家庭教師の先生のこと好きなのかなあ、嫌いなのかなあ」

と聞かれると、

「はっきり言おう。どっちかだな」

当たり前である。しかし、皆は翔の大きな声を聞くと、

「そうだよね！」

と目が覚めたような表情をして嬉しそうに戻っていく。

いつしか翔の机の周りは、休み時間になるといつも女子が群がって話をする井戸端になっていた。女生徒たちは話したくなるとおっさんさんという井戸にやってくる。そのすぐ隣の席には、関心のないそぶりをしながらも覗き込むように興味を示している麻里の姿もあった。

そんな様子を佐々木、武藤、増田の三人が悔しそうに見ていた。

女生徒に囲まれる翔を見ている麻里に増田はそっと話しかけた。

「おっさんさん、最近なんか人気あるね」

「おっさんさんの恋愛相談、相当、的を射てるらしいんだよね。あの老けた顔にみんなごまかされてると思うんだけどね」

麻里は少し不機嫌そうにふくれていた。

増田は、麻里の不機嫌な理由が、明らかに翔がほかの女子たちの人気を集めていることにあるのを見て嫉妬《しっと》を感じた。

翔は翔で、これだけクラスの女子たちとはうまくつきあえていながらも、自分の娘である麻里との距離感はまるでつかめないままあまり近づくと娘にうるさがられて嫌われるという恐怖から、少し遠くから麻里を観察していたのだが、かまわないならかまわないで不機嫌になる麻里をどうすればいいのかわからず悩んでいた。不思議なもので麻里に関して悩めば悩むほど、何故かほかの女子たちからの人気は上がっていく。まるで気を使わず適当に接しているのが良いらしい。好かれたい人には好かれず、どうでもいい人には何故か好かれる。何歳になっても、この原理は続くもののようだ。

「おっさんさんって大人だよね」

と褒められても、当たり前だ、四十五歳だ。

「なんか落ち着いていていいよね」

と言われるが、この歳だと動くのが面倒なだけだ。

すべて翔にとって普通にしていることが、何故だか彼女たちにはいいようだ。

この「普通に」が、麻里に対してもできればいいのだろうが、それがなかなかできない、つい感情的になってしまう。それが父親と娘というものなのだろうか？　翔の悩みは尽きなかった。

娘への接し方は本当に難しい。翔は日に日に思い知っていった。

19

ある日の放課後のことである。

教室から出ようとしている翔に佐々木が声をかけてきた。

「おっさんさん！」

「なんだよ」

「折り入って相談があるんだ。ちょっと、時間もらえるかな」

翔にとって佐々木は好きなタイプではなかった。理由は、なんとなく、だ。でも、なんとなく、は、その理由を言葉にできないだけで実は極めて正しい判断であることが多い。しかし、ミッション達成のためにはクラスに敵を作っている場合ではない。翔は嫌な予感を抱えながらも、

「ああ、いいよ」

と返事をした。

「乗ってくれるのか？　本当に？　どんなことでもか？」

「ああ」

ニヤッと笑って佐々木は早口で言葉を続ける。

「屋上に行かない？」

屋上に上った翔と佐々木は一緒にパック入りの牛乳を飲みながら、生徒たちが校門を放牧された羊のようにわらわらと出ていく様子を見下ろした。

「屋上か。相談っぽいシチュエーションだな」

「シチュエーションって大事だからね」

そう言って残りの牛乳を一気に飲むと、佐々木は本題に切り込んできた。

「おっさんさん、小田とつきあってるの？」

翔は慌てて飲みかけていた牛乳を吹き出しそうになった。鼻から飛び出しかけた牛乳のおかげで鼻の奥がキーンと痛い。

「つきあってなんかないよ、なに言うんだよ」

大慌てで翔は否定した。佐々木は詮索《せんさく》を続ける。

「じゃあ、小田のこと好きか?」

翔は返事に困った。好きに決まっている。実の娘だ。でも、佐々木は違う意味で好きかどうかを聞いている。

「好きだけど、恋愛とかじゃなくてな、まあ、家族みたいな感じの、好き、だ」

言い訳に困ったアイドルの記者会見のような翔のセリフに、佐々木が突っ込む。

「いや、いつもおっさんさんの目は小田を追いかけているから、きっと好きなんだと思っていたよ」

バレてる。そんなに露骨なんだろうか?　翔は少し反省しながら聞いた。

「だから、家族愛みたいなもんだって」

「そうか、よかった」

「よかった?」

この、佐々木の人を追い込むような口調が嫌いだ。

「おっさんさんに手伝ってほしいことがあるんだ」

「なんだ?　手伝ってほしいことって?」

「これ、絶対内緒なんだけどさ」

佐々木が真剣な顔で翔の目をじっと見つめて言った。

「なんだよ、なんでも相談乗るよ」

つい、翔は言ってしまった。この先起こる大きな問題の引き金になるとは全く思わずに。

佐々木は、校庭を歩く一人の女生徒を指差して言った。

「俺、小田麻里が好きなんだ」

「えっ！」

翔の心臓が約五秒停止した。

「どうしたら麻里とつきあえると思う？　教えてくれないか。おっさんさんは女子の相談によく乗って信頼されてる。女子の気持ちを捉《とら》える秘密を教えてほしいんだよ」

佐々木は、増田を出し抜き、翔の女子に対する対処の仕方を学んで麻里に接近しようと謀《はか》っているのだ。

「いや、小田に信頼されていないのが悩みなくらいだから……」

つい本音を口にした翔に、

「なんでも相談乗るっていま言ったじゃないか」

佐々木は言質《げんち》はとってあるとでもいうように翔を追い込む。

「どうすればものにできるかなあ、麻里を」

「麻里って呼び捨てにするな！」

翔はいきなり不愉快な顔になって怒った。

「なんで急に怒るんだ？」

「いや、それは……呼び捨ては失礼だろ、女の子に」

翔は動揺で破裂しそうな心臓の鼓動を抑えながらしどろもどろに答えた。

「麻里を彼女にしたい。頼む。指導してくれ」

なんてことだ！　翔は、自分の娘を口説く相談をされてしまったのだ。

「いや、お前、いま受験で大事な時期だし、やめといたほうがいいんじゃないか？」

さすがに自分の娘を口説く手伝いはできない。

「逆だよ、気になって受験勉強できないんだよ」

「それに、小田はたぶん性格きついぞ、あの顔は」

「いいんだよ、きついくらいの女の子が」

「いや、相当きつい。やめといたほうがいい。うん、やめとけ小田は」

「決めたんだよ、俺。麻里に告白する！　なんでも相談乗るって言ったよね？」

「……ああ」

残念ながら翔は、約束を破るのが何より嫌いな男だった。これまでもどんなに理不尽な約束でも男の約束という名の下に、かたくなに不器用に守ってきた。

しかし、その翔が葛藤《かっとう》していた。

「こんな男に娘は預けられん！」

娘を悪い奴から防御しようという、本能なのか煩悩なのかわからない感覚が翔の行動規範を混乱させていた。

「なあ、おっさんさん、どうすればいい？　小田麻里を口説くには」

翔は、十秒ほどぐっと目をつぶった。

そして何かを決心した様子でカッと目を見開くとおもむろに、

「小田の攻略方法はな……」

「どうすればいい？」

と何と佐々木に自分の娘の口説き方を伝授し始めた。

佐々木は目を輝かせて聞いている。

「あのタイプのきつめで性格もきっちりとした女子は意外と攻めに弱い」

翔は、人に聞かれたくない話のように佐々木に小声で話す。

佐々木の顔に、とてつもない秘密を聞いたような喜びがあふれている。なにぶん、佐々木はこちらのほうは晩生《おくて》に近い。

「きれいだとか可愛いとか容姿を褒めるより、誰も言ってやらないようなきつい言葉をあえて浴びせろ」

「きつい言葉？　なんて言えばいい？」

「よし、こう言ってみろ。『実はひげ濃いね』とか」

「そんなことを？」

あまりに荒唐無稽《こうとうむけい》な翔の指示に佐々木も疑いの色を隠せない。

「お前しか気がついていない、と思わせること、ここが大事だ。私のこと、そんなに見てくれてるんだと思わせる」

「そうか」

「あと『足の親指と人差し指の間の臭い、きついね』とか」

「え？」

さらに無茶苦茶な指示だ。

心配顔の佐々木に、悠然と翔は答えた。

「それは、女は皆かつて一度は気にしたことあるんだよ」

なんという強引な決めつけだろう。

「そうなのか？　そんなもんか？」

「ああ、そんなもんだ」

こういう時に顔がおっさんというのは妙に説得力を持つ。

「もし怒ったら？」

「『君は本当は寂しがりやさんなんだね』って言えばいい。だいたい寂しがりじゃない人なんていないからね」

「すごいな、おっさんさん。だてにおっさんみたいな顔してないな」

佐々木は尊敬の眼差しで翔を眩《まぶ》しそうに見つめる。

「ひどいこと言うほど『あ、こんなにきついことを言ってくれるほど、この人は私のことを真剣に見てくれているんだ』と感動して、逆にころっといくものなんだよ」

「ほんとか？」

「本当だよ。よく、なんでこの美人がこの不細工と？　ってカップルあるだろ？　あれはみんなそうだ」

「おっさんさん、すごい奴だな」

佐々木は翔の手を両手でがっちりと握って、何回も何回も振り続けた。

翔はニヤリと微笑んだ。

「それと、大事なのは、いきなり怒ることだ。怒られ慣れていない奴には先制パンチでペースをつかめ」

翔は拳を固めて佐々木の顔の前に、ビュッ、と突き出した。

佐々木は何度も何度も頷いて、

「よし、わかった。とにかく怒る！」

と何やら間違えた決意をしている。翔は、感謝を繰り返す佐々木の顔を見て、

（これでいいんだ）

とミッション系らしく、頭の中で十字を切りアーメンと唱えた。佐々木は、きっと失敗する。自分が考えうる最も適当で最悪のシナリオを、翔は佐々木に伝えたのだから。

そう、もちろん全部がでたらめだ。

（……ごめん、娘のためなら、俺は鬼になる）

目の前で、早速、

「こら、小田！」

と麻里を怒る練習を繰り返している佐々木の姿を見ながら、翔は胸の前で手を組んで神に強く祈った。今までの人生、最も神頼みを毛嫌いしていた翔が。

「この男が失敗しますように」

「ありがとう、おっさんさん！」

喜び勇んだ佐々木が翔に報告に来たのは、その二日後の朝だった。

「ありがとう？」

翔に不安がよぎる。

「すごいよ、おっさんさん！　これからは師匠と呼ばせてくれ！」

「それって、もしかして」

「大成功だよ！　小田麻里、今度デートしてくれるって！」

翔は全身から血が引いていくのを感じた。

これは、ジュースが欲しくて献血を一日に三回したとき以来の感覚だ。

「うまくいった？」

「ああ！　大成功だよ！　すべておっさんさんの言う通りだった！」

まさか。あの最悪なシナリオが成功するなんて。

もっとしっかり神に祈っておけば良かった。翔は激しく後悔した。

「結婚も視野に入れてる、俺」

（結婚だと！）

翔は、浮かれている佐々木に対してものすごい憎悪を覚えた。

（……お前にお父さんと呼ばれるのか？）

翔の拳がぷるぷると震えていた。

（その結婚、父親として俺が許さん！）

ぶん殴ってやる。しかし、それは校内暴力じゃないか。

葛藤する翔に、佐々木がガッツポーズを繰り返しながらさらに付け加えた。

「デートどこがいいかな、また教えてよ」

翔の目が怪しく光った。

「ああ、明日までに考えておくよ」

20

翌日、翔は麻里に、佐々木とのことについて詳しく尋ねてみたくて朝からずっと落ち着かなかった。しゃべりかけようとして椅子の上に敷いたクッションから身を持ち上げては、やっぱりやめた、と座り直す。

「おっさんさん、今日、痔がひどいの？」

横の席でもぞもぞとお尻を動かし続ける翔の様子に、麻里は不審そうに尋ねた。

痛むのは痔だけじゃない。むしろ心が痛む。

何も話せないままもぞもぞし続けているうちにその日の授業が終わった。

次々と生徒たちが教室を後にしていく。

悶々《もんもん》としながら麻里を駅までガードするために待っていた翔に、

「おっさんさん、一応、相談したいことがあるんだけど」

麻里が周りの目を気にしながら恥ずかしそうに話しかけてきた。

麻里が翔に相談をもちかけるのは、これが初めてだった。

佐々木のことを尋ねるには絶好の機会だ。しかし、翔はよせばいいのに素直に返事をせずにまず麻里に文句を言った。

「相談するのに一応とはなんだ、一応とは。最近の若い奴は！」

思い切って相談を持ちかけたのに肩すかしを食った形の麻里も、

「最近の若い奴って、あなたもそうなんでしょ？」

と反撃する。

「そうだった、俺も最近の若い奴だった」

危うく忘れかけていた、十七歳ってことを。気分はすっかり麻里の父親だった。

「乗るよ、相談。駅までの間に」

どうせ相談に乗るなら、最初からそうすればいいのに。わかってはいるのだが、何故か麻里の時だけはそれができない翔だった。

日差しが照り返す駅までの坂道を、自転車を押した二人の影が並んで歩いていく。いつもは少し後ろをストーカーのようにつけている翔だが、相談を聞くために今日は並んで歩いている。翔は親子で並んで歩くという今まで経験したことのない嬉しさを一歩一歩踏みしめていた。

（これが、娘との散歩ってものか？）

今まで感じたことのない感慨が勝手に湧き上がってくる。風に髪をなびかせる麻里の横顔を見ながら、

（この娘は、俺が守らないといけない。接近してくる変な奴から守らないと。日横組だろうが、佐々

木だろうが）

翔は麻里の横でカツラの髪をなびかせながら強く誓った。

ふと、曲がり角でバイクが目の前にゆっくり顔を出した。

「危ない！」

翔は大げさに麻里の自転車の荷台をつかんで制止させ、バイクに乗った若い男に罵声《ばせい》を浴びせた。

「安全運転しろ、このボケ！」

むしろ安全運転していた男は、この言いがかりに、

「なんだこの野郎！」

と怒鳴り返してきたが、中年の男が学生服を着てガンつけているという状況に恐怖を感じ、

「僕、安全運転します」

と、左右をしっかり指差し確認してきびきびと左折していった。

「全然危なくないでしょ、今のは」

麻里が怪訝そうに言う。

「俺が危ないと思えば危ないんだ」

「過保護よ、過保護」

「過保護の何が悪い！　たとえ過保護だろうがなんだろうがお前が安全ならいいんだ」

翔はまた声を荒らげた。

「カロリーでもなんでも過剰なのは体に良くないんだよ！」

と麻里も対抗するように声を荒らげたが、ふと急に声のトーンを落として、

「私、お父さんに会ったことがないからわからないんだけど」

と、空を見上げて不意に話しかけてきた。

「え、お父さん？」

翔は、その言葉に過敏に反応した。

麻里は、フフフ、と笑いながら言う。

「お父さんって、きっとこれくらいうるさくて煩わしいものなんだろうな、って」

翔は嬉しさと恥ずかしさとをごまかすように大声で話した。

「俺をお父さん扱いするな！　まだ十七歳なんだぞ。こう見えても」

声は怒っているが、顔はもうニコニコに崩れている。

「あ、あんたをお父さんだなんて思わないわよ。私のお父さんはもっとカッコいい人だったんだから」

麻里は少し気味悪くなってつっかえながらしゃべった。

「麻里」

「何よ？」

「なんなら、お父さんになってやろうか？」

翔は勇気をふるって言ってみた。

「ないない。あんたみたいなうるさい人がお父さんだったら、私、亡命します」

ありえないというように、麻里は激しく首を振った。

「俺だってご免だね、こんな気の強い小娘の父親は」

「ご勝手に。とにかく、お父さんと歩くってのはこういう感じなのかな、って思ったってこと」

「どういう感じなんだよ」

「うっとうしかったり、そこまで心配しないでいいよ、と思ったり、いるとなんだかイライラするんだけど、それでもちょっと嬉しいんだろうなってね」

「じゃあ、嬉しかったのか？」

「いや、言ってみただけ」

「じゃあ言うな！」

こんなたわいのない口ゲンカが、翔にはどうにも幸せでたまらなかった。でも、その幸せな気持ちは麻里の言葉ですぐに消し飛ぶことになった。

「相談というのはね」

不意に麻里が少し緊張した面持ちで切り出す。

「なんだよ」

翔が神妙な面持ちで麻里を見つめる。

「私、告白されたの。佐々木くんに」

来た。

麻里の顔を正面から見て話せなくなって、翔はそっぽを向いて話した。

「佐々木、か」

「うん、佐々木くん」

「気づいてたのか、お前？」

「全然。昨日、急に佐々木くんが来て」

「で、麻里は佐々木が好きなのか？　悩むってことは」

まるで父親としての発言である。

「うーん」

麻里は考え込んでいる。

「そういうんじゃないんだけど、なんだか、私のこと本当によく見てくれてるみたいなのよ」

「どういうふうに？」

「佐々木くん、私が誰にも言えずに気にしていることズバズバ言ってくれるんだよね。『実はヒゲ濃いね』とか、『足の親指と人差し指の間の臭い、きついね』とか。最初、腹立ったけど、なんだか気になって。そんなに私のこと見ててくれたんだって」

なんてことだ。翔が佐々木に伝えた、失敗させるためのアドバイスが逆に最大限の効果を上げているじゃないか。

「ねえ、どうすればいいと思う？」

「適当にごまかせばいいんじゃないか」

心ここにあらずで翔は答えた。

「きちんとした解答を出したいの！　いい加減なのが一番嫌いなんだから、私」

定規で測ったようなキッチリ具合はまさにあのデザイン狂の妻の遺伝だろう。普段はあれほど冷静で正解ばかり出す麻里も、母親に似て恋愛に関してはからっきし音痴のようだ。

麻里への告白を台無しにさせようと佐々木に言わせた言葉が、予想もしなかった効果を上げている。

このままだと麻里は、いや、娘は、自分のアドバイスによって気に入らない男の彼女になり、さらには、翔は娘と娘の彼氏と同級生になってしまう。

さすがに、それはきつい。

娘と憎らしい彼氏が手をつないで帰る姿を、ただじっと指をくわえて見守り続けなくてはいけなくなるのだ。二人は一緒にお弁当を食べたりするかもしれない。「あーんして」と、麻里が厚焼き玉子を佐々木の口に運ぶ許せない行為が目の前で繰り広げられることもありうる。

（あの厚焼き玉子は、俺とその家族だけの味だ！）

翔の中に怒りが竜巻のように渦巻いていた。

自分でまいた種は、自分で芽を摘んでしまおう。そう考えた翔は、今度は麻里にいかにも物知り顔で話しだした。

「よくある手だな、その手は」

「よくある手？」

「気が強い女にはよく使う手だよ。足の指の間の臭いを指摘するのは」

翔は麻里と佐々木の仲を壊す作戦を開始した。

「……よく使うの？　そうだったの？」

麻里は真剣に翔の出まかせの話を聞いている。

「そうさ。考えてもみろよ、足の指の間の臭いがいい香りの人なんて、いると思うか？」

「会ったことない」

「そうだろ、だいたい自分で足の臭いを嗅ぐのですら姿勢がきつい」

「そうね、そうね」

「俺が佐々木なら次になんて言うか、教えてやろうか」

翔が恋愛の大先生のような態度で麻里の顔を覗き込む。

「なんて言うの？」

「『君は本当は寂しがりやさんなんだね』って」

麻里はびっくりした表情で翔を見つめた。

「すごい！　どうしてわかるの！　そのまま言われた」

当たり前である。翔自身が佐々木に「言え」と言ったことなのだから。

尊敬の眼差しで麻里はすがるように尋ねてくる。

「私、どうすればいい？　おっさんさん」

（これが娘に頼られる気持ちか！）

鼻の下が急にびろんと長くなるのを翔は必死で抑えた。もうなんでもしてあげちゃうよお父さんはという気になってくる。

「それで、佐々木とは何か約束でもしたのか？」

「うん、今度、一緒に遊びにいこうって」

「デートか！」

翔の怒りは備長炭《びんちょうたん》より赤く熱く燃え盛った。

「で、佐々木とつきあう気はあるのか？」

「……わからない」

「じゃあ、会ってみて決めればいいじゃないか」

心にもないことを翔は言う。結論は先に出ている。つきあわせてたまるか。一度二人で会わせてそのデート自体を完全に失敗させて根本から話を叩き潰してしまおうと思ったのだ。翔は、確実にデートを失敗させるための作戦を麻里に伝授し始めた。

「佐々木がつきあうに値する男かどうかを、会って実際に見てみればいい」

「どうやって？」

「連れていく場所で判断する」

「場所で？」

「まず、最初のデートで動物園に行くような奴は野獣だ」

また極めて適当な話である。

「野獣⁉　汚《けが》らわしい」

麻里は顔をしかめて露骨に嫌な顔をした。

「獣になりたい、というオスとしての深層心理がつい場所に表れてしまうからな」

上野動物園に怒られそうなインチキな話だが、あまりにインチキの度が過ぎると正しく聞こえるから不思議だ。今まで正解にしか接してこなかった麻里の判断基準は崩壊しかけていた。

「でもな、万が一動物園に誘われたら、断らずに行ってみるんだ」

「行くの？　動物園に？」

「ああ。どんな男か行動をしっかり見るんだ。動物園で人間は動物に戻る。きっと野獣は野獣らしい行動をとり始めるだろう」

「野獣らしい行動……」

「しばらくしたら野獣に戻った男に聞いてみるんだ。『どんなことがあっても守ってくれる？』って。その返事で最終的に決めればいい」

「そんなことでいいの？」

もう解説するのも恥ずかしいくらいにいい加減だ。

「ああ。本当にいい男なら迷わず無言で頷くものだ。もし『やだね』とでも断れば、そいつは守りたくない、襲いたいんだ、お前を。野獣ですらない、ケダモノだ」

「わかった。そうしてみる。でもすごいアドバイスね」

麻里は感心したように頷いている。

よし、今度は、佐々木にアドバイスする番だ。動物園に行け、と。

21

「動物園？」

翔が意外な場所を勧めたので、佐々木は危うく鞄を落としそうになった。

「ああ。麻里みたいな強がっている女性に限って、実は心の底では癒《いや》されたいと思っている。そこで、動物で癒すんだ」

人目につかない薄暗い体育倉庫の中で、翔はひそひそとささやいた。

「動物園、か……。考えつかなかったよ。でも、動物詳しくないし会話がもつかなあ」

女子慣れしていない佐々木は沈黙が怖くて仕方ない。

「もしムードが沈滞したら、すかさず動物の鳴きまねをすればいい」

翔がまたとんでもないアドバイスを佐々木に与えた。

「え？　鳴きまね？」

佐々木は目の玉が落っこちそうなくらい目を見開いている。

「ああ、鳴きまねだ。お前が麻里を癒す。動物の声で」

「癒す？」

「ああ。動物は姿だけでなくて声で人間を癒してくれる。その姿と声を再現するんだ。特に、女性は声に癒されるからな。物まねで心に隙を作り、そこを声で癒すんだ。きっと小田も笑顔を見せるだろう」

「馬鹿みたいじゃないかなあ」

「意外性に弱いんだよ、女子は」

四十五歳を超えたインチキ高校生のインチキ話は、インチキすぎてまるで真実のように佐々木の耳には響いていた。

「……鳴きまね、できるかなあ。猿くらいしかできないけど」

「できるかなあ、じゃない。やれ。猿でもなんでも」

翔は追い込むように一喝した。

「将来の夢の話を語りながら、夢を食べるバクの鳴きまねとか。そうだ、バクをやれ！」

「やるよ、俺、やる。バクの鳴き声わかんないけど」

「俺もわからないから、どうせ皆わからない。適当に『バクー』とでも鳴いとけ。物まねしながら」

「『バクー』か?」

佐々木は真剣にバクの鳴きまねの練習を、四つんばいになってバクー、バクー、と声を裏返して繰り返す。

「うまいじゃないか」

聞いたこともないのにどうしてうまいとわかるのか? 翔の評価も極めていい加減だ。そしてさらにいい加減な指令が佐々木に与えられた。

「女の子は癒されて気を許すと必ず『どんなことがあっても私を守ってくれる?』と甘えたことを言うものだ。もし聞かれたら、ここで絶対に頷くな。強気に出るんだ。意外性だ、ポイントは」

「意外性……」

「答えるべきは意外性のある答え、つまり『やだね』だ」

「『やだね』! 断るのか?」

不安そうに佐々木は翔を見つめる。

「意外だろ」

「意外だ……」

「これで麻里はお前に神秘を感じてイチコロだ。勉強のできるきっちりした気の強いタイプは、確実に神秘に弱い。コンピューターでは計算できないミステリアスなものに惹《ひ》かれるんだ」

「ミステリアス……」

「そう、お前はミステリアス佐々木だ!」

翔のヒステリックな絶叫を佐々木は教祖を拝むような涙目で見つめている。

「すごいよ、おっさんさん、あんた本当にすごいよ、ありがとう！」

喜んだ佐々木は翔の手をとって何度も何度も握手をした。

(すまんな、ミステリアス佐々木)

翔は、喜ぶ佐々木の顔を見れば見るほど申し訳なくなって心の中でアーメンと唱えた。

翔はきりっと眉を上げて仕上げに入った。

「そう、そして最後に……」

「最後に？」

「俺の仲間がお前たち二人を襲う」

翔は、一大作戦を佐々木に授けた。

「襲われるのか？　俺」

佐々木はまた混乱している。

「襲うふりだよ、ふり。そこで、さっきは『何かあっても守らない』と言ったお前が、その言葉と裏腹に体を投げ出して麻里を守る。意外性だ！　一番の見せどころだ！」

「俺が戦うのか？」

不安そうに翔を見る佐々木に、言い聞かせるように翔は続けた。

「襲う奴らには適当に逃げるように言っておく。お前は、暴漢から麻里を守るんだ。麻里は、その勇気ある行動に本当に心からお前に惚《ほ》れることになるだろう」

「そんな昔の漫画みたいな方法でいいのか？」

「馬鹿。昔読んだことのある漫画みたいだからこそ、女の子はまるでヒロインになったような気分になるんじゃないか。ミステリアスでドラマチック、女子には最高だ！」

佐々木は目をキラキラさせて、

「そうか、その通りだ！　やっぱすげえよ、おっさんさんは」

と叫ぶと、ガッツポーズをとりながら、体育倉庫から駆け出していった。

走り去る佐々木の後ろ姿を見ながら、翔は両手を組んで前回より強く神に祈った。

「今度の土曜日、動物園に行かないか？」

佐々木が携帯で麻里を動物園に誘ったのは、その日学校から帰ってすぐのことだった。

（獣なんだ、佐々木くんって……）

麻里は翔の言う通りの展開に失望しながら、それでも翔に言われた通りに動物園に行く約束をした。

22

土曜日の午後。

翔の適当極まりない教えを信じ込んで、麻里は佐々木を動物園でしっかりと見極めようと思った。

野獣か、否か。少しでも野獣の芽があれば、佐々木との交際はないと考えないといけない。麻里にとってこのデートは、「人間」という動物の中の佐々木という一人のオスの行動観察だ。この視線で見ると佐々木の一挙手一投足がすべて野獣の本能のなせる業《わざ》に見えてくるから不思議だ。デートではない、これは観察会だ。

こんな状況だから、会話が成立するはずがない。すべての行為をじろじろと監視する麻里の視線に縛られて、佐々木はろくに話しかけることもできない。ただ黙って二人は動物園の中を並んで歩いた。

佐々木は焦った。そして、この膠着《こうちゃく》状況を打破するために翔に学んだあの行動に出た。

突然、麻里の前におもむろに立ちはだかると、両手をぶらんと下げて、

「キャッキャッキャッキャッ」

と叫びながらその場で飛び跳ね始めた。

麻里はびっくりして立ち尽くした。

佐々木は、猿が背中についた蚤《のみ》をとるまねをして麻里のほうを見ると、

「キー、キキー」

と苦しそうに叫んだ。

麻里は直感した。

(佐々木の中の野獣が目覚めた!)

手をパンパンと大きく叩き鼻の下を伸ばしながら、佐々木の猿の物まねは続いた。

(おっさんさんの言う通りだ)

麻里は翔の予言通りの展開に感心した。

(さすがに、ここまでの野獣とはつきあえないわ……)

意外と早く出た結論に、ふと麻里の表情から緊張が消えた。

「なにやってるの、佐々木くん……」

麻里は苦笑した。

「笑った！」

（おっさんさんの言う通りだ！）

佐々木は翔に感謝した。麻里の緊張した心を自分の癒しが溶かしたと勘違いした佐々木は、ここぞとばかりに追い討ちをかけた。両手両膝を地面につけて、

「バクー」

と高らかに鳴いた。

「ねえ、それ、もしかしてバクのまね？」

不思議な顔をして尋ねる麻里に佐々木は頷きながら、

「バクー」

と鳴いた。

（この人は、馬鹿かもしれない）

人は見かけによらないものだ。東大に入って官僚になると自分で喧伝している佐々木だが、バクがバクーと鳴くと考えている時点で来年の東大の受験はやめてほしいと麻里は切に願った。

この人が国家公務員になったときの日本が不安で仕方ない。

麻里は、四つん這《ば》いの佐々木に話しかけてみた。

「ねえ、佐々木くん」

「バクー」

佐々木は犬のように首を上げて麻里を見た。

「どんなことがあっても守ってくれる?」

翔に言われた通りのセリフを、麻里は恥ずかしくて真っ赤になりながら佐々木に吐いた。

(本当におっさんさんの言う通りの展開だ!)

佐々木は翔に改めて感服しながら麻里の表情を見た。

(こんな臭いセリフ、言ってしまった。人生の汚点だわ)

麻里は恥ずかしくてさらに真っ赤になった。

それがまた佐々木には、

(赤くなってる。なんて純粋な子なんだ)

と深く突き刺さっていた。

「もちろん!」

とすぐにでも頷いて答えたかった佐々木だが、翔の言った通りにこの場は、

「やだね!」

と地面に這《は》ったバクの姿のまま答えた。

(やだね、って、やだねって言った!)

麻里の判断は確信に変わった。

(この男は、野獣だ。私の夢を食い尽くすバクだ)

いっさい交際なんかしない、獣とは。

シナリオを書いた翔は制服姿で少し離れた場所からこの様子を隠れて観察していた。計画通りに失敗へ向かっていくデートに、思わず笑みがこぼれる。

望まない娘の恋愛が壊れてしまったとき、父親はこんな嬉しい気持ちになるものなんだ。

嬉しいというより、安堵に近い。いや、安堵というより、ざまあみろに近い。

意地悪い視線を二人の方にやると、這いつくばった佐々木の前にいつの間にか男たちが立ちはだかっている。

毛飯会の若い衆が少し早めに行動に出たようだった。

「あいつら、もう少し経ってから襲えって言ったのに」


男たちの一人が這いつくばっている佐々木の胸ぐらをムンズとつかみ、持ち上げて立たせた。

佐々木は、予定より少し早いものの打ち合わせ通りに襲ってきた暴漢たちに対して、

「俺の女に手を出すな」

と大見得を切った。

この意外性で麻里は確実に俺に惚れるはずだ。そう佐々木は信じていた。

しかし、展開は打ち合わせとは全く違った。

「お前の女か。じゃあ預かっておく」

という声とともに、佐々木の右頬に相手の拳が強烈に叩きつけられた。

「殴るって聞いてませんけど……」

何が起こったか理解できない佐々木は、生まれたての子鹿のようによろよろと立とうとしてはまた這いつくばった。

こういう時も女は強い。

「なによあんたたち、暴力ふるうなんて馬鹿のすることよ」

麻里は、男たちの前に立ちはだかり、男たちを一瞥《いちべつ》した。

男たちの一人が、

「僕たち、馬鹿なんでね」

と言いながら、麻里の右手をぐいとつかんだ。

「あなたに用がありまして。会いたいとおっしゃってる方がいらっしゃるんで」

翔は離れた場所から佐々木に詰め寄る若い衆の迫真の演技を、

「まるで本当の暴漢みたいだな、あいつらうまいじゃないか」

と満足そうに傍観していたが、どうも若い衆の数が多いことに気がついた。

周りを見渡してみると、毛飯会の若い衆は少し離れた木の陰で事態の推移を見ている。

「あんなにうちの組には組員がいないぞ？　事務のおばちゃん入れても」

ということは、あれは？

最近老眼が始まってきた目を細めながら見ると、見覚えのあるスキンヘッドの男が麻里の手をつかんでいる。

「日横組だ！　しまった！」

いつもは嫌がられるほど近くにいる翔が、今日はバレないように遠くから見ていたのが隙を作ってしまったのだ。俺の浅はかな計画が、娘の危機を招いている。

「ボディーガード失格だ！」

翔は「ウオー」と大声を上げて、麻里と佐々木がからまれている場所へ一人で突っ込んでいった。

日横組の五人は、向こうから大声を上げて走ってくる学生服を着たおじさんを見て、身の危険を感じた。

「変態だ！」

「お前ら、俺の同級生になにするんだ！」

と叫びながら変態は一直線に突っ込んでくる。

「同級生だと？」

「ヤバいですよ、あのおっさん、イッちゃってますよ」

暴漢たちに動揺が広がった。

近づいてくると、見覚えのある変態だ。

「は、花島だ！」

サングラスの男が絶叫すると日横組にさらに動揺が広がった。聞いてはいたが、無理がある学生服が普段以上に恐ろしい。

「助けに来たぞ！　佐々木！　麻里！」

翔が二人の前に駆け付けようとしたが、二人は何故かおびえて翔から逃げようとしている。

「俺だよ！　俺！　おっさんさんだよ！」

翔が主張すると、やっと、

「おっさんさんか！」

佐々木が半分泣きそうになりながら叫んだ。

「おう！　おっさんさんだ！」

翔は地響きがするほどの大声で返事した。

「顔がいつもと違う気がしてわからなかった」

麻里の言葉に佐々木も大きく頷いている。今日は学校が休みで、四方先生ではなく翔が自分でメイクしてみたのだが、それが全くの大失敗。まるで顔色の悪い別人のように二人には見えていたのだ。

安心した麻里は、翔の背中にまわって叫んだ。

「おっさんさん、助けて！」

麻里の「助けて」という声を聞いた翔の体中に力がみなぎっていく。

「助けてやる！」

と叫ぶと、両手を高く上げて、

「グオー」

と叫んで熊のように暴漢たちに突っ込んでいった。熊は子熊を連れた時期の母熊が一番獰猛《どうもう》だというが、今日の翔もそれに似ている。

娘に初めて「助けて」と言われた嬉しさに笑みを隠しきれず、翔は笑いながら日横組の男たちにジリジリと近づいていく。

「フフフフフ」

と嬉しそうに笑いながら頭から突っ込んでくる歳とった高校生。あまりに気味が悪い。怖い。

「……逃げたほうがいいんじゃないすか」

日横組の組員たちは、不気味さに抗することができずに、

「覚えてろよ」

と言いながら退散していった。

「覚えてる記憶力がありゃ、いまこんな格好してないよ！」

制服姿の翔は去っていく後ろ姿に吐き捨てるように言った。

「……なんか話が違ったけど」

怯えながら寄ってきて耳元で佐々木がささやいた。

「俺もなんだかわからない」

と翔もひそひそと小声で答えた。

「でもとにかくありがとう、おっさんさん」

翔は、潰そうとした男に感謝され、居心地の悪さを感じていた。

「怖かった」

あれだけ気丈だった麻里の本音のつぶやきを聞いて、翔は無意識に片手を麻里の頭に伸ばして、優しく数回まるで父親のようにそっと撫でてやった。麻里は、黙って頭を翔に向けていた。佐々木は、その姿をじっと見ていた。

23

「日横組、ついに来ましたね」

扉をしっかりと閉じた校長室のソファーで、近藤校長は松野組長と二人きりで向かい合っていた。

「これからが本番です」

松野組長の言葉に近藤校長も大きく頷いた。

「しかし、拝見していますと花島くんも相当の極道のようですね」

近藤校長が翔を褒めたが、

「まだまだ昔のあなたの暴れっぷりには負けますけれどね」

松野組長が逆に近藤校長を褒める。

「校長先生、また組長に戻ってみますか？」

突拍子もないことを普通に言う松野組長の提案に近藤校長は、

「じゃあ、あなたもまた校長に戻ってみますか？」

と軽く切り返した。

「久々に交換しますか？」

「そうなれば三十三年ぶりですかね」

懐かしそうに松野が目をつぶった。

「早いですね、時の流れは」

近藤校長と松野組長は、三十三年前の若い頃の自分たちの姿を思い出しながら話を続けた。

「あの時、一九七九年でしたね、プロ野球の江川と小林の電撃トレードに影響されて、校長と組長の電撃トレードなんてしなければ、今はお互い逆の立場ですものね」

そう、かつて親分肌の厳しいスパルタ教育で有名だった聖ミカエル学園高等学校の校長・松野は毛飯会の組長に、知性と博識で有名だった毛飯会の組長・近藤は聖ミカエル学園の校長に、交換トレードされ立場を入れ替わったのだ。折しも、学校教育から体罰がなくなっていき、生徒を優しく育てようという教育現場の流れに沿った形のトレードだった。

「いま、また入れ替わって元に戻ればちょうどいいのかもしれませんよ」

近藤校長の提案に、

「今は昔と逆ですからね」

と、松野組長も頷いた。

「学校の教育には、厳しさを」

「組の経営には、アイデアを」

二人は冷めた緑茶をちびちびとすすりながら長々と話し続けた。

「花島翔。ああいう奴がいれば学校も変わるんでしょうね」

「でも本当に何も学んでいなくて。私の教育が悪くて」

「いえいえ、彼はほかの生徒にはない大切な何かを持っていますよ」

「なんですかね」

「言葉にできないものなんですけどね。なんでも言葉にできるものがいいわけではないじゃないですか」

近藤校長は空になった茶碗を覗きながら嬉しそうに話す。

「あいつ、十七歳と信じてもらっているんですかね、ほかの生徒に」

松野組長が茶碗を両手で回しながら校長に尋ねると、

「明らかに十七歳じゃない顔ですけれど」

と校長がにっこりと笑った。

「精神年齢は、十七ですけれどね」

「いや、精神年齢だけじゃなくて、実際に、三年二組の誰よりも十七歳らしい十七歳ですよ、花島くんは」

組長は、少しホッとした表情を浮かべて、

「じゃあ、もうしばらく麻里と翔をお願いします」

と校長に深々と頭を下げた。

「はい、了解しました」

校長も頭を軽く下げて、言葉を続けた。

「意外と、このままいけば受験に合格してしまうかもしれませんよ、花島くんも」

「この夏が正念場ですね。この夏にどれだけ伸びるか、ですね」

松野組長も期待する表情を浮かべている。

「彼の試験結果、私はとても楽しみにしていますよ」

校長は空っぽの茶碗にお茶のお代わりを注《つ》ぎながら言った。

「もう少し話しましょうか?」

24

期末テストが始まった。

翔は、全くの白紙で答案を出し続けた。翔は必要と思えないことには全く力を入れられなかった。

今までの人生でだって、屋台のたこ焼き屋で微積分を使ってたこ焼きの体積を出したことなどなく、むしろたこ焼き一個の中に、たこの足が一本も入っていなかったときのクレームに対応するほうがよほど重要だった。それより隣の席で黙々と問題を解いている麻里を見つめている自分の姿を、カンニングと誤解されないようにするほうがずっと大事だった。

娘の学校生活を見ることのできる親なんていない中、こうして娘がテストを解いている姿を目の当たりにできる自分はなんて幸せなんだ、などという感傷に浸りながら、今日の現代国語のテスト時間も翔は麻里が問題を解く姿を微笑みながらじっと見つめていた。

麻里はその視線に気がついて、不愉快そうに答案を手で隠したりしている。

気がつくと、試験監督の牧師姿の奥先生がすぐ横に立っていた。翔が感じないほど気配を消せるこの先生には翔は敬服することばかりだった。奥先生は白紙の答案用紙を覗いて、

「ほほお」

と感心したような声を上げた。奥先生はニヤニヤ笑いながら翔の耳元に顔を近づけて、

「この問題用紙を読んで、なんでもいい、花島の答えたいと思うことを書いてみなさい。国語の答えは一つじゃないからな。何を書いてもいいから」

そう言って、また、スーッと教壇に戻り、椅子に腰をかけて窓の外の雲をふーっと吹いた。雲は、まるで奥先生の吐いたタバコの煙のようにすーっと空を移動していく。

奥先生の言葉には、いつも何かがある。言われた通り、翔は問題用紙をよく読んでみた。「答えを書け」「思うことを書け」と命令されるのに腹が立って仕方なかったが、とにかく奥先生の言うことは聞くと決めている。問題用紙から感じたことを書かなければ。そして翔は、一ヶ所だけ、答案用紙

の中に自信を持って書き込めるところを見つけた。

「名前」だ。

翔は「名前」と書いてある欄の下に、おもむろにクラス全員の名前を三十人分続けて書き込んだ。

「自分の名前を書け」とは書いていない。

自分が覚えたクラスメートの名前を、「浅野。石井、植田……」と一人一人顔を確認しながら答案用紙に書き込んでいった。

答案用紙って、何にしろ自信を持って書けると嬉しいものだ。気持ちがいい。テストを受けて気持ちよかったのは、長い人生で、これが初めてだった。翔の答案は、三十人のクラスメートの名前で埋め尽くされた。そして最後に、

「俺の仲間です」

と一言添えて、翔は鉛筆を置いた。


数日して返ってきた翔のテストは、当然だが零点の山。

翔の成績のせいで三年二組は三年生の中で一番平均点が低かった。

しかし、四方先生の機嫌は大変よい。

「四方先生、テストの結果のわりには機嫌いいですね」

イヤミっぽく話しかけてきた石田教頭に、四方先生はいつもの冷静な分析を披露する顔で言った。

「花島翔を抜いた平均では、学年トップです」

そう、翔はクラスの平均点を一人で二点近く下げていた。

「やはり、花島が悪影響を。あれだけ静かだったクラスが騒がしくなりましたからね」

意地悪そうに石田教頭がほくそ笑む。

「いえ、逆です」

「逆?」

「花島くんのおかげで、成績の悪かった生徒が軒並み以前より点数を上げています」

「なんですって……」

動揺する教頭に、四方先生は、

「騒がしくなった、というのは、活気が出たともいえますから」

と発言した。

「指示だけ守っていれば活気なんていらないというのが四方先生の持論じゃないですか」

「持論なんです、確かに。でも、違う結果が出ています」

「違う結果?」

「とにかくクラスが今までになくまとまっています。花島という異分子が入ってきてクラスがかき乱され始め、皆が対抗するために無意識のうちにまとまろうとしたのかもしれません。落ちこぼれている子がいない。花島くんは別ですが……。今までの私のデータにない形のクラスになっています。成績はデータにできますが、生徒の気持ちまではデータにできない。見えない数値がとてもいいんです」

「見えない数値……」

教頭は今までにない四方先生を見た気がした。見えるものしか信じなかった四方先生が見えないものを語っている。

「でも、花島の成績は退学に値する成績じゃないですか？」

逆襲するように教頭が聞く。

「……はい。普通で言えば退学勧告です」

聖ミカエル学園の規則では、極度に点数の低い生徒には退学を勧告できる。教頭は、先日の動物園での麻里への襲撃失敗を受けて、やはり早めに翔を退学にして麻里から切り離したいと考えていた。

「じゃあ、花島は退学ですね」

教頭は口元を緩めながら言った。

「それがですね、退学にはならないんですよ」

四方先生が不思議そうに返事をする。

「何故ですか！」

教頭は少し狼狽して声を上ずらせた。

「一流大学に合格する可能性の高い生徒は、平均点に関係なく退学にしないという決まりがあるのご存じですよね」

四方先生は教頭に確認した。

「確かにありますが。特別にある科目の成績がいい、とかですよね。それが何か？」

「現代国語が、一〇〇点なんです。花島くん」

「一〇〇点？」

教頭は仰天して口が半開きになっている。

「奥先生が一〇〇点つけています」

「何故？」

「今回の問題は難しかったので、名前を書いただけで五点の下駄を履かせるんだそうです。花島くんは、答案用紙を全部使ってクラスメート全員の名前を書いたそうです。三十人。そうしたら、一人につき五点でも三〇倍で下駄だけで一〇〇点超えちゃうんだそうです。だから一〇〇点だって」

「下駄で一〇〇点？　書いたの他人の名前だろ？」

怒ったように石田教頭は四方先生に食ってかかる。

「でも、自分の名前を書けとは書いていないって」

確かに、答案用紙には、名前、とは書いてあるが、自分の名前、とまでは書いていない。

「そんな馬鹿な……」

「とにかく学年トップだから、退学にはできないだろ、と校長先生もおっしゃって」

「校長まで……」

教頭は苦虫を噛み潰したような顔で四方先生に問いかけた。

「四方先生はこれでいいんですか？　花島がウイルスのようにクラスをかき回し続けて」

四方先生の返事は教頭にはさらに予想外だった。

「いいんじゃないですか、ウイルスくらい入っていたほうが」

教頭は、ウイルスを容認したコンピューターに驚愕《きょうがく》して、落ちそうになった帽子を慌てて右手で押さえた。

翔は、その会話を知るはずもなく、校庭でソフトボールを相変わらずクラスメートに強要して、

「コミュニケーションだ！」

と言いながら抱きついたり頭をはたいたりしていた。

生徒たちの体育着は次第に汚れがはっきりと目立つようになってきていた。

25

高校三年生には、夏休みが翌年の大学入試を左右する大事な期間になる。

聖ミカエル学園は夏休み中にも成績に不安のある者は指名してみっちりと補習を行う。

一学期の終業式の日、生徒は名簿の順に名前を呼ばれて成績表を一人一人受け取りにいく。

落胆する者、笑みがこぼれる者。この一枚の紙切れで、生徒たちの夏休みは大きく左右される。武藤の名前が呼ばれた。大きな体をめんどくさそうに揺らしながら武藤が四方先生の前に向かった。

「武藤くんは、もう少し英語を上げたほうがいいわね」

担任の四方先生は成績表を返しながら淡々とコメントをした。

武藤の頬がニヤリ、と緩んだ。

「ということは、英語、補習ですか？」

「そうね、もう少し集中してがんばってもらわないとね」

四方先生は、補習呼び出し表、通称「赤紙」を武藤に渡した。

「ありがとうございます！」

喜びを隠せない武藤は四方先生からひったくるように赤紙を受け取った。

武藤は英語の補習が受けたかった。そうすれば、英語の四方先生と夏休みの間も会うことができる。それも少人数で。下手をすれば一対一ということもありうる。少年の夏の妄想の風船は膨らみ、武藤の頭の中には、この補習がきっかけで秘密の交際を始めた二人が、結婚の報告に行った四方先生の両親に年齢の差を理由に反対され、「二人の愛は歳の差なんかでは壊れません」と涙ながらに訴えるまでのストーリーがすでに描かれていた。まずは、わざと英語の点数が低くなるように半分しか解かないでテストを出したのが成功して、念願の補習だ。

しかし、赤紙を開いた直後、ほころぶはずの武藤の表情が凍りついた。

「……英語、四方先生じゃないんですか？」

「あなたの点数は、基礎からやり直すべき点数です。なので、特別にお願いして、今年は基礎クラスを作りました。そこでがんばるように。木沢先生と」

武藤の妄想の風船は、急速に空気を吹き出してしぼみながらくるくると夏の空を迷走し、しわしわになって地面にペタリと落ちた。四方先生をめぐって天敵にあたる木沢と、夏休みのほぼ毎日顔を合わせないといけない。武藤は蟬《せみ》の抜け殻のようになって席に戻り背中を丸めて固まった。

小田麻里が呼ばれた。

「あなたには何も言うことはないわ」

「ありがとうございます」

ちらっと成績表を覗いて満足そうな顔をした麻里は、自分の席に戻ろうとしたが、

「ちょっと待って」

と四方先生に呼び止められた。

「はい、小田さんの補習表」

麻里は、今まで一度ももらったことのない赤紙を何故か渡された。

「え？　なんで私？」

「あなたに補習、じゃないの。あなたが補習の先生」

「先生？　誰のですか？」

「花島くんの」

麻里は仰天した。

冗談じゃない。自分の受験勉強で精一杯だ。

「先生、私、そんな余裕なんか」

困惑して食い下がる麻里に、

「奥先生の指示なの」

四方先生は耳打ちした。

「奥先生の……」

学園の人は先生も生徒もすべて信頼を置いている奥先生の指示と聞いて、麻里はそこに何か深い意図があると感じた。

「花島くん、このままだと成績が悪すぎて退学になるかもしれない。だから夏休みに成績を上げないと」

「でも先生、私、自分の勉強が」

「もし花島くんに学校やめてほしいなら、それは簡単よ。あなたが夏に何も教えなければいい」

自分が何も教えなければ、翔は退学になってしまう。そう四方先生は言っている。

「あんな奴、いっそいなくなってくれたら楽ですけど」

麻里は口にしてみたが、こうして翔がいなくなることを現実として突き付けられると、とても寂しい気持ちが込み上げてくる自分に気がつくことになった。

一緒にいて迷惑なことも多い翔だったが、麻里はおっさんさんに学校に残ってほしいと思っている。

「わかりました、やってみます」

自分の受験勉強と、おっさんさんの退学回避。麻里はこの夏にあまりに大きな負荷を背負わされてしまった。

そんな麻里に、成績表と赤紙を極端に減った右手の親指の爪でつまんで持ちながら、神妙な顔で増田が話しかけた。

「小田、お前もか？」

「増田くんも？」

麻里はびっくりして増田の顔を見つめる。

「ああ。おっさんさんの補習。前半が小田で、後半が俺だって。この大事な時期に学校はなに考えてるんだか」

振り返ると、翔は自分の成績表を、縦、横、斜め、と違う角度から見ながら、

「いや、どの角度から見てもひどいもんだな」

と感心している。

「危機感ってものはあの人にはないのかしら……」

翔の姿を見ながら麻里はただあきれていた。


「おっさんはなんの補習受けるんだよ」

武藤が半分泣きそうな顔で翔の赤紙を覗いている。

「なにこれ？」

そこには、数学とか国語とかの具体的な科目はなく、ただ、「勉強」と書いてある。

講師が「小田」「増田」。

「おっさんさん、小田と増田に補習受けるの？」

理解できないという顔で武藤が聞くと、

「ああ、そうらしい」

とさらに理解できないという顔で翔は答える。

「『勉強』を、習うのか？」

「ああ」

「一体なんだよ？　『勉強』って科目？」

武藤の問いに翔はしばらくじっと考え、そして、逆に武藤に質問してきた。

「なんなんだ、勉強って？」

「なんなんだ、って……」

聞かれた武藤も困惑している。そんなこと考えたこともない。

「なんなんだろう。点をとるのが勉強じゃないのか?」

「それは受験勉強だろ。それが勉強なら、つまらないもんだな」

　不愉快そうに翔が返事をする。

「若いな、おっさんさん」

「十七歳だからな」

「そうだった、つい親父と話してるような気分になっちゃった」

「でも一体なんなんだろう、勉強って」

　考え込む翔に武藤がつぶやいた。

「それを見つけろってことなのかもな、この夏休みに」

　しかしこの学校はなぜ次々と自分に困難な課題を出すんだろう。翔は赤紙を見ながら、

「それにしても、麻里に習うのか……」

と眉をしかめた。これもまた悩みの多い課題だ。

　自分の娘に勉強を教わる。

　自分の不出来ぶりがさらされるわけである。学校の先生には嫌われても屁《へ》とも思わなかった翔だが、でも、今回の先生は娘である。それに、何より受験には天王山といわれるこの時期に自分のせいで娘に迷惑をかけたくなんかない。

　文字通りの絶体絶命に近いピンチである。

　頭を抱えている翔に、麻里が後ろから声をかけてきた。

「おっさんさん、明日から毎朝二時間、補習、よろしくね」

翔は、これ以上困った表情はないと言ってもいいくらいのゆがんだ顔で頷いた。


夏休み一日目。

つまりは麻里とのマンツーマン補習の一日目。

夏休みなのに翔へのメイクのためだけに早朝出勤させられた四方先生が、

「これじゃ私、本当にあなたのメイクさんじゃない」

とこぼしながらの不機嫌なメイクは、普段よりずいぶん雑な気がした。

朝八時。麻里が三年二組の教室に入ってきて教壇に立った。翔はバツが悪くて一番後ろの席に座っていたが、

「前に詰めて」

という、麻里の四方先生ばりの強い口調に、

「はい」

と顔を引きつらせながら従った。

「今日から補習、よろしくお願いします」

「よろしくお願いします」

翔の声が人気《ひとけ》のない教室に反響した。いくつも修羅場を切り抜けてきた翔にも経験したことのない緊張だ。

「出席をとります。花島くん」

「はい」

「全員出席です。じゃあ、『勉強』の授業を始めます」

ついに、勉強、の授業が始まった。勉強って一体なんなんだ？　何よりこうして娘と二人きりの教室というのも緊張する。同時に頬も緩んでくる。娘と一対一で向かい合う時間が毎日とれるのは翔にとっては嬉しい事態でもあった。いっそ、俺がお前の父親だ、と告白でもしてしまいたい気もする。それはいけない、と翔は首を激しく横に振った。

「頭に蚤でもついているの？」

挙動不審な翔を怪しみながら麻里はプリントの束をドン！　と渡した。プリントにはびっしりと日本の地名や農産物の生産高順位のデータが書いてある。

「とにかく、これを二時間で覚えて。その間、私、自分の勉強します」

麻里はそう言い残すと、着席して自分の勉強の準備をいそいそと始めた。とても二時間で覚えられる量ではない。それに、これじゃ、ただの丸暗記だ。授業じゃない。少し期待していた親子の会話すらないじゃないか。

「これが勉強の授業なのか？　これじゃ授業じゃないだろ」

期待と不安を肩透かしされた翔の反論を無視して、麻里は、

「奥先生にもこれでと言われてます」

と冷たく言い放ち、

「私、自分の勉強もしないといけないから」

と、翔を無視するように自分の受験勉強を開始した。

勉強の授業は、教える人が勉強できる授業なのではないか？

翔はそんな気すらしてきた。

たくさん問題をやらせておいて、その間に自分の宿題を片付けようとするだめな家庭教師の大学生と一緒じゃないか、と思いながらも、尊敬する奥先生の言うことなら、聞かないわけにはいかない。ましてや、できなくて娘を失望させたくない。翔は、渋々その膨大な量のプリントの丸暗記に取り組みだした。

翔は、しばらくじっとプリントとにらめっこしていたが、おもむろに地名を並べて自分で即興で歌を作って覚え始めた。

「♪札幌旭川苫小牧《とまこまい》～」

頭よりは体を使うほうが自分には合っている。勉強をスポーツと思えばいい。翔は立ち上がって奇妙な身振り手振りも交えて、暗記すべきプリントを片手に、まるでコンサートで熱唱しているように、一個一個の単語に体でポーズを作りながら暗記していく。自分でその場で作った沖縄民謡だかインドの民族音楽なんだかわからないような奇妙な音楽に乗せて。

「♪新宿高尾八王子～」

軽く頭痛を起こしそうな奇妙な音楽が響く教室で、麻里は自分の受験勉強用の英語問題を解くハメになった。

いま浮かんだ英作文が、

「♪京都大阪神戸～！　ワオ！」

などという翔の絶叫で吹っ飛んでしまう。集中するのには最悪の状況だ。工事現場の真ん中に机を置いて勉強させられているようなものだ。

「ちょっと、静かに勉強してくれない？」

麻里は苦情を言ったが、

「脳みそが足りないんで、体で覚えないと」

と、翔は歌い踊るのをやめようとしない。とにかく翔は何をするにも汗をかく。麻里は、必死になって汗をかきながら地名を体で暗記している老け顔の高校生を見て、

（たぶん、この人は記憶する部分が脳にはなくて、手とか足とか喉《のど》にあるんだわ）

とあきれながら、とにかくこの、電車のガード下並みの騒音の中でも集中力を切らさないようにする苦行に挑んだ。

しばらくして絶叫がやんだ。麻里がホッとしたのもつかの間、翔は今度はしっとりとバラードのように地名を歌い上げ始めた。絶叫は絶叫で嫌なものだが、しっとりと地名を歌い上げられるのも逆に気味が悪い。なんだかいい歌を聴いたような錯覚になるが、なんのことない、みかんの県別生産高ランキングだ。和歌山、愛媛、と切々と歌い上げる声を聞いているうちに不覚にも少し感動してしまいそうになった自分を麻里は、

「県名に感動するだなんて……」

と恥じた。

こうしていろいろな歌が二時間も奇妙な振りつけとともに歌われた。

しばらくして、ピタリとその声がやんだ。

「覚えました」

汗でシャツをびしょびしょにした翔が麻里の前に声をからしながらやってきた。

「どこまで終わった？」

「このプリント全部」

びっくりした。山のように渡したプリントを、全部覚えたというのだ。翔は二時間で基本的な日本地理の知識をすべて覚えたことになる。

「……じゃあ、テストしてみていい？」

麻里は疑うような目つきでいくつかの問題を出そうとした。

「いいよ。あ、ちょっと待ってな」

翔は麻里の出題を待ちながら柔軟体操を始めた。どうも記憶回路は筋肉にあるらしい。

「さあこい！」

「関東内陸工業地域で生産額が三番目に多いのはどんな産業？」

麻里は、意地の悪い細かい問題を出してみた。

翔は、ぶつぶつ言いながら不意に体をゆらゆらと揺すりだした。そしておもむろにフラメンコのような前奏を口ずさみ、手をパンパン叩いて踊りだした。

唖然《あぜん》として見つめる麻里の前で翔は、

「♪中京京浜阪神……生産高が多いのは……」

と工業地帯の歌と踊りを始めた。日本にはいくつもの工業地帯がある。関東内陸工業地域が出てくるまでの間、しばらく麻里はその奇妙な歌と踊りを黙って鑑賞しなければならなかった。そしてやっと歌詞が「関東内陸工業地域」に到達すると、さらに翔はそこでひとしきり激しく踊って体から記憶を取り出して、

「わかった。金属工業！」

と、見事に正解を答えた。

この正解一つ答えるのにほぼ三分歌って踊らないといけなかったが、正解は正解だ。とてもテストの時にこんなことはできないが、なんにせよこのおっさんはすべての地理のプリントを筋肉で暗記し尽くしてしまった。麻里は、あまりに風変わりな勉強の姿にあきれながら、どういう形であれ課題をこなしきったこの男をちょっぴり尊敬した。

「おっさんさんさあ」

「なんだよ」

「やればできるんだね」

翔は娘の前で我を忘れて踊り狂ったことが激しく恥ずかしくなり、照れ隠しに麻里に逆に説教をしだした。

「何を当たり前のこと言ってるんだよ。やればできる、じゃなくて、やらなきゃできないだろ」

「やらなきゃできない？」

「ああ。この授業で、この歳になってわかったのは……」

「この歳って、あなたも十七歳でしょ」

「そう、まあいいじゃない、言葉のアラだ」

「言葉のアヤでしょ」

「そう、言葉のそれだ。俺、できなかったのはやってなかったからなんだな。やってみないとだめなんだ、どんな無理なことでも」

「何か、いいこと言うね」

麻里が感心した目で翔を見る。

「あえていいこと言ってみた」

「言ってみた?」

「今までいいこと言えなかったのは、いいこと言ってみなかったからかもと思ってね」

「それを言うと、いいことが台無しじゃない!」

麻里は、プッ、と吹き出して、翔の肩を軽く叩いた。

「やればできる、じゃなくて、やってみなきゃできない、か」

麻里は翔の言った「いいこと」を頭に刻み込むようにつぶやいていた。


翔と麻里の夏休みの補習は毎日続いた。

翔は、地理に続いて英語の単語も、とにかくその場でスコットランド民謡だかチベット音楽だかわからない歌に合わせて歌い踊りながら汗だくで暗記した。

その奇妙な舞踏の横で、麻里はどんな騒音の中でも勉強できる集中力を必然的に身につけていった。

麻里は翔のまねをして最近の流行歌に強引に暗記事項を当てはめて声に出して歌ってみたのだが、これが不思議とよく覚えられる。暗記する親子の合唱で、朝早い時間の三年二組はカラオケボックスになった。断末魔のようなうなり声と美しい歌声が朝の学校にふわふわと響いた。他クラスで補習中の先生たちからクレームが相次いだが。

翔は「勉強」という名前の科目の補習により、麻里との関係がずいぶんと近くなったような気がした。

「勉強って、いいもんだな」

翔は、勉強にちょっぴり感謝をした。

26

早いもので麻里との補習も、今日が最後となった。

翔は山のようなプリントを暗記して、麻里との間柄も急速に近づけた十日間だった。

不機嫌きまわりない四方先生のメイクを終えた翔がいつものように顔に違和感を覚えながら教室に入ると、今日は麻里が翔の来るのを待ち受けていた。

「おはよう」

「おはよう」

「今日で補習、終わりだね」

「ああ、終わりだね、ちょっと名残惜しいけどね」

娘と二人きりで過ごせた時間が終わろうとしている。

きっと、人生で二度とない、これだけ長く二人でいるチャンスだったのに。

もっと、いろいろと話をしておけばよかったな、などと少し後悔していたとき。麻里が突然真剣な表情で翔に話しかけてきた。

「最後の日だから、今日は、おっさんさんに三つ相談があるの」

いつになく神妙な麻里の態度に、翔は隠しているいくつかの秘密が麻里に知れたのではないか？という不安に襲われた。

「なんだい？」

翔がおどおどしながら答えると、

「大事な話」

麻里は翔の目をしっかり見つめて話をしだした。

翔は、覚悟して麻里の話を待った。

「一つは、受験の話」

よかった。秘密の話ではない。ホッとしながら翔は視線を元に戻す。

「俺は勉強苦手だからなあ」

「いいえ、いいの。相談というより報告」

「報告？」

「私、医学部受ける」

「医学部？」

しょっぱなから翔はびっくりさせられた。三年二組は文系クラスだ。理系の授業はほぼ行われていない。それなのに麻里は、今から理系の、それも医学部を受ける、という。大学のことには疎い翔でも、それが大変だということくらいは十分にわかった。

「どうして急に？」

「なんだかおっさんさん見てたら、どんなにひどい、最悪な、無理な、もう最低の状態からでも、なんでもできそうな気がしてきた」

「……褒められたんだかけなされたんだかわからないな」

翔は、複雑な表情で麻里を見る。

「褒めたのよ。言ってくれたじゃない、やってみないと始まらないって。だから、私、行けるところじゃなくて、本当に行きたいと思うところを目指すことにした。医学部に必要な勉強、全然足りていないけど、おっさんさんが必死で無理と闘ってるのを見て、やってみようかなって。ありがとう。背中を押してくれたのは、おっさんさんよ」

「ありがとう……って……」

翔は照れて頭をかいた。

娘にありがとうなんて言われるのは、嫁入りの前の日くらいなもんだ。麻里が嫁入りする日のことを想像すると、翔は涙がこぼれそうになった。

「……なんで泣いてるの？」

「いや、泣いてない」

翔は目に涙を溜めながらごまかすように麻里に質問した。

「でも、なんで医学部に？」

麻里は、翔の目をまっすぐに見つめながら話した。

「お母さんが昔言ってたの、私のお父さんは生まれつき不治の病にかかってたんだって。月で行方不明になった、と言っていたけど、本当はきっと地球のどこかにいると思う。だから、いつかお父さんに会えたらその病を治してあげたいな、と思って」

「不治の病?」

「そう。『絶対治らないよ、あの病気は』ってお母さんが」

(それは、きっと馬鹿だってことだ)

馬鹿は死んでも治らない。医者でも治せないと自分自身が一番知っている。

「でも治らないよ、お父さんのその病気。諦めろ」

翔がため息をつきながら言うと、

「なんであなたがわかるのよ!」

麻里が怒りだした。

「私が、きっと治すわ。お医者さんになって」

(医学じゃ治らないよ、勉学でしか)

と、自分の頭の悪さに心を痛めながら、

「お父さんの病気、治せるといいね」

と翔は気持ちのこもらない言葉を重ねた。

「そのお父さんのことが、二つ目の相談なの」

麻里が次の相談を持ち出した。

(来た!)

体が硬直した。

「お父さんのこと? 何かあったの?」

おそるおそる翔が尋ねる。

「この間、動物園で襲ってきた人がいたでしょ」

「ああ、いた。あの獣以下の奴ら」

「あれ、お父さんの仕業じゃないかって、お母さんが言うのよ」

「え？　お父さんが襲わせたってこと！」

翔は動揺した。確かに、もともとの計画で襲わせようとしたことは確かだった。その意味では元妻の直感は鋭い。でも、実際襲ったのは日横組だ。濡《ぬ》れ衣《ぎぬ》もいいところだ。

「あの時、あの人たちが言ってたの、『会いたいとおっしゃってる方がいらっしゃるんで』って。それがお父さんじゃないかって」

「それじゃ、まるでヤクザじゃないか！」

一瞬自分がヤクザだということを忘れて翔は叫んだ。

「私、ヤクザなんて大嫌い！　最低！」

麻里は言い捨てた。翔はナイフで心臓をえぐられたような衝撃を食らった。

「麻里は、ヤクザ、嫌いなんだ……」

翔が寂しそうな顔をして聞くと、

「暴力で解決しようとするなんて最低の人たちよ」

麻里は何で当たり前のことを聞くのという顔で翔を見る。

ああ、自分の職業は、子供が最低と思っている職業だ。

うすうすは感じていたことでも、直接面と向かって言われると父親としてやはり悲しかった。

「いやいや、でも、ヤクザにもいい人はいるんじゃないかな」

と少しかばおうとする発言をした翔を、

「なんで急にヤクザの弁護するの？」

麻里は憤慨しながら糾弾した。翔は慌てて、

「あ、そうそう、そういえば」

と話題をそらした。

「そういえば、お父さんは月で拉致《らち》されたんじゃ？」

頷きながら麻里は話す。

「そう、お母さんは私にそう説明してきた。でも、今回お父さんが襲わせたなんて言いだしてあんなに心配してるお母さんを見て気がついたわ。お母さん、お父さんのことを隠してる。生きてるんだ、って思った、お父さんは」

生きてるよ、ここに。

でも、見つかったら退学だ。せっかく会えた子供と離ればなれになってしまう。

「どうしたの、顔色が悪いけど……というか顔の調子が悪いけど」

麻里の観察眼が、冷や汗で崩れかけたメイクから翔の心の揺らぎを鋭く捉えた。

「大丈夫。顔の具合が悪いのはもともとだ」

翔は努めて平静を装った。

「で、お母さん、ほかに何か言ってたの？」

「お父さんがまた襲ってくるのを警戒してるの。いつの間にか忍び寄っているかもしれないって」

忍び寄る、どころではなくて、いま真横にいる。

「君のお父さん、とてもいい人だよ」

翔はつい言い張った。

「なんで私のお父さんを知ってるみたいに決めつけるの？」

麻里がさらに不審そうに翔を見る。

「いや、いい人だといいですねえ」

麻里の視線の厳しさにまた丁寧語になった翔に、麻里は予想もつかないお願いをした。

「おっさんさん、しばらく学校の行き帰りに私のボディーガードをやってくれない？　お父さんが襲ってきたときのために」

「ボディーガード？　お父さんが襲う？」

翔はついおかしくて吹き出した。麻里のボディーガードをしている自分に、麻里はボディーガードになってくれと頼んでいる。それも、襲撃してくると思われているのは日横組ではなくこの自分だ。考えるのもこんがらがる。

(俺の襲撃に備えて、俺をボディーガードにする、か)

苦笑している翔を見て、麻里が恥ずかしそうに頰を膨らませながら言う。

「どうせ今だって私のことストーカーみたいにつけて回ってるなら同じでしょ。公認ストーカーにしてあげる。魔除《まよ》けみたいなもんね。私、家で勉強に集中できないから明日からも学校で自習しようと思うの。その行き帰り、お願いできない？」

公認ストーカーと言われるのは複雑な気持ちだったが、父親なんてある意味みんなそんなものだ。

翔は嬉しかった。

補習がなくなると、麻里としばらくは会えないはずだった。それが、しばらくは毎日会うことができる。

「わかった。お父さんからは、俺が守る」

「ありがとう！」

もう、何が何だかわからないが、とにかく麻里の喜ぶ顔が嬉しい。

「でも、たぶんそのお父さんはそんなに悪い奴じゃないと思うけどね」

翔がまた自分をかばう発言をすると、

「だからどうしてわかるの？」

と、麻里は怪訝な顔をした。

「それで、絶対、君のことを大事に思っている、と思うよ」

「どうして？」

「だって、娘だろ」

「そういうものなの？」

「きっとそうだよ。自分の命に代えても、自分の娘は守ろうと思っているさ、と思うよ」

口を突いて出たその言葉が今の翔の偽らない気持ちだった。

「でもそのお父さんがもし私を奪いにきたら？」

「俺が命に代えて守ってやる」

「どうしてあなたが命に代えてまで守るの？　家族でもないじゃない」

（家族だよ）

と言いたい気持ちをこらえて翔は、

「ボディーガードってそういうもんだろ」

と答えた。正直、組長の孫、と思っているときにはここまでの気持ちでは守ってやれていなかったと思う。それが、今は、命に代えても、という言葉がなんの抵抗もなく出てきたことに、翔は自分自身でびっくりしていた。

（これが、親子ってものなんだな）

麻里の視線がふっと緩んで、ニコッと柔らかい、あどけない笑顔になった。

「わかった。よろしくお願いします」

その笑顔を見たら翔は、

（もうなんでもするぞお父さんは）

と、なんだかもうよくわからないけど嬉しくなってくるのだった。

こうして、翔は残りの夏休み、二重スパイならぬ二重ボディーガードを仰せつかることになった。


「じゃあ、明日、私の家の前まで迎えにきて」

「君の家？」

忘れていた。登下校のボディーガードということは、当然、麻里の家に行かないといけない。麻里の家に迎えにいく、ということは、元妻の至近距離内に入っていかないといけない、ということ。それこそ、危険だ。正体が一発でバレてしまう。

「君の家にはお母さんがいるよね……」

「いけないの？」

無邪気に麻里が聞く。

「いや、ほら緊張するじゃない」

「お母さんに彼氏と間違われたりして」

麻里がちょっとからかうと、

「彼氏！」

翔は飛び上がるくらいに過剰なリアクションをした。

「挨拶していきなさいとか言われたりね」

「挨拶！」

「夕食食べていきなさいとかすぐに言いそう」

「食事！」

麻里が発するすべての単語に痙攣のように過剰なリアクションが続く。

「そうそう、お母さんに紹介しておこうか？」

「紹介！」

ついに翔は一〇〇万ボルトの電気ショックを受けたように硬直して飛び上がった。どれもこれも不可能だ。そのすべてが翔の今の幸福な学園生活に致命傷を与える。

簡単に引き受けたもののこのミッション、難易度が相当高い。

「……なんだか様子が変ね。錆《さ》びついたロボットみたいにギシギシしてる」

「あ、ああ」

「じゃあ、お願いね。明日の朝、迎えにきてね」

麻里はそう言ったあと、

「……そう、それで三つ目の相談だけど」

今度は麻里がギシギシしながら話そうか話すまいかためらっている。

そうだった、まだもう一つあったんだ。翔はあまりの展開にすっかり忘れていた相談について、

「なんでも聞いて」

と、もうこうなりゃやけっぱちに近いような覚悟で言った。

「おっさんさん、明日から、増田くんが補習の先生だよね」

麻里が何やら話しづらそうに聞いて来る。

「ああ」

「その増田くんについてなんだけどね……」

「増田？　増田が何かしたのか？」

翔は最近麻里の口から出る男の子の名前には過剰なほど反応する。

麻里は、何か話そうとして、

「……いいや、また、それは機会があったら」

と話すのをやめた。

「言いたいことを溜めとくと言葉の便秘になるって言ったことあるよな！」

翔があまりに強い口調で言うので、麻里は少々びっくりしながら勢いに押されるように相談を口に出した。

「わかった。自分でも結論が出ていないことだから、結論が出てからにしようと思ったんだけどね」

「全部の物事の結論待ってたら、人類滅んじゃうよ」

「人類はどうかわからないけど。そう、増田くんに対してなんだけどね」

「増田！」

また翔の過剰なリアクションが戻ってきた。

「私、好意を持っているんじゃないかと思うときがあるの」

「好意！」

電気ショックがまた走る。好意、という言葉などを使って、麻里は自分の感情に関しても数式を解くかのような冷静な分析をしようとしていた。

（おい、それって、もしかして？）

翔は鼓動の音が教室の壁に反響して自分の耳まで聞こえてきそうな気がした。

「増田君は優等生。学級委員。怒られることが何もない。そんなことはどうでもいいの。あの人、あまりにまっすぐなのよ。何も疑っていないというか。あんなに人を信じていたら生きていけないんじゃないかってくらいに、危うくて仕方ない。なんでこんなに先生の言うことを完全に信用しているんだろう。騙されるって心配はしないのかな。そうやって見てるとあのまっすぐすぎるところが、何故だか気になってしまって」

さすがデザイナーの娘、直線に惹かれているらしい。

（何がまっすぐだ。まっすぐしか歩いてなければいつかは壁にぶつかるわ！）

内心怒りで煮えたぎりながら、

「それで？」

と翔は先を促した。麻里は、さらに努めて自分の気持ちを論理的に整理しようとする。

「よく説明できないけど、整理すると、一、なんだか普通に接することができない。二、妙に意識する。三、あえて無視してしまう。この三つなの」

また三つだ。負けないように翔もなるべく難しい言葉を使って質問してみた。

「それは、すなわち言い換えると、ときどき気がつくとすなわち増田のことが君の脳みその大半を占めていたりしているということとすなわちいうことであるか？」

慣れない言葉に口がうまく回らず舌がからまりそうである。全くすなわちではないし。だいたい世の中で難しい言葉を操ろうとする人は内容がすっからかんなものだが、翔の場合もまさに無内容そのものの会話だった。

「そうみたいなの」

結論は翔にもすぐわかる。

それは九九・九九九パーセント、恋である。あとの〇・〇〇一パーセントはきっと夏の日射病だ。でも今は日陰の教室の中、日射はなし。

ということは、一〇〇パーセント、恋である。

「それは、恋だな」

「そうなのかな」

翔は、自分の娘に好きな男についての恋愛相談をされてしまったわけだ。父親として、非常に微妙な心境が翔を襲ってきた。

「きっと、佐々木が君に対してすなわち感じた気持ちと君が増田にすなわち感じている不思議な気持ちはすなわち同じものなんらよ。すなわち麻里は自分をすなわち抑えてしまっている。佐々木はすなわち抑えなかった。それだけのすなわちな違いらな」

翔は無理やり論理的に話そうとするもののもう動揺でろれつはれろれろと全く回っていない。

「そうなんだ……。じゃあ、私、確かめたい。相手の気持ちを」

翔は大きく動揺した。両思いだったら、娘の恋の進展を至近距離で目撃しないといけないことになる。娘の異性との交際が始まってしまう。娘への佐々木の恋は葬ったが、今度は娘の恋心について一体どう対処していこうかと翔は葛藤し始めていた。

娘への好意は、叩き潰した。では、娘の好意はどうすべきか？

(潰すしかない)

結論は早かった。というか、きっとほぼ考えなかった。

娘の恋はすべて潰す。

まだ早い、まだ早い。生理的な反応として即決断が下った。きっと何歳になっても「まだ早い」と言い続けるのだとは思うが、とにかくまだ早い。

翔はまた昔、消火器の訪問販売で磨いたいい加減な理屈攻めを麻里にし始めた。

「たとえそれが恋でも、君はいま受験生だ。受験に恋愛は邪魔でしかない。校則もそうなってるはずだ。増田に伝えるのはやめておきなさい。失敗したときの心理的なリスクがあまりにでかい」

麻里は、

「そうよね。受験生だもんね。いま心理的なショックを受ける可能性があれば避けるのが正しいわ」

と言って頷いた。

「やめておくわ。私のミッションである大学の入学試験に差し支えるもんね」

「わかってくれるか」

「うん。ありがとう、おっさんさん」

受験という麻里のミッションを理由にして、翔によって、いや、父によって麻里の恋心は増田に確認することなく葬られた。

(これで、万が一、娘の気持ちが男につながる可能性が消せた)

ほっとした翔の心の中に、罪悪感が胃もたれのように残ってくすぶっていた。

27

翔は朝七時少し前には麻里の住む高層マンションの一階玄関前に立ち、コンパクトで自分の顔に簡単にメイクをしながら麻里が出てくるのを待っていた。通りがかった十人が化粧する強面の男にびっくりして、目を伏せながら逃げるように走り去っていく。

「あなたが学校行くと、私も同じように起きないといけないんだからね」

母は、昨日も深夜までまた何かの建築デザインをしていたのだろう、寝ぼけ眼で義務のように食卓の椅子に座って文句を言う。

「今日、ボディーガードが来てくれるの」

「ボディーガード？」

母は少し眠気が飛んだ顔で聞き返した。

「お父さんに狙われてるかもしれないんでしょ、私」

「そうだった。そう。注意しなさい」

「同級生なんだけど」

「同級生をボディーガードに雇ったの？」

母の目はどんどんパッチリと開いてきた。

「お父さんは月に行ったんじゃなかったの？」

「そうよ」

「じゃあ、月から戻ってきてくれたのかもよ。会っても平気じゃない？」

「だめ。月の人だからあなたはかぐや姫みたいに連れていかれちゃう」

「連れていかれる？　月に？」

「月的なところに」

「月的って」

「月っぽいところ」

「よくわからないよ……お母さん、お父さんには会いたいと思わないの」

「思わないわ」

「私は、会いたいな」

「無理ね」

「どうして」

「実は、死にました」

「見え見えの嘘つかないで」

「嘘です。でも死にそうです、老人だから」

「言ってることがわからないって！　何が嘘なのかすらわからないわ」

「本当よ、でも嘘。嘘だけど本当。あなたは会わないほうがいいの。あの人には」

この不思議さ、むしろ母のほうが月の人だ。

麻里は、かぐや姫は拉致されたと断定する母と理屈で話をするのは諦めて、この話を打ち切るために母に言った。

「わかった。安心して。ボディーガード来てるはずだから」

麻里の母は窓からマンションの下を見てみた。

「いないわよ、高校生なんて。なんだかこの暑いのに真っ黒で暑そうな服を着た人がいるけど」

「嫌な予感がするけど……きっとその人」

麻里が慌てて窓に駆け寄り母と並んで下を覗くと、一人で空気を相手に喧嘩《けんか》の練習をしている翔の姿が見えた。

「あの子？　それにしても服のセンスがないわね。あれじゃヤクザよ」

毛嫌いするように麻里の母は吐き捨てた。やはり親子、母もヤクザのことが大嫌いである。

「あの人、むしろ襲ってくる側の人じゃないの？」

「いや、あの人あれで高校生だから」

麻里が翔を弁護すると、

「上からは顔までわからないけど、なんだか髪型がデザイン的に不自然だわ」

母はやはりデザインには厳しい。

麻里は、あまりに翔を馬鹿にされると、なんだか肉親を馬鹿にされたような気分になって腹が立ってきた。

「そこまで言うことないじゃない！」

「あらあら、珍しいわね。あなたが人をかばうなんて」

珍しがる母を背にして麻里は鞄を抱えて、

「行ってきます！」

とプリプリしながら玄関を出ていった。


学校へ自転車を並べて向かう途中、麻里はずっと不機嫌だった。

翔は理由がわからず、

「なんで不機嫌なんだよ」

と、スーツに汗を滲ませ、ペダルをこぎながら繰り返し聞いてみた。

男は怒られてる理由がわからないから理由を聞く、女は説明しないとわからない男にまた腹を立てる。男女の間にときたま起こる解決策のない無限ループだ。

二人は、結局ひと言も言葉を交わさずに学校に着いた。

自転車置き場で麻里が今日初めて翔に言った言葉は、

「服、変えて」

だった。

「服？」

翔は何が麻里の気分を害したのか全くわからない。

「なんで？　これ一番いい服だよ、俺の。夏休みだから私服着たのに」

「その服はないでしょ。ヤクザよ、それじゃ。言ったよね、私、ヤクザが何より一番嫌いなんだから」

翔はまた胸に大きな石を載っけられたような息苦しさを覚えた。わかってはいる。それでも言われると、やはりつらい。

「麻里、ヤクザ、嫌いなのか」

「好きなはずないじゃない」

答えがわかっているなら、聞かなければいいのだが。

ヤクザを蔑《さげす》んだ目で見る母親とそっくりな目で、麻里は今日の翔の姿を見ている。

「あしたから、そのスーツはやめて」

「ヤクザ、嫌いなのか……」

「何度も言わせないで。嫌い。大嫌い」

「優しいヤクザでもか」

「ヤクザはヤクザ！」

一縷《いちる》の望みも、瞬時に麻里に消された。

「だからその服やめて。勘違いされるわ、おっさんさんがヤクザだって」

「勘違いじゃなかったら」

ポロッと翔の口からこぼれ落ちた言葉に、麻里の反応は過剰なほどだった。

「冗談でもそんなこと言わないで！　この暑いのに真っ黒いスーツおかしいでしょ」

「でもこれ着慣れてるんだよね」

「清潔感がない。清潔感あるようにして」

「生活感はあると思うけど……」

「清潔感！　さわやかさ！」

「たとえばなに着ればいいの……？」

「そうね、ジーンズに、ポロシャツ」

「俺、そんなまともな格好、恥ずかしいんだけど……」

自分の姿を想像して慌てて否定しようとした翔に、麻里は半ば強引に命令した。

「して！　私のボディーガードでしょ」

あの論理的で冷静な麻里はどこへ行ったのか？　麻里は今はただのだだっ子だ。

機嫌が悪くなった娘はこんなにも扱いづらいのか。思春期の娘を持つ親の精神的な苦労は大変なものだなと、翔はいま身をもってその体験をしている。そして何より、

「嫌われたくない」

と思うと、人間はこんなにも弱気になるのかを自分の中に発見している。

「わかったよ、着るよ」

「白いポロシャツ！　襟立ててね」

「襟を立てる……」

追い討ちが厳しい。それは、翔が男として最低と信じて疑わなかった姿。

それをしろと、娘が言う。

「襟はいいんじゃないの、立てなくて？」

聞いた翔が親子関係に未熟すぎた。

「立ててって言ったでしょ！」

もう完全にわがままの域だ。実の娘じゃなければひっぱたいている。でも、そのわがままを聞かなきゃな、と思っている翔は何故だか幸せな気分でふわふわしていた。

全く仕方ないなあ、この子は……なんて思える幸せ。

「わかったよ。全くもう」

と、不平を言いながらも翔の口元はゆるゆるに緩んでいた。

今の翔は過去最弱記録を更新していた。


増田は、一瞬を惜しんで自分自身の受験勉強をしながら教卓で翔を待っていた。そこにがらがらとドアを開けてやってきた黒いスーツ姿で汗だらけの翔。顔だけは、ついさっき学校についてからやり直された四方先生のメイクが施されて、妙にさわやかだ。増田は問題を解く手を止め、ギョッとした表情で、この季節感のない男がひたすら汗を拭くのをじっと見ていた。

「よろしく、増田」

翔は汗を拭きながら増田に挨拶をした。

「おっさんさん、この補習で何するか、聞いてる？」

「いや、何も」

「聞いてないのか……。どういうつもりだろうな学校も」

「なんの授業をやれと言われてるの？」

と聞いた翔に増田が答えた授業内容は、また、麻里の時とは違う不思議なものだった。

「僕は、おっさんさんに聞かれた質問に答えろ、とだけ奥先生に言われているんだ」

「質問にだけ答える？」

また奥先生だ。

「そう。それが僕の授業だと。だから、わからないことがあったら聞いてくれ。それが、補習だそうだ。学校がそう言うんだから、そうなんだよ」

いきなり翔は、

「はい」

と手を挙げて質問を始めた。

「どうぞ、花島くん」

増田は翔を当てた。

「質問です。ポロシャツの襟は、立てても不自然じゃないんですか？」

「……受験と関係ないけど」

「質問は質問です」

翔は、黒いスーツの下のワイシャツの襟を立てて増田に見せた。ほぼ宴会芸のザビエルだ。

「で、どうなんですか？　襟立てるのって」

「不自然でしょ」

増田は翔の姿を見て断言した。翔は、納得したように大きく頷いた。

「いい勉強になります、増田先生！」

こうして、増田と翔の補習は幕を開けた。


翌日、翔はそれでも白いポロシャツの襟を立てた。

紺のデニムのジーンズと襟が立った白いポロシャツ、という一番忌み嫌っていた「わかりやすく軟弱な男性の格好」で麻里のあとを自転車でついていく。立てた襟が風を切る音が耳元でコソコソと翔を馬鹿にする。ときどきショーウィンドーに自分の姿が映るたびに、

「なんて情けない格好を俺はしているんだ……」

という恥骨からこみ上げてくるような羞恥心が翔を襲う。

翔は隙を見つけてはポロシャツの襟を戻すのだが、襟を直した瞬間に麻里はそれに目ざとく気がつき、チリンチリンとベルを鳴らして、

「襟立ててよ！」

と怒る。その都度翔は渋々襟を持ち上げて遠慮がちに立てた。

女の言うがままに服従する情けない男になってしまっている。

しかし、どんな無理をしていても娘と一緒の時間と空間を過ごせているということが、翔には嬉し

くて仕方がなかった。全く、だめ父である。でれでれである。

「お父さん、さすがに現れないね、横にボディーガードがいると」

髪をなびかせて自転車をこぐ麻里の声が風に乗って聞こえてくる。

(現れてるよ。君のお父さんは君のすぐ後ろだよ)

と言いたい衝動と照りつける夏の日差しを我慢して、翔は偽物のさわやかさを振りまきながら自転車をこいだ。

学校まで一緒に通うこの数十分に、翔は麻里と普段はできないいろいろな話をすることができた。立てた襟が風を切る音は邪魔だったけれど。

麻里がヤクザが嫌いな理由の一つは、とにかく母親がヤクザ嫌いということが原因らしい。母親は、テレビドラマでヤクザが出てくるたびに、

「出た！　ヤクザよヤクザ！」

と、ゴキブリでも出たかのように騒ぎ立てるという。そんなに嫌ならヤクザの出るドラマは見なければいいのに、何故か母親はヤクザの出るドラマが好きでよく見ている、という矛盾した状態らしい。

(俺との結婚の失敗が原因なのだろう)

翔は、すまない気持ちになりながら話を聞いていた。

「でも、いいヤクザもいると思うよ。決めつけはよくないんじゃないかな」

翔は再度自己弁護をしようとしたが、その声は前を走る麻里には全く届いていないようだった。

「おや？　誰かに作ってもらったお弁当ですか？」

昼休みに職員室で隠れるように弁当を食べている木沢先生を見つけて、石田教頭がさわやかに声をかけた。

「いえ、これは～」

木沢先生が隠そうとすると、

「彼女ですか？　羨ましいなあ若い人は」

教頭は木沢先生が隠す弁当を覗き込むようにしながら話しかけた。弁当にはピンクの大きなハートの形が悔しそうにふりかけで描かれている。

「作ったの、家政婦さんです～」

木沢先生はうつむいて答えた。

「あ、そうですよね、木沢先生は四方先生のファンでしたものね」

知っていて聞いている。教頭のこういうところが木沢はあまり好きではない。

「そういえば、武藤の補習の具合はどうですか？」

教頭が話題を英語の補習についての質問に変えた。

「あいつ、四方先生の補習授業を受けたくてわざと間違えたらしいんですよ～、テスト～。先生が僕だと何もやる気がしないと言って困ります～。なんだか僕を敵視していて～。四方先生に色目使うな、とかからんでくるし～」

愚痴をこぼす木沢先生。教頭の目が光ったように見えた。

「色目？　武藤も四方先生のファン、なんですか？」

「はい。だから、教室で二人きりだと恐ろしい視線で睨みつけてきて～」

「恐ろしいですよね、あいつ、体は大きくて腕っプシも強いし。しかしそれはいいことを聞きました」

「いいこと〜?」

不思議なことを言うなあ、と木沢先生は思ったのだがその直後、

「お礼に、こちらもいいことを教えてあげましょう」

教頭は、木沢に耳打ちをした。

「朝の校長室、ですか〜?」

「そう。で、補習の前に武藤と一緒に来てみれば、いいことが」

石田教頭の顔に、やけに嬉しそうな過剰にさわやかな笑顔が浮かんでいた。

28

増田との補習では、増田が何かを教えるわけではない。翔がひたすら質問をする時間だ。翔は、思いつくままの質問を増田に浴びせた。増田は、それに素直に一生懸命答えた。

三日目の補習は翔の、

「ヤクザって、どう思いますか」

という質問から始まった。

「その質問、全く勉強と関係ないと思うけどなあ」

と言いながら、それでも増田の性格だ、質問に真剣に丁寧に答えてくれる。

ただ、増田のいい点でも欠点でもあるのは、一生懸命になりすぎる点だ。今日も、

「あれは、母が大学二年生の頃……」

と話しだしたあといつまで経っても終わらない。長い時間かかる話もまとめれば数行ですむ内容だったりする。この話もまとめるとこういうことになる。

増田の家も麻里の家と似た環境にあるらしく、お母さんはヤクザの話が大嫌いらしい。

ただ、その理由は、

「かわいそうな人たちだから」

と言う。嫌いというよりむしろ見てられないという哀れみに近いらしい。

「人生はまっすぐなだけでは生きていけない」

と身をもって体験してきたからまっすぐすぎる人を見ると心が痛むという。

増田の父という人も相当にまっすぐな人だったらしく、自分の理想ばかり追い続けるという父の全く曲げない姿勢が耐えきれずに離婚し、苦労して女手一つで増田を育ててきたらしい。

「まっすぐの言い換えは馬鹿だ」

と言っては自分の息子を見て、お父さんに似てまっすぐな馬鹿だからねえ、とため息をつくらしい。

増田もまた、父親の顔を知らないという。生まれて一度も会いにきたことがないという。翔はその無責任な父親に、何故、子供にこんな思いをさせてまで自分にだけまっすぐに生きるんだと無性に腹が立つのを感じた。

子供のために生きるのが、人間じゃないか。自分だけカッコつけて、むしろカッコ悪い男だ。

「だから、僕にとっては母の影響でヤクザはまっすぐすぎるかわいそうな人、なんだ」

増田は最後にこうまとめた。

翔は、ヤクザをかわいそうと言われると自分に憐憫《れんびん》の情をかけられているようで不愉快に感じたが、言わなきゃいいことまで隠さずに言ってしまう増田の、一生懸命な不器用さには少し好感を持った。

増田は、逆に翔に質問をしてきた。

「おっさんさんはなんでそんなに自由でいられるんだい？」

「自由？　俺が？」

翔は、自分が今まで自由だと思ったことなどなかった。ただ誰かの命令やミッションに応えようとして生きてきただけだ。今だってそうであるように。それが、増田には自由と見えているらしい。自由も、幸せも、きっと近くにありすぎると見えなくなるものなのかもしれない。そう考えると、

「羨ましいよ、思った通りに生きていて。僕は、何も自由なんかなかったよ、今まで。人の言うことをきちんと聞いてきて」

と話す増田も、実は自分の自由さと幸せに気がついていないだけなのかもしれない。

「こう話してみると、母親の敷いたレールの上をただただ走ってきただけのような気もするんだよなあ。この進学校にいることだって」

寂しそうな表情を増田は浮かべる。

「とにかくいい大学へ行って、いい会社に入る。それが、高校もきちんと出ていなかったためにうまく生きられなかった父親の敵討ちになる、と、よく母が言うんだよ。それを疑ったことはないんだけど、おっさんさんみたいな自由な人を見ると、ふと疑いたくなるんだよなあ」

と言うと、ぼんやりと教室の窓から夏の空に浮かぶ入道雲を見て、

「入道雲は、いいよなあ」

とつぶやいた。

「入道雲？」

翔が聞くと、

「ああ、入道雲。空に遠慮しなくてもくもく成長してドバーッと暴れて夕立降らせていつの間にか消えていっちゃう。勝手だよな。おっさんさんは入道雲。もくもくなんだ。俺、ずっと風の吹く通りに右や左に動かされている小さな雲でしかないから」

翔はそれを聞いて答えた。

「形なんてどうでもいい。増田は、おいしそうな雲になれよ」

「おいしそう？」

何を言いだすんだという目で増田は翔を見る。

「見た目もおいしそうな雲。もくもくは、きっと簡単なんだよ。暴れればいいから。それより、お前はおいしそうな雲に挑戦しろよ」

「おいしそう……なんだか、いいこと言われた気がするんだけど、よくわからないたとえのような気もするな」

「いいことだよ。言ったの。言ってみないといいことは言えないからな」

「いいよなあ、入道雲みたいな自由」

「でも、すぐ雨降らせていつの間にか消えちゃうんだよ。きっと」

翔は、自分に近く起こる何かを知っているかのようにつぶやいた。

「おっさんさんは、消えないでほしいな」

増田が、翔の顔を見ながら言う。

「え?」

「この学校に来て初めて、こんな珍しい奴に会ったよ」

「珍しい?」

「絶滅危惧種《きぐしゅ》みたいな日本人」

「絶滅?」

「ああ、ほんとにまっすぐな馬鹿な男」

「馬鹿?」

「いい意味で」

「『いい意味で馬鹿』って言われるとなんだかいい気がするけど、なんでも『いい意味で』ってつけるとよく聞こえるからな」

「いい意味で間抜け」

「いい意味で短気」

「いい意味で不細工」

「いい意味で気持ち悪い顔」

「……やっぱり信用できないぞ、いい意味って」

増田と翔は互いに見つめ合って、大笑いした。

やっぱり、話さないとわからないことが世の中にはいっぱいある。増田は、いい意味で不器用で、シャイで、自分と同じように馬鹿正直な昔っぽい男らしい。

翔は、増田に他の男子にはあまり感じない親近感を覚えている自分に気がついた。

ただ、この増田は、自分の娘が好いている男である。敵なのだ。仲を潰さないといけない相手だ。

それにはこの補習は絶好の機会である。

どうする、翔？　少し、気持ちが揺れていた。


翌日は雨だった。

翔は傘をさしてマンションの一階で麻里を待っていた。

雨の日の湿度でいやいや立てたポロシャツの襟がくたっとなりがちだが、倒れかけた襟を不本意ながらも何度も持ち上げて翔は麻里を待った。

しばらく待つと傘の下から、

「ごめん、待った？」

という声とともにエントランスから出てくる麻里の足が見えた。

「遅かったね」

と翔が傘を上げかけたその時、麻里の後ろにもう一人分の女性の足が見えた。

「ついてこなくっていいって、お母さん！」

麻里の声が傘の向こうから響く。

「お母さん？」

本当に動揺したときには声がひっくり返るものだ。翔は傘を持ち上げようとする動きをピタリと止めた。

「おはよう。ごめんね、待たせて」

麻里がすまなそうに声をかけてきた。

「おはよう」

傘に顔を隠したまま、鼻声を使って翔は返事をした。

「なんかずいぶん鼻声ね」

麻里の母が心配そうに麻里に話した。

「おっさんさん、お母さんがいつも悪いからって挨拶に来ちゃった」

鼓動が大きく頭蓋骨《ずがいこつ》の中まで響いている。もうドキドキいう鼓動以外の物音が翔には聞こえなくなっている。

冷や汗を流している翔に麻里の母は、

「いつも麻里がありがとうございます」

と声をかけ、傘の下から翔の顔を覗き込もうとした。

翔はとっさに傘を下げその視線を遮った。そして、

「風邪がうつります。近づかないでください」

と言いながら傘をくるくる回して雨粒を飛ばし、近づけないようにした。麻里の母は水玉にはじかれるように翔から離れた。

「ちょっと変わり者?」

麻里の母は心配そうに小声で麻里に言った。

「照れ屋なのよ」

「照れ屋にしても様子がおかしくない？」

その意見は残念ながら誰がどう見ても正しい。

「ちょっとこちらへいらしてくださいよ」

麻里の母は執拗《しつよう》に声をかけたが、翔は、

「はい」

と言いながら、傘をさして顔を隠したまま、ムーンウォークで逆に遠ざかっていった。

麻里の母はあっけにとられてそれ以上の追及を諦めた。

「じゃあ、行ってきます」

翔を追って麻里は小走りになる。

「立てているポロシャツの襟が邪魔で顔がきちんと見えなかったわ」

麻里の母は残念そうにつぶやいた。

「今どきポロシャツの襟立てているセンスがヒドいわね」

不本意な酷評をされながらも、なんとか翔は麻里の母との対面を逃げ切った。


雨の日は自転車ではなくバスに乗る。翔と麻里は並んで傘をさしながら学校方面行きのバス停まで歩いた。翔はしばらくは振り返りながら麻里の母が追いかけてきていないか確認していたが、マンションの中に入っていったのを見て大きく安堵のため息をついた。

しかし翔の安堵は長くは続かなかった。今度は麻里が翔に真剣な瞳を向けた。

「こないだ話していた、増田君のことなんだけど」

「ああ」

翔は気にしていないような生返事をしたが、もう麻里の次の言葉が気になって仕方ない。

「おっさんさんの言う通り、増田君のことを考えるのはやめたの」

翔はさらに深い安堵のため息をついた。肺が緊張と弛緩《しかん》を繰り返して忙しくて仕方ない。

「受験勉強の邪魔だからな」

「そう、大事な夏休みに受験勉強に支障を来すものはなくさないといけないから」

「そうだろ」

翔は傘を気持ちよさそうにくるんと回した。

「そうは思うんだけどね……受験勉強に支障を来してるのよ、考えるのをやめたら」

翔の傘の回転が止まった。急に強くなった雨が傘を叩いている。まるでその先を聞きたくないという翔の気持ちが乗り移ったかのように。

「おっさんさん、前に、解けない問題を先送りするのは、よくないって言ってたよね」

確かに昔言った記憶のある言葉だ。

「きちんと答えを出してから、進めたいの、物事を」

「答えを出す、か」

麻里は翔を見てきっぱりと言う。

「決めたの、答えを出そうって。良くても悪くても」

麻里の声が翔にはよく聞こえなかったのは、雨のせいだけではなかった。

答えの出し方は簡単。増田に気持ちを聞けばいい。それだけだ。

それで麻里は今の宙ぶらりんな気持ちに結論を出せる。

ただし、もしその出た答えが麻里にとって幸せな答えなら、それは、翔にとってとても不幸なことだ。娘の幸せってものは、どうやら親である自分が勝手に願うものとは形がずいぶん違うものらしい。

しかし、親としては自分の安心よりも娘の幸せを選ぶべきなんじゃないか？　それがたとえつらい決断でも。

じっと考えた挙げ句、翔はつい口に出してしまった。あの口癖を。

「力になるよ、麻里」

ああ、言ってしまった。

「ありがとう」

口に出したことには責任を持つ。それが翔の掟だ。

「きちんと確かめよう。増田の気持ちを」

麻里が少しホッとした様子で、雨の中、軽くステップを踏んだ。並んだ二つの傘が、強い雨の中をバス停へと向かっていく。麻里の傘が、くるん、と回る。

「きっと、うまくいくよ。いや、うまくいかせてあげるよ」

いま口から出た言葉が本心なのか、強がりなのか。翔には本当のところはわからなかった。

ただ、今まで娘には何一つ与えてこれなかった代わりに、いま一番欲しいものを与えてやりたい。

この気持ちだけは、確かだった。

その雨の中、もうひと組の並んだ傘が楽しそうにじゃれ合うような翔と麻里の行方をじっと見つめていた。

「見ただろ。こういうことなんだよ、佐々木くん。花島と、小田は」

石田教頭は呆然と立っている佐々木に声をかけた。

「おっさんさんと、麻里が。つきあってる？」

佐々木は、間違いなく自分の恋は失敗するように導かれたのだと思った。

29

「あなたのせいで、私、夏休みじゃないわ」

四方先生は慣れた手つきで翔にメイクをほどこしながら、不平を言った。

「いえ、自分でやろうと思うんですがね、別人みたいな顔になるんですよ」

翔は雨に濡れたスーツを、ドライヤーを借りて顔を動かさないようにして乾かしながら答える。

「私がやってあげないと何もできないんだから」

四方先生は自分が言ったセリフがよく恋愛ドラマで聞く陳腐な恋のセリフに似ていることに気づいて慌てて不機嫌を装った。

「メイク、できました。では。補習に行ってきて」

必要以上に不機嫌な顔になった。

四方先生が校長室から翔を追い出すように送り出した。

翔は、本当に、女の人の気分の変化はわからないなあと頭をかきながら教室へ向かった。

その姿を、木沢先生と武藤が廊下の陰からこっそりと目撃していた。

「四方先生と、花島が〜」

木沢先生が呆然とつぶやいた。

「校長室で朝から二人っきり、なんだよ」

石田教頭が後ろから解説を加える。

「二人で何をしてたんですか!!」

信じられないという表情で武藤は翔の後ろ姿を目で追った。

「誰にも言えないことですよ」

石田教頭は何か企《たくら》んでいるような笑みを浮かべて増田と補習の教室へ向かう翔の後ろ姿を見送った。

いつもは質問するときぴしっと挙げる右手を、今朝はちょっと挙げてはすぐ下げたり、また挙げたりと、翔はなんだかもじもじした様子だった。

「質問?」

増田が優しくすればするほど、翔は、

「あ、いや、たいしたことじゃないし」

とその手を引っ込めようとする。

「わからない問題はその場で解決しとかないと、もっとわからなくなるよ」

増田が受験勉強の経験から学んだ生の声を翔にかける。

翔は、決心したような顔で手をまっすぐ挙げた。

「質問です」

「はい」

「なんでも聞いていいですか？」

「教えられることはみんな教えてあげるよ」

「本当になんでも聞いていいですか？」

「いいよ、なんでも」

「絶対に答える？」

「ああ、絶対に」

それを聞いて翔は迷いを振り切るように大声で質問をした。

「増田、好きな人いる？」

想像もしなかった質問に、増田は、

「え？」

とひるんで返事ができない。

「いや、僕は、気持ちは嬉しいけど、男性とか、そういう趣味じゃないんで……」

と後ずさりする増田を見て、翔は、

「馬鹿！　俺がお前につきあってくれと言ってるわけじゃない！」

と一喝した。

「そうか〜」

とホッとしている増田に、恥ずかしさを振り払うかのように翔は語気を強めた。

「いるのか、いないのか！　答えろ！」

「い、います！」

つい、増田も翔の燃えるような視線にあぶり出されて本音を吐いた。

増田にはすでに誰かがいる！

翔は安心した。すでに好きな人がいればそこに麻里の入っていく余地はない。麻里には、増田にもう好きな人がいる、と言えば、答えを出してやれたことになる。やるだけやったんだと諦めもつくだろう。娘の恋を「なかったことにする」には、増田のその好きな人への思いを確固たるものにすればいいだけだ。

翔は追及を強める。

「誰？」

ぶっきらぼうで核心を突く質問ほど、ごまかしづらい。

「同級生？」

「いや、その、それは」

「名前は！」

まるで取り調べである。

「内藤？　菊池？　答えろ！」

と言って、机を、ドン！　と叩く。

実際に警察で取り調べを受けた経験のある翔にしかできない追い込み方だ。カツ丼でも頼んでしまいそうな勢いである。翔は自分が取り調べを受けたときのことを思い出しながらさらに詰め寄る。

「何も言わないで帰れると思うなよ！」

圧倒されて硬直した増田を見て、

(今だ！)

不意に翔は声のトーンを落として、そっと増田の耳元で天使のようにささやいた。

「言いたいこと言ってすっきりしちゃおうよ」

この揺さぶりで、容疑者はほとんど落ちる。容疑者歴の長い翔はよく知っていた。

増田は、翔の豊富すぎる人生経験に抗《あらが》うことができずに、悪魔のささやきにいとも簡単に落ちた。

「それは……」

「それは、誰なのかな？」

「はい、それは」

「楽になっちゃおうよ、言っちゃって」

翔は増田の頭を優しく撫でた。

「……小田麻里、です」

「なんだと！」

翔がいきなり激高した。

「すみません！　小田麻里です」

翔は机をドンドン！　とさらに強く叩いた。

「でたらめ言うんじゃない！」

増田が口に出したのは、翔が一番聞きたくない名前だった。

「すみません、本当なんです。嘘なんかついていません」

増田は半分泣きながらまるで自分の犯罪を自白するように叫んだ。

「黙れ！」

言えと言ったり黙れと言ったり無茶苦茶だ。

……なんてこったい。両想いじゃないか。

翔は目の前が真っ暗、というより、真っ青になった。世の中すべての景色が青いフィルターがかかって寂しく見えだしている。

「すみません」

「謝るんじゃない！」

「すみません！」

「だから謝るな！」

謝られるほどになんだか自分がかわいそうに思えて腹が立つ。

「どこが好きなんだ」

「どこというか、すべてです」

「すべてだと！　具体性のまるでないそんないい加減な奴には娘は渡せん！」

「娘は渡せん、って……？」

「娘は渡せんって言うだろうな親御さんも！　ってよく本に書いてあるってことだ！」

もう言ってることも無茶苦茶だった。なんて残念な事態だ。せっかく会えたばかりの娘の恋が成就してしまう。この数ヶ月で翔は普通の父親の十七年分を凝縮して怒濤《どとう》のように経験し、そして今回、極めつきのこの事態だ。でも、翔にとっては絶望的な状況でも、麻里にとってはこれ以上に嬉しいことはきっとない。

（親は、子供の幸せを一番の幸せと考えるものだ）

翔は自分を説得し始めた。

（ということは、いま俺は最高に幸せだ、ということだ！）

翔は再度増田に確認する。

「おい、もう一度言ってみろ」

翔の大声に怯えながら増田は宣言する。

「僕の好きなのは、小田麻里です！」

「がんばれ！」

翔は無意識のうちにいきなり増田に抱きついた。増田は苦しそうに酸欠で顔を青くしながらもがいている。翔は一瞬このまま増田を絞め殺そうかと思ったが、それは娘が一番悲しむことだと思い、することに困って、増田の頬にキスをした。増田は、もう恐怖で真っ青になっている。このなんだかムカムカする気持ちは娘が幸せな証拠だと思い込んで、翔は、

（あーしあわせ、あーしあわせ）

と心の中で唱えて増田をさらに強く抱きしめ続けた。

恋愛に関しては親である自分がムカムカすればするほど娘は幸せだとすると、いま娘はものすごく幸せなはずだ。

「がんばれ！」

翔はさらに強く増田を抱きしめた。

「コミュニケーションだ！」

増田は事態をよく呑み込めないまま、

「ありがとう」

と、失神寸前になりながら翔にお礼を言った。

動きだした船を戻すのは男としての翔の生き方に反する。

翔は増田に宣言した。

「お前と麻里をつきあえるようにしてやる！」

翔は、この結論に、意外と自分が不満ではないことが不思議だった。佐々木の時には絶対にできなかった応援を増田にはしてもいいと思っている。

（俺、増田という男が何故か好きなんだな）

人生、直感や好き嫌いだけで決めていいのか？

いい！

それが翔の持論だった。

何故だかわからない。でも、何故だかわからない理由のほうが簡単にわかる理由よりよほど信用できる。翔は、本能に従って増田と麻里をくっつける役割を自ら担った。

一度口に出したことは、責任を持ってやり遂げる。方針が決まれば、翔の行く手には直線道路しかない。

（増田を、麻里の男にする）

つまり、自分の娘を落とすアドバイスを父親がしていく、ということだ。

恋愛には全く免疫も経験もなさそうなこの学級委員に、愛する娘の攻略方法を伝授してやる。さあ、夏期特訓を始めよう。

「じゃあ、増田。まず、お前は女性という生き物を知ることから始めないといけない」

今までとは逆で、教壇には翔が登り、増田が机に座った。

翔の授業が始まった。

増田は、新しいノートの表紙に、太文字で科目を、

「おっさんさん」

と書き込んだ。

増田との夏休みの補習は、先生と生徒が逆転して、麻里の落とし方についての夏期講習となった。

増田は、受験勉強をすべきこの重要な時期に、必死になって翔の授業のノートをとる。英語の長文読解もせずに、女性心理の読解の演習である。

そのほうが、遥かに高校三年生のこの時期には重要な勉強のように増田には感じられた。

「町に、なんであんな美人とあんな男が、というカップルがいるだろ。その理由を五十字以内で述べよ」

以前、佐々木を騙すときにも使ったこの話を、今度は増田を助けるために翔は持ち出した。

増田は東大入試の現代文の読解問題よりも頭を使いながら必死に解答を探す。

「『美人は、自分をより引き立たせるために、比較の対象として自分以下の異性をそばに置きたがる

から。』四十六文字です」

増田の解答に、翔はあきれたように首を振りながら、

「全くわかっていない！」

と一喝した。最近見ないスパルタ教育だ。

「お前のその解答は、自分がどうしても主役になりたい女性が合コンに呼ばれたときに、ほかの参加者は自分を引き立たせてくれる人のみ集めようとする『幹事最上限の法則』だ！」

「すみません」

増田は深く頭を下げた。教師としての翔は厳しい。毛飯会で若い衆の教育係をしている血が騒ぐ。

「答えは、こうだ。『男子は美人は自分には無理だと遠慮がちだが、実は遠慮を知らない無神経な男の攻撃に美人は弱いから。』四十七字」

「そうなんですか！」

「だからだいたい男子から見ても『なんであんなに無神経な奴が』という奴ほど成功するんだ」

「確かに」

「世の中の社長なんて、みんな無神経だ！」

増田は頷きながら自分のノートに書いたメモに「ここ重要」という赤線を引く。

「例を変えれば、『一つだけ残った餃子《ギョーザ》』ともいえる」

午前九時を過ぎて少し蒸してきた八月の教室で、二人きりの夏期講習は続く。

「美人が餃子ですか」

「皿の上に一個だけ残ったすっごくうまそうな餃子を、食べたいな、と思うみんなが囲んで見ている

とする」

「はい」

「さっきの美人の話は、遠慮してみんな手を出さないと、本能のままに遠慮もなく手を伸ばした人が餃子を食べちゃう、という話と置き換えられるだろ」

「なるほど」

「文字通りおいしいわけだ、無遠慮な奴が」

「そうですね」

「餃子はしゃべったりしない。餃子は断らない。でも、それでも男子たちは声をかけない。一個だけお皿に残った餃子には」

「断られないのに」

「何故だと思う？　はい、増田くん」

生徒は増田だけだ。当たり前だが。翔は手を挙げてもいないのに増田をさす。

「監視されてるから、ですか？　みんなに」

「悩むな！　自分の答えに自信を持て！　自信が正解を呼ぶ！」

模擬試験の解答をするときにも通じるような痛い点を増田は突かれた気がした。

「監視されてるから、です。周りに」

きっぱりと言い切った増田に、

「そうだよ、やればできるじゃないか、増田！」

翔は手を叩いて増田を褒め、

「コミュニケーションだ！」

と叫びながらまた増田をきつく抱きしめた。

増田は、「むぎゅう」と締めつけの苦しさにうめきながらも、どんな数学の難問を解いたときより嬉しそうな顔を窒息の恐怖の中に見せた。苦しいながらも、翔の「コミュニケーション」は増田を不思議に安心させた。最近失われつつある、体のふれあい、は重要な教育手法だ。増田は目をキラキラさせながら翔の授業についていく。

「人の目なんて気にするな！　人の答えとお前の答えが違っても、当たり前だと思え！」

「はい」

恋愛論が、そのまま増田には受験の時の精神論のように聞こえていた。

「遠慮の固まり、ともいう。その餃子」

「すごいですね、餃子理論。アインシュタインの特殊相対性理論よりもすごいかも」

「アインだかアイーンだか知らないけど、俺は特殊なものは知らん。単純なことしかわからんよ。答えは一つ。餃子はうまい。それだけだ」

翔は教壇の上から増田に熱く語り続けた。

「餃子をなんとしても食べるという気持ちが大事なんだ！　カッコつけて餃子を食おうとする奴は相当カッコ悪いぞ！」

増田はひたすら水飲み鳥のように頷いている。

「なりふりかまわずぶち当たれ！　食え食え！」

もう無茶苦茶な理屈である。ただその無茶苦茶ぶりが増田には自分に足りないものが何かを言外に教えてくれているような気がした。

翔は、自分のたとえは何故いつも食べ物なのだろう、それも餃子の確率が高いと気がつきながら、それでも今度は、いかにその餃子を食べるのに見栄《みえ》や羞恥心が不要かという授業を続けるのだった。

30

翔の増田への夏期講習は、連日続いた。

不思議なもので、受験と全く関係のない翔の授業を受けたことによって増田の受験勉強への意欲は強くなった。

東大受験を志す者には、夏にやるべき課題はあまりに多かった。

計画表を作り、翌日その計画表を作り直す。その計画表を翌日きれいに作ることに全力を尽くして眠くなり、その翌朝見てみると昨日作った計画表は昨日の分がすでに実現できていなくて、また新しく作り替えなきゃいけない気持ちになる……。繰り返すうちに、夏休みの日数はどんどん減っていく。

翔との補習が始まるまでは、増田はこんな漂流したような夏休みを過ごしかけていた。

しかし、昨日初めて、翔の夏期講習を受けてから増田は変わった。

本当はこんなコトしてる場合じゃない、ということをさせられると皮肉なもので、いましなければいけないことがハッキリ見えてきた。

何より、恋愛のための精神論は勉強にも効いた。

「無理だなんて思わない」

「他人の視線は気にしない」

「失敗したら、は考えない」

「遠慮しない」

そして何より、

「餃子はお前が食え！」

そう聞くと、自然と増田はやる気が沸々《ふつふつ》と湧いてくるのだった。

「食うぞ、餃子！」


翔と増田との奇妙な恋愛夏期講習は実技に移った。

「駅で偶然会ったようなふりをして麻里に話しかける練習」を、翔が麻里役で増田に実際に特訓する。娘に声をかける練習を、父親が娘役をして指導しているわけである。

一見、まるでコントだ。

「よし、始めろ」

翔の指示が増田に響いた。

教室に置いてある椅子を駅のベンチに見立てて、座っている麻里にさりげなく声をかける練習。麻里の代わりに翔が座って、麻里のまねをして髪をくるくるといじりながら増田の声かけを待っている。

（なんだか気持ち悪いな）

躊躇している増田に、

「早くしろ！」

と翔の罵声と消しゴムが飛ぶ。これが本物の授業なら暴力教師扱いされて謹慎処分だろう。でももともと暴力団員の翔にはこれが当たり前だ。

意を決して椅子の後ろから恐る恐る増田は声をかけた。

「すみません、ねえねえ小田？」

いきなり翔は真っ赤な顔で振り向いた。

恥ずかしいのではない、怒っている。

「最初からすみませんって謝るなっ！　謝った瞬間、お前のほうが下の人間だぞ」

「はい」

「女子は、なぜか理由もないのに自信ありげな奴のほうが好きだと言っただろ！」

「言いました」

「自信ありげな奴は、決して謝らないんだよ！」

翔は怒りながらも麻里のまねをして髪をくるくるといじっている。絵的にも恐ろしい。

「はい」

「男から見ると根拠も何もないろくでもない自信家が何故かモテるのはそこなんだよ！」

「はい」

「よし、もう一度」

「はい！」

今の増田は、

「はい」

しか言えない男だ。その素直さが翔は気に入ってる。

再び髪の毛をくるくるといじり麻里のまねを始めた翔に、増田は声をかける。

「お、麻里。元気！」

増田はポンと麻里役の翔の肩を叩きながら言った。

「それだよ！　増田！」

翔は振り返りざま飛びかかってまた増田をハグした。

「むぎゅう」

「その呼び捨て力だよ！」

「呼び捨て力？」

「一種の引力だ！　呼び捨てにすると、いきなり二人の距離は短縮される。ニュートンより大事な引力だろ！」

「引力、ですか」

「そうだ、少し恥ずかしくても、呼び捨てにしろ！　怒られればそれもまたチャンス！」

「はい！」

自分になかった感覚を次々教えてもらえる。増田には、このコント、いや授業は何より大切な授業になっていた。翔も増田に教えているときは、何故か精一杯自分の経験してきた知識をできる限り与えてやろうと思うのだった。

そして増田は、午前中の勉強時間を人生勉強に使ってしまうことで、逆に残りの時間を有効に使わねばという集中力が生じ、ものすごく効率のいい集中した学習が「恋愛夏期講習」の始まった頃からできるようになっていた。

増田の態度も、ずいぶんと男らしい、というかある意味で粗暴なものになっていった。

どうも、その素質はあるらしい。開花していったと言ってもいいだろう。増田は、翔が想像した以上に、この任侠《にんきょう》恋愛道の精神を、水を吸い込むスポンジのように吸収していったのだった。

31

「ウイルス講習会？」

武藤が石田教頭に尋ねる。

「そう、皆さんが使っているパソコンに学校を介してウイルスが入ってしまいましてね。それを駆除しないとこの夏の勉強にも支障が出るので、特別に駆除するための講習を開いてもらうことにしました」

石田教頭は木沢先生と並んでまだ朝早いのにすでに汗ばむほどの駅前の商店街を歩きながら、武藤に説明する。

武藤の横には自分のラップトップパソコンを抱えた佐々木がいる。木沢先生は心なしか緊張した表情で石田教頭と時おり何やらコソコソと話をしながら前を歩いている。

「ここが講習会場です」

石田教頭が立ち止まったのは、武藤と佐々木には見覚えのあるビルの前だった。

「ここは……」

武藤が佐々木の顔を凝視する。

それは商店街のはずれの、あの黒い大きな扉のあるビルだ。以前、石田教頭が入っていくのを武藤たちは目撃したことがある。

石田教頭が、

「おはようございます！　早朝からすみません！」

と大きなドアを軽く三回ノックすると、黒いドアはすっと開いて、中から物腰の柔らかい紳士の声がした。

「ようこそ。皆さん、ウイルスにお困りの方々ですね」

「はい、特に最近手を焼いています」

石田教頭の返事に木沢先生が大きく頷く。

ドアの内側には、イタリアの高級スーツを着こなしている洒落《しやれ》た男性が微笑みながら立っている。

「夏休みの早朝からお疲れさまです。では、あちらの部屋にどうぞ」

指差された奥の部屋に洒落た男性の案内で向かうと、廊下の両側にはずらりと怖い顔の男たちが並んでいる。その鬼のような顔が四人が前を通るタイミングで順々にウェーブのように頭を下げていく。

佐々木と武藤の足は一歩一歩不安で重くなっていった。

「どうぞ、こちらのお部屋です」

洒落た男性の声に合わせてドアを開けてくれた男の顔を見て、佐々木は、

「あ！」

と声を上げた。

忘れもしない、動物園で襲ってきた、あのスキンヘッドだ。

「武藤、俺たちとんでもない場所に連れてこられたかもしれない」

佐々木は武藤にささやく。

「逃げようか」

という武藤の声が聞こえたのか、その洒落た男性・本郷組長は、

「さあさあ、部屋に入って座ってください」

と、笑顔で聖ミカエル学園の一行に着席を促した。

逃げようにも玄関まで屈強な男がずらり。言われるままに着席するしかなさそうだ。

「ここ、どこですか?」

武藤が横に座った木沢先生に聞く。木沢先生は、

「日横組さんです」

と当たり前のことのように返事をした。

「日横組?」

「そう、暴力団の」

「暴力団!」

激しく動揺している佐々木と武藤に、本郷組長は、

「その暴力団っていう呼び方はやめましょうよ。団って。暴力が得意な会社、とでも言ってください」

と自分のパソコンを開きながら微笑みかける。

武藤と佐々木は全く血の気を失った。

「では、本題のウイルス駆除の話をしましょうか」

パソコンを操作しながら、本郷組長は話し始めた。

「最近、ひどいウイルスが報告されてましてね」

石田教頭と木沢先生はにこやかに頷いている。

「ウイルスの名前は、花島翔」

武藤と佐々木は顔を見合わせた。

「そう、その花島のことですよ」

本郷組長がキーボードを叩くと、会議室のスクリーンいっぱいに学生服を着た翔の写真が映し出された。

「こいつが学園に入り込んだウイルスだということですよね、教頭先生」

本郷組長は石田教頭に確認する。

「この老け顔のウイルスのおかげで、聖ミカエル学園のいろいろなものがおかしくなってきています。彼らがその被害者です」

石田教頭はそう言って武藤、佐々木、木沢先生の三人を指差した。

「それはいけない、早めに駆除しないと」

ニヤッと笑った本郷組長に教頭は、

「お願いします」

と深く頭を下げた。本郷組長が、日横組の組員に指示をする。

「駆除してあげなさい、このウイルス」

日横組の一人が石田教頭に確認をした。

「高校生なんですけど、いいんですね？　やってしまって」

「遠慮しないでください。この生徒は四十五歳ですから」

と、石田教頭が吐き捨てるように言った。

「四十五歳！」

「それ、本当ですか！　教頭先生！」

佐々木が声を上げた。

「もう少し老けて見えますか？」

「おっさんさんが、四十五歳……」

石田教頭は笑いながら答えた。

呆然とする武藤に石田教頭は指導するように話す。

「よく見ればどう見ても高校生じゃないでしょう。あなた方、もう少し自分でいろいろと考えて生きたほうがいいですよ。学校の言うことがすべて正しいなんてことはないんですから」

教頭にそう開き直って言われても生徒としては反論に困るのだが。

「でも、なんで？　何故そんな無理する必要があるんですか、おっさんさんは」

佐々木が教頭に説明を求めた。

「ただの変人ですか？」

「花島は、うちの学校に潜んでいるある暴力団の組長の孫娘を世話するために秘密に派遣された組員なんですよ」

「暴力団員⁉」

教頭の説明に二人の生徒はさらに腰を抜かすほどのショックを受けた。

「これが、ウイルスが暴れてる写真です」

本郷組長が、もう一枚の写真をスクリーンに映した。そこには以前この事務所で大暴れしたときに写された翔の姿があった。

「おっさんさんだ！」

武藤が大声を上げる。髪の毛は角刈り、肌は荒れていてしわが深く刻まれているが、明らかにそこにいるのは、花島翔、だった。

「そう、花島翔。ほら、この柱の傷はこの時彼の石頭がぶつかった傷」

本郷組長は柱についた人の頭の形の大きなへこみを撫でた。

「それでですね、その暴力団の組長さんの孫娘が……」

本郷組長が、もう一枚の写真をスクリーンに映した。

そこには、見慣れたクラスメートの顔が。

「麻里！」

佐々木は、何がなんだかわからないくらいに混乱して自分のほっぺたを叩いた。

「そう、小田麻里」

「彼女が暴力団組長の孫？」

佐々木が石田教頭を見ると、教頭は深く頷く。

「で、今日は皆さんと何をするかというと」

本郷組長はパソコンのウイルス駆除ソフトを起動させた。

「皆さんと、って？」

不安そうに佐々木がスクリーンを見つめると、そこには地図が表示された。

「ウイルスの駆除をします。花島翔と小田麻里を今から登校中に襲い、この×印の地点で花島翔を痛めつけ、小田麻里は拉致する」

「なんだって……？」

二人の顔は真っ青になった。

「教頭が許可します」

溜まったうっぷんを晴らすかのように、教頭は楽しそうに大きな声で宣言した。

「君たちも今日一緒にウイルス駆除をします」

本郷組長は今度は二人を指差して言った。

「なに言ってるんだ？　そんなことするか！」

叫んだ佐々木の前の机に、ドスン！　という大きな音とともに一本のナイフが突き刺さった。

「すみません、つい手が滑って」

ナイフを抜きながらスキンヘッドの男が組長に謝る。

「だめだよ、刃物は安全に扱わないと」

組長はたしなめたが、佐々木はほとんど小便を漏らしそうになって震えていた。

教頭が続けざまに嬉しそうに話す。

「これで、花島は暴力事件で退学、校長は責任をとって辞任、拉致した小田麻里の解放と引き換えに毛飯会は日横組の傘下に入る。そして私が校長。学校もウイルスがいなくなって元の通りだ。君たちも安心して受験勉強ができる」

「駆除？　拉致？　やめましょうよ、そんな馬鹿げたこと」

武藤が少し青くなって止めようとする。

「なに言ってるんだ？　君たちも襲うんだよ。いろいろと花島に恨みもあると聞いているし、受験勉強のストレス発散にもちょうどいい」

とんでもないことを教頭が言う。

「まあ、人質ともいうけれどね、君たちは」

本郷組長も相づちを打つ。

「生徒がこの計画に入っているとわかれば、校長先生も事を大げさにできませんからね。この事件について騒げない」

「嫌です。帰ります！」

武藤は佐々木を引っ張って出口に向かおうとした。

教頭はカメラで佐々木と武藤をパシャッと撮影した。

「はい、記念写真、もう一枚撮っておきますよ」

教頭が佐々木と武藤に向かってシャッターを切る。

「よく写ってる、皆さんと、組員の皆さんと仲良く。この写真が世の中に出たら、皆さん退学ですね。もっとも、私は写っていませんけどね」

佐々木も、武藤も、その場を動けなかった。

本郷組長は薄笑いを浮かべながら号令をかけた。

「じゃあ、準備をしましょうか。そろそろ花島と小田が一緒に登校してくる時間だ」

サングラスの男は、スキー帽のような覆面を襲撃に参加する全員に渡した。もちろん、武藤と佐々木にも。武藤と佐々木は、嫌がったものの無理やり覆面をかぶらされた。

「あなたもかぶるんですよ、木沢先生」

当たり前のように石田教頭が言う。

「え？　僕は今日は引率だって聞いてましたが～」

ずっと黙っていた木沢先生は慌てて辞退しようとするが、本郷組長が木沢先生に諭すように語りかけた。

「だってほら、あなた、写真にも撮られてますよ。私たち日横組もキザワデパートの社長でいらっしゃるお父さまといろいろこれから再開発のお話などをするときに、息子さんの秘密を一つくらいは握っておきたいですし。ちょうどいいじゃないですか、四方先生と花島のこと、腹が立っているでしょ？」

「教頭先生、お話が違います～……」

木沢先生は文句を言おうとしたものの無駄だった。マスクをかぶった日横組の組員たちは今度は木沢先生に無理やりマスクをかぶせた。

「お似合いです。さすが、一流会社の御曹司。何でもお似合いだ」

本郷組長はパチパチと手を叩いた。

教頭先生は、本郷組長と並んで、

「では、頼みましたよ」

と言って覆面の集団を玄関から送り出した。

佐々木と武藤と木沢先生は何も言うことができないまま、覆面をかぶった十数人とともにマイクロバスに乗せられ、翔と麻里の通学路へと運ばれていった。

マイクロバスから雪崩《なだれ》のように飛び出してきた覆面の集団は、自転車で並走していた翔と麻里の前にいきなり立ち塞がった。

「きゃあ」

麻里は急ブレーキをかけて間一髪でその集団との接触を避けたが、勢い余って自転車は転倒し、麻里の鞄は道路に投げ出された。

「誰だ、お前ら?」

自転車から飛び降りた翔は、倒れた麻里の自転車と覆面の男たちの間に立ちはだかった。

「返事するほど馬鹿じゃないよ。なんのために覆面してると思うんだ?」

覆面の中で一番身長の高い男が答える。おそらく、こいつがリーダーだ。覆面の上にサングラスまでするほどの丁寧さで顔を隠している。

「この暑い真夏に覆面するくらいだから馬鹿だと思ってたよ」

翔はそう言いながら覆面から出た目だけを順々に見ていく。目は口ほどに物を言う。こうしてまず誰が強くて誰がいま怯えているか、翔は戦いを前に相手の力量を直感的に探った。相手は十三人。ミッション系の学校としては不吉な数字だ。ほぼ実戦慣れした挑むような目をした奴らばかりだ。ライオンの狩りと一緒で、翔は集団の中で一番弱い奴を探した。そいつらから片付けてしまおう。翔の視線が佐々木と武藤に到達したとき、翔は、見つけた、という表情をした。そして、二人の方へ一歩にじり寄る。恐怖を感じた二人は後ろへ下がろうにも、後ろを日横組の数名に固められて逃げられない状態だった。

ふと翔が低い声で話しかけた。

「ここから消えな。真夏にそんなもんかぶってると蒸れちゃうぜ。顔にインキンタムシができちゃうぞ」

明らかに身長差の激しいこの二人に向けて話している。二人の動きがぴたりと止まった。

「うるせえ！」

「黙らせてやれ！」

麻里は、翔の後ろにしっかりとしがみついてつぶやいた。

「お父さんが、やっぱりお父さんが襲ってきた！」

他の組員たちが口々に叫んでいる。

麻里は、母親の美香子が言ったことが現実になったと思った。

「君のお父さんは、自分の娘を襲ったりするような人じゃない！」

翔は麻里を一喝する。

「なんで知ってるの？」

「それはね……」

麻里の質問にきちんと答えたいが、でも、今は細かいことを説明している場合ではなさそうだ。

「詳しくはＷｅｂで」

「Ｗｅｂって何か知ってるの？」

「知らん！　とにかく、君のお父さんは君を襲うような男じゃない！」

翔が麻里と話していると、

「ブツブツなに言ってるんだ！」

と、覆面サングラスの男がいらついて怒鳴った。そして、

「高校生と思って遠慮するな！」

という声とともに、覆面の男たちは一斉に翔に殴りかかってきた。

翔も拳を固めたが、いざ相手をぶん殴ろうと拳を振り上げたときふと、

（絶対に暴力はいけないぞ。退学だ）

という松野組長に言われた言葉が頭をよぎった。

（退学！　手を出しちゃいけない。この子と離れないといけなくなる……）

翔は一瞬躊躇した。すべての勝負事に躊躇は命取りになりうる。たちまち数発のパンチが翔の頭に見舞われた。

「痛い！」

痛手を負ってうずくまったのは殴った覆面の男たちのほうだった。あまりに固い頭に殴った拳のほうが被害を受けた。その時翔の背後から、

「キャーッ」

という悲鳴がした。振り向くと回り込んだ三人の覆面男が麻里を羽交い締めにして連れ去ろうとしている。

「助けて！」

麻里の声が翔の頭に反響する。

「麻里！」

「助けて、お父さん！」

「お父さん……」

翔の顔の表情が一変した。パン！　と、何かがはじけた音がした。

ように、翔には聞こえた。

翔は、いま麻里が、

「お父さん」

と言うのを聞いた。

麻里はお父さんが襲ってきていると思っている。だから、翔に言ったのではなく、襲ってきたお父さんに助けてと言ったのかもしれない。

でも、そんなことはどうでもいい。

「助けて、お父さん」

と娘が頼んでいるのだ。

助けてと言われて助けないお父さんはいない！

翔を抑えていた自制心やら約束やらすべてのものが霧散した。

「親父さん、約束守れなかった、ごめんなさい！」

と松野組長に小声で謝ったあと、目を閉じて手を胸の前で組み、

「神さま、私が手を下してもいいでしょうか？　はい、いいですよ。そうですか」

と一方的に神さまと相談したと思うと、

「俺の娘に手を出すな‼」

と大声を出しながら阿修羅《あしゅら》のような顔になって、麻里をつかもうとしていた覆面の三人に飛びかかった。せめて松野組長との約束は守ろうとして、翔は手は出さない。

「お引き取りください！」

とお辞儀をしながらいきなり連続で頭突きを食らわせた。瞬間、三人は脳しんとうを起こしてふらふらと地面にへたり込んだ。礼儀正しい男がキレると恐ろしい。

「お引き取りください！」

「すみません！」

と連呼しながらひるんだ覆面の男たちの顔面に次々と釘《くぎ》を打ち付けるように石頭のお辞儀や頭突きを浴びせた。だいたい、翔の顔を殴った相手の拳が潰れるくらいの石頭だ。もちろん数発の拳を翔も食らったが、殴られること自体が攻撃になる。日横組の男たちは頭を抱えて次々地べたに這いつくばる。あっという間に半分以上の覆面が倒され、残った覆面の男たちも、恐怖で顔色が明らかに悪くなっているのが、覆面の上からもわかる。

翔は、不意に振り向いて、呆然と立っている身長差のある二人の覆面に叫んだ。

「武藤、佐々木！　逃げろ、お前らのいる場所じゃない！」

「おっさんさん……」

名前を呼ばれた二人は何故翔が自分たちに気がついたのか不思議でならなかったが、慌ててその場から逃げようとした。しかしその時、リーダー格の覆面サングラス男が武藤と佐々木の腕をつかみ人質にとったかのように翔に叫んだ。

「おい、見えるかこれが」

その姿を見たとたん、翔は、そのお辞儀、いや攻撃の手を止めた。

「やめろ、俺の友達には関係ないことだろ！」

翔は大声で叫んだ。

「友達に手を出すな！　このハゲ！」

「……なんでわかるんだ、覆面してるのに！」

覆面サングラス男は動揺して叫ぶ。

「こないだ会っただろ！　動物園で」

「バレてるのか……」

「人間、目を見りゃわかるよ！」

「くそっ」

「とにかく、そいつらを放せ！　俺の友達だ！」

再度叫ぶ翔。

「おっさんさん！」

武藤も大声で叫んだ。

「おっさんさん、ごめん！　俺！　俺！」

佐々木は覆面のまま頭を下げた。

翔が友達に気をとられたその時、覆面サングラス男の、

「やれ！　なにしてるんだ！」

という声が響いた。

最後までバスの中に隠れていた覆面男の一人が走ってきて、遠慮がちに鉄パイプを翔の頭に振り下ろした。

カツン！

金属音がして、鉄パイプが大きく曲がった。

「痛いじゃないか、木沢先生！」

翔はその覆面の男の正体も見破っていた。

呼ばれた木沢先生は、

「はい。おはようございます〜。いや、人違いです〜」

と返事したり叫んだりしながら逃げていった。

周りがあっけにとられた隙に、翔は、武藤と佐々木に指令した。

「お前ら、そいつにコミュニケーションだ！」

二人は、はっとした顔をして、

「わかった！　おっさんさん！」

と叫ぶと覆面サングラス男に、

「コミュニケーション！」

と言いながら両側から挟むようにぎゅっと抱きついた。

「おい、やめろ、こら」

二人に抱きつかれて逃げ場を失った覆面サングラス男の頭を、

「あなたで最後ですね。動物園以来かな！　こんにちは！」

と言いながら、ひときわ大きな翔のお辞儀が襲った。

ゴーン、と教会の鐘を鳴らすような音が響いた。

「お世話になってます！」

「ご無沙汰《ぶさた》です！」

「お元気でしたか！」

覆面サングラス男の頭を頭突きが何回も繰り返し襲う。

そのたびに教会の鐘がゴンゴン乱打されるような音が響きわたる。

覆面サングラス男は意識が朦朧として目の前に天国のようなお花畑が広がってきた。

お花畑の向こうから、翔が呼びかけている。

「おい、お前は、小田麻里のお父さんか！」

覆面サングラス男は、

「違います！」

と酔っぱらいのように千鳥足になりながら答えて、お花畑にばたり、と、とてもいい気持ちで倒れた。

翔は、道の端で震えている麻里に、

「おい、お前のお父さんじゃないってよ！」

と、大声で叫んで、

「そんなことする人じゃないよ、お前のお父さんは」

とニコッと笑った。

麻里は、

「そうだよね！」

と笑って、翔に、

「ありがとう！」

と微笑んだ。翔はにっこり笑ったと思うと、

「さすがに頭使いすぎたな、今日は。頭痛がする」

と言って、そのまま気を失った。

32

気がつくと、翔は保健室のベッドの上にいた。

薄目を開けて周囲の様子をうかがうと、ベッドの周りを、保健の山下先生のほか、麻里、佐々木、武藤、それと騒ぎを聞いて駆けつけた四方先生、奥先生、校長が取り囲んで翔が目を覚ますのを待っていた。

起きるときはいつも一人、という人生を子供の頃から送ってきた翔はこれだけの人に寝顔を見られていたことが照れくさい。目を覚ましていないふりをして、会話に聞き耳を立てた。

「ということは、襲ってきたのは小田のお父さんだと思ったのか」

近藤校長は麻里に尋ねた。

「はい。母に注意しろと言われていたので」

麻里は、翔の頭に載せた冷やしたタオルを取り替えながら質問に答える。

翔は、娘に介抱されるのも悪くないなと、頬が緩むのをなんとか抑えつつ、話の成り行きをうかがった。

四方先生は麻里が翔を介抱する姿を横目でちらちら気にしながら話に耳を傾けていた。

「注意しろ？　熊扱いだな」

「でも、違いました」

「そうか。よかったな、お父さんが熊じゃなくて」

麻里は少し嬉しそうに微笑んだ。

「日横組ですね、この無茶苦茶なやり方は」

奥先生が校長に耳打ちをして、口を尖らした。

「そうですね、奥先生」

校長も周りに聞こえないような小声で奥先生に返事をして、ため息をついた。

「で、お前たちは何故その現場にいたんだ？」

校長は武藤と佐々木の二人に視線を向けた。

武藤はうつむいたまま唇を噛みしめている。

「それは……」

佐々木が何か言おうとして口ごもった。

武藤が、腹を決めたようにしゃべりだす。

「校長先生、お話ししないといけないことがあります。実は、僕たちはあの場所で……」

その時、

「違います！　こいつらは現場にいませんでした」

翔の声が響いた。

翔は、ベッドからむっくと立ち上がって、

「おはようございます」

と礼儀正しく一礼してから校長先生に言った。

「こいつらを、私は見ていません」

麻里は、

「ちょっとおっさんさん、だめだよ、寝てないと！」

と、翔をベッドに押し戻そうとした。

「だって、あの場で覆面して襲ってきたのは……」

すべてを話そうとする麻里を翔は制して言った。

「そう、襲ってきたのは全員覆面している奴らだったので、俺、武藤と佐々木の顔は見ていないです」

翔は、校長に力説した。

「顔を見ていないので、いたとは言えません。だから、こいつらは現場にはいませんでした」

奥先生は、ほほう、と感心した顔でこの強引な理屈に頷いて言った。

「顔を見ていないのか。じゃあ、こいつらがそこにいたとは言い切れないな」

翔はニコッとしながら、

「私も、自分で見たものしか信じない性質《たち》なんで」

と言った。

校長が続けて切り出した。

「じゃあ、彼らを罰することはできないなあ。証拠がないんだから。ということでいいんだな、花島」

翔は、大きく頷いた。

「同級生ですから。俺の大切な親友です」

「親友……そう言ってくれるのか、おっさんさん」

佐々木は翔の顔をじっと見つめ、いきなり翔に抱きついた。

「お前ら、こんなところでコミュニケーションするなってば。頭が痛いんだって」

翔が抱きついてきた佐々木の頭を軽くコンコンと叩いた。

武藤の目に涙があふれて、こぼれそうになっている。

「おっさんさん、俺、俺……」

翔は、武藤の方を見て、

「オレオレ詐欺みたいなこと言うな」

と、からかった。

「本当にごめん」

武藤は男泣きに泣いた。

「アーうるせえ、泣き声が頭に響く。痛い痛い。笑え。ほら、お前らものすごい花粉症みたいに鼻水ずるずるだぞ」

武藤と佐々木はお互いの泣き顔を見て、ともに鼻をすすりながら大笑いした。

「それに、武藤、お前、木沢先生の英語の補習だろ」

翔が武藤の肩を叩きながら言った。

武藤はびっくりしたような顔で翔を見た。

「だって、木沢先生はおっさんさんを鉄パイプで……」

翔は、知らないなあ、という顔をして言った。

「俺、覆面しか見てないからわからないんだよなあ。それよりお前、補習受けとかないとマジでヤバいだろ、英語」

「でも、おっさんさん……」

「お前にとって、いま一番大事なのは大学受験だろ。木沢先生は、教え方は一流だ。責任持って大学に入れてもらえ」

翔は武藤に諭した。

それを聞いていた校長も、

「じゃあ、木沢先生には、佐々木と武藤を東大に入れられなかったら、そっちの責任をとって学校を辞めてもらうことにしようかな」

とふざけた口調で言った。

校長は瞬時にすべてのことを理解していた。その目は真剣だった。

「東大ですか？」

二人はびっくりしたような顔で叫んだ。

「そう、東大ね。今の成績がどうとか関係なくて、東大に入らなかったら退学！」

どっちにしろ受験が終われば卒業じゃないか、と佐々木は思ったが、でも、校長の真剣な視線に、自分たちがいましなければいけないミッションをはっきりと厳しく認識した。

奥先生が、ニヤッとしながら口を挟む。

「じゃあ、木沢先生には早速補習に行ってもらいましょうか」

翔はにっこりと頷いた。

「頼みますよ、あなたはいつも隠れてるんですから」

校長が振り返って保健室のドアの方を向いた。

ドアの陰から、

「いたの、気がついてたんですか〜」

と、木沢先生がそっと顔を出した。

四方先生が憎々しげな目で木沢先生を見たが、その視線を遮る形で翔が木沢先生の前に歩いていって右手を出した。

「佐々木と武藤を、頼みますよ」

木沢先生は、ただただ頷く。

「なかったことにしよう、今回のことは。お互いに」

翔は、木沢先生の耳元で松野組長の口癖をまねてささやいた。

木沢先生は、

「必ず、こいつらを東大に入れてみせます～」

と翔の目を見つめて誓った。

「まずは、あいつらに好かれてください。計算できるものより、計算できないものが人を動かしますから」

翔は木沢先生の目をしっかり見つめ返して言った。そして、

「これでよし、と」

大きく息を吐き出した。翔は続けて校長先生に言った。

「俺はあれだけ派手にやっちゃったから、さすがにだめでしょう」

「だめ？」

四方先生がビクッとして顔を上げる。

「沙汰《さた》なしってわけには、いかないでしょうね。ちゃんと対処しないとだめですよ、校則違反には」

校長先生はその態度に感心したような顔で、

「そうだな。十人、病院に送っちゃったもんな」

と頷いた。麻里は、

「私を守ってくれただけなのに、なんでおっさんさんが怒られないといけないの！」

と校長先生に食ってかかった。

「規則は、守らないと秩序が保てませんよ」

翔が再度校長に念を押すように言う。

校長先生は翔の妙に威厳のある声に満足そうに、

「君の言う通りだ。残念だけど、停学、だな。とりあえず」

と、翔に言い渡した。翔も、

「はい、わかりました。ものすごく久しぶりです、停学。三十年ぶりかな？」

と、むしろその決定に満足した顔で頷いた。

「ただな、花島」

校長が切り出した。

「君は、男としては最高だ」

奥先生が付け加える。

「お前は俺たちが思っていた通りの男だな。いや、思っていた以上だ。迷惑かもしれないけど、でっかいご褒美、校長と考えておくから。ねえ、校長」

校長も、

「ああ、十分ご褒美には合格だ」

と頷いた。

33

日横組にいきなり初老の紳士が二人で殴り込んできたのは、その日の夜だった。

「なんだ、あのじじいたち」

馬鹿にしていた組員たちは、一人はスーツ姿、一人は牧師姿の二人の老人の俊敏な動きと忍者のような技に次々と倒されていった。

「誰だお前ら」

慌てた組員が尋ねると、

「十字軍だ」

胸に十字架をぶら下げた奥先生がニヤリとしながら答えた。とにかく十字軍は強い。次々と相手を倒してはうずくまる敵の前で十字を切っていく。

もともと今朝の翔への襲撃失敗で使いものにならない負傷者が多かったこともあるが、たちまち日横組の組員ほぼ全員が打ちのめされ、十字を切られた。

「校長！　奥先生！」

本郷組長の部屋で何やら組長と話し込んでいた石田教頭が、突然の襲撃に呆然と立ち尽くしながら叫んだ。

近藤校長は、石田教頭の横に俊敏に詰め寄り、こめかみを撃つように指差すと、

「あんた、退学！」

と周囲全員を縮み上がらせるような声で言い放った。

「そういうことで」

奥先生は教頭の目の前で大きく十字を切った。そして次には視線を本郷組長に向けて、

「いいよな、そういうことで本郷さん」

と凄《すご》んだ。

本郷組長がブルブル震えながら座り込む。ダンディーが台無しだ。

「十字軍……毛飯会伝説の特攻隊だ……」

教頭は本郷組長の横にへたり込んで、生まれたての子鹿のように立ち上がれなくなっていた。

立ったままの本郷組長の前で奥先生は両手を組み、

「また無駄な暴力をふるってしまいました。お許しくださいアーメン」

と神に深く謝罪した。


校長と奥先生は、汗だくになりながら日横組の黒いビルから出てくると、満月がいつもより大きく光っている空を見上げて気持ちよさそうに笑い合った。

「三十三年ぶりくらいですかねえ、かちこみは」

奥先生が近藤校長に言う。

「ああ。三十三年分暴れてやった」

近藤校長もまだ暴れたそうな顔で言う。

「もう私たちがヤクザを卒業してからそのくらい経つんですね」

「だめだな、最近の若い奴は。教育ができてない。こんな爺さん二人に怪我《けが》ひとつ負わせられないなんて」

「また、そっちの教育もしないといけなさそうですねえ」

奥先生はクックックッと声を押し殺して笑う。

「しかし、とにかく松野さんには報告しないとな」

その場で、校長先生は松野組長に電話をした。

「松野組長、校長の近藤です。このたびはお孫さんの麻里さんに危険な思いをさせてしまいましてすみませんでした」

落ち着いたもので、松野組長は、

「翔がいれば安心ですよ。こちらこそすみません、巻き込んじゃいまして私たちの問題に」

と近藤校長に詫《わ》びた。

「で、お詫びのけじめだけ、つけておきました」

校長は松野組長に報告した。

「けじめ、つけちゃいましたか。奥先生も一緒でしょう、どうせ」

松野組長は半分あきれながら言う。

「はい。すみません」

奥先生は電話する近藤校長の横で照れながら頭をかいている。

「キレるとあなたがたが一番怖いからなあ」

松野組長はクスクス笑っている。

「でも、無理をしてあなたたちに何かあったら困るじゃないですか。怪我でもしたら学校どうするんですか。警察沙汰《ざた》にでもなったら大変ですよ、有名校校長、教諭と深夜の殴り込み、って。辞職ものですよ」

組長が言うと、

「そこは、そうなってもいいなと最近思ってましてね。学校もそろそろ飽きたなと」

校長は奥先生と顔を見合わせて微笑み、話を続けた。

「もう一回、校長と組長を交代したほうがいいのかもしれないですな。どうです？　組長？　久々に校長に」

「私はもう老人ですよ。あとは若い者たちで」

松野組長が遠慮がちに答える。

「そうですね」

近藤校長も携帯片手に大きく頷く。

「若い世代の時代ですね」

「私たちももうひと暴れしましょうか、シルバー世代として」

三人の笑い声がしばらく携帯を行ったり来たりしていた。

34

増田が翔の事件について知ったのは、事件当日の朝だった。

補習のためにいつも通りに登校したが、いつまで経っても翔が来ない。

時間には厳しい翔が遅れるなんておかしいな、と思いながら、仕方なく増田は昨日習った麻里と二人きりになったときの肩への手の回し方を、教室の後ろにある人体模型で試していた。

「さ、行こうか」

と声にしながら人体模型の肩に手を回していると、教室のドアが開いた。

そこには、麻里が、異様な格好の増田を見ちゃいけないものを見たような顔で立っていた。

「あれ、小田……どうしたんだよ？　一人で？」

増田は動揺して人体模型の肩から慌てて右手を離した。

「増田くん……不思議な趣味があったのね」

増田は首を激しく横に振った。教室の中に麻里と二人きりという翔との勉強の成果を試すには絶好のシチュエーションだったが、まず出だしが絶望的だったことと、ここまでお膳《ぜん》立《だ》てされたシチュエーションの実戦トレーニングは逆にできてなかったことで、いつもよりむしろ動揺して増田は何も学習の成果を発揮できなかった。緊張で少し声を上ずらせながら、麻里に、

「どうしたの？」

と声をかけた。

「おっさんさん、入院した」

麻里が、表情を全く変えずに告げた。

「入院？」

増田の裏返った声が、教室に響き渡る。

「入院って、どうして?」

仰天した増田が麻里に詳細を尋ねる。

「今朝、登校してくるときに襲われて」

麻里の冷静な説明が続く。

「襲われた?　誰に?」

「わからない。覆面かぶってたから。でも、一人でおっさんさん、相手を十人以上倒しちゃって」

「十人も?」

「それで、逆に暴力をふるったみたいに言われてる。私を守ってくれたのに」

麻里が落ち着いて冷静に説明しているため、大変なことが起こったんだという感じがかえって増田には強く伝わってきた。

全く麻里はニュースキャスターに向いている。

「おっさんさん……どこに入院しているの?　大丈夫なの?」

増田がすぐにも訪ねていこうと慌てて前の席に戻り鞄を抱えた。

「大丈夫なのよ。あの石頭だから、殴った人の拳の骨のほうが折れちゃって。でも、入院したいからさせてくれって言って」

「入院したいから?」

増田はあっけにとられた顔で麻里に聞き返した。教室の床の上には、蝉の抜け殻が一つ、ころんと背中が裂けたまま転がっていた。

「見舞いにこいって、増田くんと私の二人で」

「見舞いを強要してるのか？　おっさんさん」

「入院したことないから、入院してみるって。楽しそうに。市立病院よ」

そう言うと麻里もゆっくりと鞄を肩にかけ、

「じゃ、行こうか。おっさんさんがそう言うし」

と出かけようとしたとき、

「あ」

と何かを思い出したように、麻里は増田を呼び止めた。

「そう、おっさんさんから増田くんに伝言があって」

「なんだって？　おっさんさんから？」

麻里は、不思議そうな顔をして振り返った増田に翔からの伝言を伝えた。

「餃子、買ってきてくれって」

「餃子？」

「ラー油多めで」

「ラー油多め？」

（この大変な時に、餃子を頼むってのは全くどういう神経だ？）

と増田はあきれつつ、

（でもそこがおっさんさんらしい。何かきっと考えているんだろう、もしくは、何にも考えていないんだろう、って、どっちかじゃないか！　どっちなんだ！）

とまた思考を乱されながら教室を出ていこうとした増田に、

「お友達はそのままでいいの?」

と麻里は人体模型を指差して声をかけた。

「友達じゃないよ!」

増田は慌てて人体模型を元の位置に戻しに行った。

増田はふと振り返って足下に転がった蟬の抜け殻を見た。

背中が裂けた抜け殻は、

(おっさんさん、羽をはやしてこの教室から飛び出ていったのかもしれない)

と下手な感傷に増田を浸らせた。同時に、

(蟬って、飛び立つと、あと七日しか生きてられないんだよな)

という不吉な予感にも増田は襲われた。

増田は、廊下の窓から遠くの雲を見た。入道雲が朝早いこんな時間からもくもくと大きく夏の空に湧き起こっている。校庭では、真夏を誇るかのようにミンミンゼミが力強く騒いでいた。

「じゃ、駅前の中華料理屋で餃子を買っていこう」

増田と麻里は、夏休みで人の数も少ない学校を後にして翔の入院する市立病院へと向かった。

途中、増田は麻里といろいろなことを話した。

増田は麻里とこれだけ長い時間、二人きりで話したことはなかった。

どうして、この年頃の男の子は、自分が気になる女の子とは素直に話せなくて、気になることもない人とだけ一生懸命話してしまうのだろう。純粋さは時として十字架になる。増田も麻里との間に自分で決めた距離をずっととり続けていた。今日の翔の命令による餃子を持っての強制的なお見舞いは、増田にとっては麻里との距離を縮めるとてもいい機会となった。

その意味では、翔が二人の運命を強引に作り出したのかもしれない。

増田と麻里はこの、並んで歩いた数十分の間に今までお互いに溜めていたものをすべて一挙に吐き出すかのように話した。パンパンにふくれた水風船に針で小さな穴をあけたように。話してみると、お互いの境遇に似たところがあることがわかった。

まず、父親の顔を知らない。増田も小さい時に父親を亡くしていて、麻里と似たように建築デザイン関係の仕事をする母親の手一つで育てられた。

「偶然だね」

「偶然」

翔の授業で、偶然は恋の大きな武器になると聞いてはいたが、ねつ造するまでもなく境遇が偶然似ていたのだ。

「じゃあ、お父さんって見たことないの？」

「ああ。写真も一枚もない」

中華料理屋でテイクアウトの餃子が焼き上がるのを待ちながら、二人は、父親の話と、デザイナーの母親というのはどうして自分の生活だけはデザインできないのだろうという話で意気投合した。

増田は、ここで、翔に夏の補習で教えてもらったことを次々と実行に移した。実践演習だ。積極的に麻里の目を見つめて話したり、思い切って、

「麻里はさあ……」

と、いきなりの呼び捨てに挑戦したり。補習の実地テストを受けているかのような感覚だったが、

翔の言う通り、この補習は抜群の効果があるようだった。

麻里も、増田への好意を悟られないように警戒して、冷静ないつものイメージを保とうとしつつも、場慣れしたような増田の話題展開に心を無防備に開いてしまっていた。

補習の効果は、早くも現れていた。


病室では、全く元気そうな翔が二人をニコニコと待ち受けていた。

「おう、待ってたぞ」

「元気そうじゃないか、心配したのに」

増田は不平を翔に言ったが、

「文句言う暇あったら餃子食おう！」

という翔のひと声で、その不平は全く黙殺された結果になった。

翔は、二人を丸椅子に座らせると、お土産の餃子を紙皿に載せてベッドの横にある小さな机に置いた。

病室に餃子の臭いをぷんぷんさせながら、今朝の事件については全く触れずに、来る途中に発見した増田と麻里の共通点の多さについて語り合った。

楽しそうに話す増田と麻里の姿を見ると、翔は自然に顔がほころんできた。

(増田か。この男なら俺の娘の彼氏として受け入れられる気がするから不思議だ)

翔は、いつもは見せないような笑顔を増田に見せている麻里を見て、俺には見せない笑顔を増田には見せやがって！　と腹が立ったが、

（しかし、自分の娘を口説く手ほどきをするとは思ってもみなかったな）

と、少々複雑な、寂しさに似たものに浸りながら、翔はベッドの上でラー油たっぷりの餃子をほおばっていた。

いつの間にか、紙の皿には餃子が一個だけになった。

しばらく誰もその餃子には手をつけずに、ただただ隣の病室に迷惑な声と餃子の臭いをまき散らしながら話を続けていたのだが、不意に、翔が増田を指差して、

「増田！」

と、少し上ずった声をかけた。

「なんだよおっさんさん」

増田は少しびっくりした顔で翔を見返した。

翔は、麻里の顔をしばらくじっと見た。

そして、増田の方を向いて、

「仕方ねえなあ、ここで補習の続きやるぞ」

と頭をかいた。

「ここで？」

「ああ、ここで」

戸惑ってる増田に、翔は指示した。

「餃子、残しちゃだめだって教えたろ。お前が食べろ」

そう言って、増田の方を向いてウインクした。

ゾッとするようなヘタクソなウインク。ほぼ痙攣だ。

「お前が、食え」

増田は、それで翔の言いたいことが一瞬にして理解できた。

麻里は意味がわからず、不思議そうに二人のやりとりを見ている。

「はい、いただきます！」

大きな声を出して餃子を一気に口の中に放り込むと、口をモゴモゴさせながら増田は麻里の方を向き、ごくん、と喉を鳴らして無理に餃子を飲み込んで言った。

「つきあってください」

麻里はびっくりして増田を見ている。

「なにそれ、やだなあ、こんな臭いのする中で。そんなニンニク臭い息で。それにおっさんさんも見てるじゃない！」

と、怒った顔をしたが、すぐに、

「はい」

と頷いた。

翔は、残ったラー油を一気に飲み込んだ。

「なにするんだよ？」

増田がビックリして翔を見た。

翔は、ラー油の辛さと、目の前で娘が告白され、交際をＯＫしたという事実の辛さとで、

「辛いな、このラー油」

涙目になって二人を見つめている。

（麻里、幸せだよな？）

ベッドの翔は、照れて見つめ合っている二人から目を離せない。娘への告白に同席した父親としては、ちょっと、今日は気持ち的にはつらい日かもしれない。

「帰っていいぞ、ちょっとつらくなってきたラー油って、辛いな」

からい、という字と、つらい、という字は両方とも漢字は同じだな、などと思いながら、翔は、ちょっと一人でふて寝していたい気分だった。

35

聖ミカエル学園の生徒が覆面の集団を相手に大立ち回りを演じたという話は、瞬く間に街じゅうに広まった。

襲ったとか襲われたとかは関係なく、一人で十人を叩きのめしてしまったという一面だけを問題視した噂が広まり、保護者たちからの問い合わせの電話がひっきりなしに聖ミカエル学園にかかってきた。

品行方正でおとなしい進学校ということで子供を入学させた親たちが、どれだけ今回の話を聞いて仰天したことか。

特に、受験の結果を左右するといわれる夏休みの真っ最中だ。

この時期、受験生たちの動揺を極力避けたいという親たちの圧力が強く働き、今回の騒動についての説明および対策検討の保護者会がその翌日の夕方に開かれることに決まった。

この保護者会には校長、教頭、担任の四方先生、そして木沢先生も出席することになった。

当日翔はその会のことを聞いたとたん、医師らの制止も聞かずに無理やり病院を抜け出して学校へ向かおうとした。

その会に行かないほうがいろいろな危機的な状況に遭わないですむことは、翔もわかっていた。

何より、その会に行けば父母として参加する麻里の母、つまり昔の妻と顔を合わせてしまうだろう。

自分の存在がバレると間違いなく退学になるはずだ。

しかし、それでも翔は自分の起こした事件から逃げることはできなかった。たとえ、それが自分にとって極めて大きなピンチを呼び込むとしても。

保護者会の夕方、翔は聖ミカエル学園へと向かった。


その頃、麻里の母は、自宅で鏡台に向かって身支度を整えていた。


佐々木と武藤は悩んでいた。

翔が実は四十五歳を超えている。

そして、ヤクザの兄貴分。

自分たちが昨日知ってしまったこの事実が今夜の保護者会で明らかになるだけで、翔が即退学になることは容易に想像できた。

麻里の件、四方先生との件、翔のことではわからないことはいろいろあるけれど、少なくともあの暴行現場でも自分たちを「友達」と呼んで助けてくれた本当の友達だ。

自分たちを助けてくれた翔を、なんとかして今度は助けてあげたい。

何よりも、もう少し長く同級生でいたかった。

一緒に、卒業したい、おっさんさんと。

二人は、真剣に願った。

十七歳にして初めてできた、心から自分たちを信用してくれている親友だから。

何とかして翔の秘密を守り通して、翔に不利な方向に会を向けないようにしたい。

でも、翔を助ける発言をすると、きっとあんなことをしてしまった自分の立場は危うくなってしまうことも明らかだった。二人は激しく葛藤して夕方を迎えようとしていた。


会場となった三年二組の教室に並べられた椅子に、保護者たちが次々と腰かけていく。

最前列に座らされた佐々木と武藤は、教壇に校長、教頭、四方先生と並んでこちらの方を向いておどおどして座っている木沢先生の様子をじっと見つめていた。

自分たちは黙っているとして、あの意志の弱い木沢先生が秘密を話してしまったらおしまいだ。もう一人の当事者、石田教頭は、今日はいつものさわやかな笑顔もなく、憔悴《しょうすい》した面持ちで、心ここにあらずという感じで呆然と座っている。

翔は、佐々木、武藤の少し左横、最前列ほぼ中央に座り、じっと目をつぶって何事かを考えている様子だ。

（さすがおっさんさん、全く動じていない）

佐々木は翔の落ち着いた姿を見て、自分も四十五歳になったとき、こんな危機的状況でも落ち着いていられるような大人でありたい、と思った。

本当は、違った。翔は観念していた。

目をつぶって死刑宣告を待っていたのだ。

決して動じていないわけではない。むしろ、まな板の上の鯉《こい》状態だった。

自分が起こした乱闘事件だけでも、十分に退学を要求されるだろうものだったが、もし、仮にまぬがれても、今日は麻里の母親が来る。

今日は傘を回して隠れたり逃げたりはできない。おっさんさん、と娘が普段呼んでいる生徒が自分の別れた夫だということが、麻里の母親には翔を一目見ただけでわかってしまうだろう。

そうなれば、どちらにせよ退学だ。

せっかく会えた娘とまた二度と会えないところに行かなくてはいけなくなる。

最前列に座った翔は、背後の席が憤った保護者でどんどん埋まっていく気配を感じながら、今にも告げられそうな、

「あなた、なんでここに？」

という麻里の母からの死刑宣告をただじっと目をつぶって待っていた。

五時になり、いよいよ会が始まった。麻里の母の姿は、まだ見えない。とりあえず死刑宣告はここまでは下されなかった。

翔は少しだけ寿命が延びたことに安堵しながら、死刑宣告を待つ不安な時間が延びたことがさらに胃を痛めつけているのを感じていた。

まず事件の経緯、結果について校長から説明があり、小田麻里と花島翔はむしろいきなり襲われた被害者であり、その場で確かに十名を倒してしまった翔の暴力行為については過剰防衛として懲罰の対象になるが、それ以上のことは考えていないということが発表された。

保護者からは、理由のいかんにかかわらず、この時期に生徒に動揺を与えるようなことは大学受験のためにも避けてほしいという声が続々と上がる。

「花島くんはむしろ被害者です。これ以上、花島くんを責めないでいただきたいと思います」

四方先生が訴える。

「その襲われた小田麻里さんの話を伺いたい」

保護者の一人が発言したが、

「今日は、思い出したくないことを思い出させることになるので、この場には呼んでいません」

と校長が答えた。

「花島くんにも、配慮をしてあげてください、皆さん。彼もこう見えても高校三年生なんですから」

四方先生は翔を擁護する発言をした。

こんなに感情的になった四方先生を見るのは、佐々木も武藤も初めてだった。

「四方先生は、やっぱり……」

武藤は校長から、校長室で目撃したことは「校長室での秘密メイクをしているだけだ」と教えられていた。でも武藤は、翔のこととなると普段と違う四方先生が現れるのを前から感じさせられていた。

ふと横に目を移すと、木沢先生の様子が、おかしい。なんだか顔から血の気が引いている。

「何も言うなよ、余計なこと」

武藤と佐々木の二人は木沢先生を睨みつけて祈った。

よく見れば、木沢先生は保護者席、翔の真後ろにいる一人の男を見つめたまま硬直している。

佐々木と武藤は、振り返ってその視線の先を追い、愕然とした。

見覚えのある男が座っていた。

サングラスを外しているが、あれは明らかに翔に頭突きを食らわされたあの日横組の覆面サングラスの男だ。額に大きなアザが痛々しく残っている。体中に消炎鎮痛の湿布薬を貼《は》っているらしく、その臭いがぷんぷん二人のところまで漂ってくる。

あの男が、何故だかこの会に紛れ込んで、目で木沢先生を脅している。

翔は自分のすぐ背後にいる男の存在に気がついていない。

日横組の男は、

（翔の秘密を言え！）

とばかりに木沢先生にきつい視線を送って、あごで催促した。

（言わないと、お前も襲った一員だとばらすぞ）

という明らかな脅しが、その感電するような視線にはっきり見てとれた。

木沢先生の鼻から一筋、鼻血が流れた。震えながら木沢先生は鼻を押さえた。

二人は、木沢先生に「言っちゃダメだ」と、口にチャックをするジェスチャーを送った。

なかなか行動しようとしない木沢先生に業を煮やし、会の途中で、元サングラス男が近藤校長に発言を求めて手を挙げた。

「だめだよ、あいつに話させたら」

という武藤のつぶやきをかき消すように、二人のすぐ背後の席から聞き覚えのあるダンディーなささやきが聞こえた。

「花島くんを退学にしないと、君たちをそうしちゃおうかな。言っちゃおうかな？　武藤くん、佐々木くん」

この声は、あのイタリアスーツの男。日横組の本郷組長だ。

二人は完全に硬直してじっと前を向いていた。

「それにしても花島翔くんはあまりに大人びた高校三年生だよ、ねえ、佐々木くん。いくつに見える？」

佐々木と武藤が黙っていると、本郷組長は、

「花島くんか、君たちか、やっぱりどっちも大丈夫ってのは、甘くないかなあ」

と、周りに聞こえないか心配な声で、二人の耳元にささやいた。

「仕方ないですね」

と言って、本郷組長は、元サングラスの男に、目で合図をした。

不気味に笑って、元サングラス男の質問が始まった。

「生徒の中に、花島くんのほかにも現場に居合わせた者がいると聞いたのですが」

会場がざわめいた。

ニヤリとしながら、男は生徒たちを大げさに見回した。

（もう、嘘はつけない。これ以上ごまかして翔に迷惑をかけるわけにはいかない）

佐々木は、意を決して立ち上がり、話し始めた。

「それは、僕です」

保護者たちが一斉に佐々木を見た。

「僕たちです」

ひときわ大きな身長の武藤も立ち上がった。

会場がどよめいている。

「どうして君たちはその現場にいたんですか？」

意地悪い質問をしながら、元サングラス男は薄笑いを浮かべている。

「僕たちが現場にいた理由は、実は、僕たちは……」

しゃべりながら武藤が目をつぶった。自業自得とはいえ、これで退学だ。おっさんさんを襲ったなんて許されるはずがない。

しかし、そこまで言ったところで、翔が立ち上がり割って入った。

「そう、僕たちは、親友なんです」

校長が驚いた顔で佐々木、武藤、そして翔を見た。

「君たちが親友……ですか」

翔が続けた。

「はい。親友なので、朝、一緒に登校してました」

日横組の元サングラス男がたたみかける。

「じゃあなんで木沢先生がそこにいたんですか？　そんな暴行現場に。聞くところによると、木沢先生は鉄パイプを持っていたとか」

会場がいっそう大きくざわめいた。

木沢先生はまたあふれてくる鼻血を押さえながら真っ赤な顔をしている。

翔は、笑いながら言った。

「あ、あれは、ほら、このように先生は夏は鼻血がよく出るので、出たときにその棒で首の後ろをトントンするために持ち歩いているんですよね。先生」

木沢先生は、

「ふんがふんが」

と、鼻血が流れないように上を向いたまま頷く。

「そういうことですが、よろしいでしょうか？」

校長が微笑みながら男に聞いた。

元サングラス男は歯ぎしりしながら、

「だっておかしいじゃないか！　こんな顔の高校生自体がおかしいだろ！　それにこの二人だって」

と猛然と叫びだした。

しかし、その声が、急に、

「う――」

といううめき声に変わり、元サングラス男は黙って急に前屈《まえかが》みになった。

男の後ろには奥先生が座っていて、立ち上がった男の股間《こかん》を瞬時に握り潰したのだ。

男にしかわからない激痛にまっすぐ立っていられなくなった元サングラス男は、真っ青になってうずくまり、そのまま着席した。

奥先生は、変なものを握ってしまったな、と嫌な感触を振り払うように右手を振っている。

「顔についていろいろ言うのは人権の見地から非常に問題です」

四方先生は脂汗をかいている元サングラス男にきつく言い渡した。

「というわけで、今日の保護者会はこれで終わろうと思います」

と校長がまとめようとしたのだが、やはり、受験生を持つ親はこの動揺をよしとしなかった。

一人の大柄な父親が、おもむろに挙手をした。

「私は、武藤の父親です。このたびは息子がご迷惑をおかけしたようで、皆様のご子息、ご息女の受験勉強のペースを乱してしまったのではないかと心配しています」

名乗らなくとも、これだけ体の大きな父親は武藤の父親しかいないと一目でわかる。その父親は、周囲の保護者に深々とお辞儀をしたかと思うと、一転して学校側を責めるようなことを言い始めた。

「しかし、私の子供は不幸にもこの騒ぎに巻き込まれた被害者です。問題は、こういう騒ぎを起こすような生徒の存在そのものではないですか？　事情はどうあれ、クラスに悪影響が出るような生徒とは一緒に勉強できない。そうでしょ、保護者の皆さん。先生方、皆さんのミッションはいい大学に私たちの子供を送り込んでくださることなんですから」

この発言に、ぱらぱらと拍手が湧いた。

「やめろよ父さん！　おっさんさんは悪くない！」

武藤は憤然として父親に向かって声を荒らげた。武藤の父親は、

「お前がそんなに生ぬるいから、つけ込んでくる奴がいるんだ！」

と言いながら翔を横目で睨む。

「父さん！　あなたって人は！」

武藤が父親の方に駆け寄ろうとしたが、翔は、

「いいよ、武藤」

と、言葉と目とで武藤に落ち着くように合図を送った。

「でも、まるでおっさんさんが邪魔者みたいじゃないか」

邪魔者なのだ。受験生の保護者にとっては、問題を起こすような生徒は。

佐々木の母親も、

「うちの子も最近どうも集中力がないと思っていたら、こういうお友達とおつきあいをしていたからだと初めて気がつきました」

と翔の方を苦々しい顔で見つめる。

「違うよ、おっさんさんは関係ない！　それは失恋のせいだ！」

佐々木も母親の発言にいらついた表情を見せる。

これまで両親や学校の言う通り従順に生きてきた武藤も佐々木も、自分たちの親の態度に生まれて初めてといえるくらいに激しく反抗した。

その時、四方先生がすっと立ち上がって、提案した。

「じゃあ、テストすればわかるでしょう、花島くんが悪影響を与えたのかどうかは」

親たちの視線が四方先生に集中した。

「夏休みの終わりに全国模試があります。その模試で彼が転入してくる前の春の模試よりも成績が下がっていれば、それは彼の悪影響と考えましょう。でも、そうですね、この時期、努力によって一番

成績の伸びる英語の平均点が、仮に八〇点に達したら、これは明らかに彼がクラスに悪影響を与えていないことになります。春は平均六七点ですから。もし、そうなったら処分する必要はないでしょう。英語科の私の目から見ても彼の存在は逆にほかの生徒の英語の学習意欲を刺激しているように見えます。もし、八〇点にいかなかったら、多少の悪影響ありと考えてやはり停学、退学といった処分をするということでいかがでしょう」

これには、保護者たちから異論は出なかった。結局、自分の子供の成績が良ければいい、といったある意味勝手な人が多いのだ。

何より平均八〇点がいかに困難なことか、親たちは十分承知していた。

保護者会は終わった。

翔を守るためには、八月末の難しい全国模試でクラスの平均点八〇点をとらないといけなくなった。それも、現状ではほぼ零点に近いだろう翔の分をみんなでカバーしなければいけない。

武藤と佐々木は頷き合った。

その夜、武藤と佐々木はクラスの全員に電話をかけた。

「絶対に八〇点とりたいんだ！　親たちが翔を退学にしたがってるんだ！」

クラスメートは皆、

「わかった！」

と答えた。

そして、皆が、残りの夏休みにそれまでより真剣に英語の学習に取り組みだした。

「おっさんさんが、退学になっちゃう！」

三年二組の生徒たちは、親に反抗して必死で勉強をする、という、なんだか矛盾した行動に出た。

麻里が元気そうに保健室で丸いすをくるくると回しているのを見て、麻里の母はあっけにとられている。

「全然、具合悪くなんてなさそうじゃないの、麻里」

「具合なんて悪くないわよ、なんでお母さんこそここに来たのよ」

麻里も家でのいつもの会話のように、母親に苦情を言う。

「校長先生があなたが具合が悪くなったからとにかく保健室に行ってくださいって言うから。せっかく大事な会で学校に来たのに、参加できなかったのよ」

「全然元気よ、私も無理やり校長先生に保健室で休めって言われて渋々来たんだから」

二人は親子喧嘩を保健室でひとしきり繰り広げた挙げ句、

「でも無事でよかったね」

ふと母親が麻里の顔を見てつぶやいた。

「ほんと。おっさんさんのおかげだわ」

「感謝しないとね」

口論をしながらも麻里が無事であることに二人は心から感謝していた。

「でも、そのおっさんさんを罰しようとする保護者会が、いま開かれてる」

「やっぱり今からでも行って主張してあげようか？　その人は悪くありません、って」

母が保健室を出るそぶりをしたが麻里は、

「やめといて。話がややこしくなるから、お母さんが余計なことすると」

と、慌てて母の動きを制した。

「そうね、じゃあ、祈りましょう」

母は踏み出しかけた足を止めた。

親子は、珍しく仲良く、おっさんさんの無事を暮れかけた夏空に向かって一緒に祈った。

家に帰って増田は母に、今日の会の様子を説明した。建築デザインの仕事が忙しくて会に出られなかった増田の母は、増田の話を一通り聞いて、「なんか、聖ミカエル学園もずいぶん変わってきたのね」と感心しながら定規で図面に直線をスッと引いた。

36

「反抗」って、なんてモチベーションが上がるものなんだろう。

三年二組の生徒の夏休みの勉強はそれまでとはまるで比較にならない真剣なものになった。夏休みの残された三週間、今までこんなに真剣に勉強したことがないというくらいに勉強に打ち込んだのだ。自分のためではなく、友達のために。やらされて勉強をするのではなく、自分から挑んで勉強をした。ついこの間、不意に現れて、いきなりこのクラスを引っかき回していくつもの騒動を起こした、その高校生離れした見かけだけでも問題の翔に、三年二組にい続けてもらうために。

「おっさんさんを退学にさせるな」

という無謀ともいえる合言葉の下に、あのお行儀よく感情を表に出さない生徒たちの集団だった三年二組は、完全に一つにまとまっていた。

ある生徒は生まれて初めてゲーム以外で徹夜をし、またある生徒はわからない問題を初めて父親に聞いた。聞かれた父親のほうも戸惑ったようだが、そのおかげでぐっと親子の距離が近くなった。ほかのクラスの生徒たちが海に行ったりプールに行ったりする真夏の昼間も、じっと自分の部屋にこもって勉強する。

勉強は、実は自分自身との闘いだ。

本当は、勉強って、体育である。

本当のスポーツ以上に、根性と忍耐が必要な、一人でやるスポーツだ。

このあまりに息苦しい、マラソンのような毎日に、

「カラオケに行こう」

と学級委員の増田が息抜きのため声をかけ、数名が勉強で疲弊した青白い顔でカラオケルームに集まったこともあったのだが、

「じゃあ、歌おうか」

と増田が声をかけても、集まった数名はいつもなら奪い合うマイクをテーブルの真ん中に置き、じっと見つめ合ったままだった。

曲のリクエストは、何も入らないまま。

無言のカラオケルーム。

隣の部屋からは楽しそうな別の高校生グループの歌う安室奈美恵の歌が漏れ聞こえてくる。

しばらく続いた沈黙を破って、

「いま私たち、歌ってる余裕あるのかしら」

ちょっと短すぎるミニスカートをはいた、勉強嫌いの内藤がポツリと発言した。

そのとたん、黙って下を向いていた皆の目がぱっと開いて、意思を確認し合うようにお互いの顔をじっと見つめ合い、そして、深々と頷き合った。

「僕たちの今のミッションは」

増田が声を上げると、

「おっさんさんを聖ミカエル学園に残すこと！」

その場にいた全員の声が揃った。

彼らが、このミッション系の高校に入学して以来初めて自分で決めたミッションだ。

親に言われて、ではなく、むしろ親に逆らって。

「じゃあ、始めるか」

増田が少々気合いを入れすぎた顔でいきなりマイクを持ち、高く掲げるとスイッチをプチッと切った。

そして、カラオケルームにあるテーブルに全員が持っていた勉強道具を出し、隣の部屋から漏れ聞こえてくる他の高校生たちのさほどうまくもない浮かれた歌声をＢＧＭにしながら、一心不乱に勉強し始めた。

皆で一緒にやると、勉強もなんだか楽しい。

それに、いまここにいる同じクラスの連中は、受験のライバルなんかじゃない。

「おっさんさんを救う」という同じ目標を持った仲間たちだった。

こうしてカラオケボックスは、たびたび三年二組の図書館になった。お茶も飲み放題、クーラーの利いた、ちょっとだけ照明が暗く、ミラーボールがくるくる回って反射する色とりどりの光がノートを照らすことだけが難点の心地よい図書館に。たまに麻里は、翔に習った歌謡曲暗記法で覚えた曲をマイクで熱唱して、友達みんなで単語を暗記したりした。

一方、先生たちも、夏休みを返上して登校し、生徒たちの質問に丁寧に答えた。四方先生も、木沢先生も、奥先生も、嫌な顔をせずに真夏の聖ミカエル学園に登校してきては三年二組の生徒たちのために質問教室を開いて勉強を教えた。

先生も生徒も一つになって翔の退学を阻止しようとする気持ちがひしひしと伝わってきた。

それにつれて、不思議なものである。成績もどんどん良くなっていく実感を、クラスの全員が抱いていた。

クラスが一体となって翔のために盛り上がっている中、麻里には大きな不安があった。

肝心の翔が姿を全く見せないのだ。

カラオケに誘おうとしても、翔の携帯は留守電のまま。保護者会以降、翔は学校にも姿を現さなかった。

麻里のもとに増田から電話があったのは、お盆の八月十五日、増田の家の近くにある墓地からだった。

「麻里、おっさんさんがいた！」

「どこに？　どこにいたの」

「今日はお盆、八月十五日だろ。俺、お墓参りに行ったら、おっさんさんがうちのお墓にお参りしてた」

「墓地？」

「墓地だよ」

「あなたの家のお墓に？」

麻里はその行動の意味がわからなくて混乱した。

「びっくりしたよ。で、聞いたんだ。おっさんさんに。なんでここにお参りしてるんだって」

「そしたら？」

「自分の祖先の墓だって言い張るんだよ。子供の頃、よく来たって」

「あなたの家のお墓を？」

「そう。もう何十年も来てないけど、確かだって」

「ショックで頭おかしくなっちゃったんじゃないのかな？」

「まだおっさんさんいるから、麻里、お墓に来ない？」

「おっさんさん、いるの？」

「ああ、いる。まだうちのお墓にお参りしてる」

「行く。行くけど……」

「けど、なに？」

「初めて誘ってくれたね、増田くん」

そういえば、増田が麻里を外出に誘ったのはこれが初めてだ。

「これって、一種のデート？」

「まあそうだね。初めて呼び出してるもんね」

「私たち、初デートがお墓ってこと？」

「そういうことだね。縁起いいのか悪いのかわからないけど」

増田は、初デートを許してくれた麻里に感謝した。

数十分後、墓の前で待っていた増田のもとに、麻里が駆けつけてきた。

「待った？」

「いや、全然」

初めて待ち合わせをした出来たてほやほやのカップルにしては、ごく普通の会話だった。ただ、場所がお墓の前だったが。

「おっさんさんは？」

麻里がきょろきょろしながら尋ねた。

「ほら、磨いてるよ、うちの墓」

翔は、墓に話しかけながらゴシゴシ墓石を磨いている。

「頭をあれだけ打ったから、少しおかしくなったんじゃないかなあ」

麻里は真剣に心配している。

二人は、増田の先祖の墓を磨いている翔のもとに駆け寄った。

麻里が話しかける。

「元気だった？　おっさんさん。みんな心配してたよ、電話にも出ないから」

「ああ、なんとか」

墓を磨きつつ翔は返事をした。

「なにしてたの？」

「勉強」

意外な返事だった。

「勉強？」

「勉強に携帯って邪魔だろ。押し入れの奥に隠しといたらわからなくなっちゃってな。最近、物忘れがひどくて」

「それで電話にも出なかったんだ」

連絡がつかなかった理由は、物忘れだったらしい。

「結構英語って覚えればできるもんだな。四方先生もやり方教えてくれるし」

翔が、少し伸びたヒゲを撫でながら言った。

「四方先生が？」

「ああ、正直、文法とかよくわからないんだけどね。単語だけなんとか覚えろって言われて、四方先生、毎日ＦＡＸで課題をくれて、必死で一日百個覚えてるよ」

「一日百個！」

増田はびっくりした。

「ああ。どうやらものを覚えるのだけは得意みたいでね」

翔は、今度はほっぺたに伸びたヒゲを抜いてはお墓に立てながら言った。

「やめてよ、うちの墓に抜いたヒゲ立てないでよ」

増田がムッとして翔を止める。

「でもさ、お前のうちの墓だって言うけど、俺の記憶ではうちの墓にそっくりなんだよ。ほかに見つからないから、今日はそう思わせてくれないか。俺、最近、家族ってものを考えるようになってな、自分の先祖も大事に思えてきたんだ。俺、自分の両親の墓、うろ覚えなんだよ。両親の記憶もうろ覚えだし。でも、これだったような気がするんだよな。少なくともこういう形だった」

「いい加減だなあ。お墓はみんな同じ形だよ！」

増田はあきれて目を丸くした。

「こういうの気持ちの問題だから。それより、もしかしたらやっぱりこのお墓かもしれないから、一緒にお参りしてくれないか？」

と言って、強引に麻里と増田を誘い、もう一度、お墓の前に座った。

「だから、うちの祖先だよ、そこ……」

増田が口を尖らせる。

「ああ。まあいいじゃない、何に向かって祈っても気持ちが大事だよ。ほら、しゃがんで」

三人は少し古いお墓の前に並んで、手を合わせて目をつぶった。

「うちのお墓だって！」

増田が不満そうな声で言う。

「すみません、中にいるのは僕のお父さんですか？」

翔は手を合わせて墓に聞いている。

なんだか細かく頷いている翔を見た麻里がびっくりしたような顔で目を開けた。

「そうですよ、って言ったの？　お墓が」

翔は、

「言った気がする」

と麻里を見た。

「うちのお墓だってば！」

増田が声を荒らげた。

「じゃ、もう一度」

翔はまたお墓に手を合わせた。

「僕のお父さんですか？」

「違いますよ〜」

増田が、妙な裏声で先祖の代わりに返事をした。

「ほら、違うってよ」

躍起になる増田に、翔は、

「お前、面白いなあ」

と感心して増田の肩をポンと叩いた。

増田は真剣な顔で翔を見て言った。

「それ、ウチの墓だから。お盆だから、まだ会ったことのない僕の父さんが近くに来てる気がするんだ。死んでるとは思いたくはないけれど。でも、そういう気がするんだよ。今日は。だから、墓で遊ばないでほしいんだ」

　翔は、すまなそうに、

「悪かったよ」

　と謝った。

　それを聞いた麻里が唐突に、

「私、サンタは絶対にいると信じてるの」

　と言いだした。

「サンタ？　サンタクロースか？」

　翔は不思議そうな顔をした。

「だって、サンタの正体って、お父さんだって言うでしょ」

　夢も何もないことを麻里は言う。

「私、サンタにプレゼントもらったことってないのよ、一度も」

「一度も？」

「お父さんがいないから、サンタはうちには来ないってお母さんが言って」

「また勝手なお母さんだなあ」

　麻里の母親の白黒はっきりつける性格ならありうる話だなと翔は納得した。

「お母さんがクリスマスプレゼントを店で一緒に買ってくれるだけ。プレゼントはサンタに枕元に置いてほしいって言っても、『うちにはサンタはいないから』って」

　寂しそうに口を尖らせる麻里の両手をとって、

「俺もだよ、全く同じ！」

と、増田は握った手を上下に振る。

仲良く手を握る二人を見て、翔はちょっと苦々しい顔をし、

「そうか」

と不機嫌にブスッと頷いた。

「一回でもいいからサンタに枕元にプレゼント置いてほしいんだよねえ」

増田が夢見がちな女の子みたいなことを言う。

同調して麻里が、

「もしサンタが来てくれたら、どこかにお父さんが生きていてくれるって思えるから」

と、さらに夢見がちなことを言った。

「サンタはきっといるよ！」

増田も大きく頷いている。

極めて現実的なことばかり言うかと思えば、夢みたいなことを平気で口にする。

どっちが本当のこの子たちなんだろう。翔は、二人が仲良く手をつなぎながら、うん、と頷き合っているのを見て、きっと、夢みたいなことを妄想しているのが、この十七歳の子供たちの本当の姿なんだと確信した。

（なんて清々《すがすが》しい青春の現場なんだ）

翔は、娘の麻里が増田に全幅の信頼を寄せているのを一段と苦々しく思いながら、その純粋な恋愛の現場にいることに爽快《そうかい》さも感じていた。その場が霊気漂う墓地の真ん中である以外は。

（麻里、わかった。お前の願いは、この俺が必ず実現してやるからな。今年のクリスマス、サンタ、行くから）

翔は、笑顔で楽しそうに恋人と話す娘の顔をじっと見ながら、誓いをたてた。

その直後、馴《な》れ馴《な》れしく麻里の手をまた握った増田を見て、翔は条件反射的に頭を思いっきりひっぱたいた。

「なにすんだよ！」

増田がびっくりして怒る。

翔は、何故自分が増田をひっぱたいたのかをわからないままに、

「蚊がとまってたんだよ」

というあまりにも古典的な言い訳をした。

「墓場は蚊が多くてな。ほら、そこにもいるぞ。お前のほっぺた！」

翔が手を上げると、増田は慌てて麻里の手を離して逃げた。

37

あっという間に夏休みは過ぎていった。

三年二組が全力で取り組んだ全国模試の結果が返ってくる日が来た。

一人一人名前を呼ばれて採点されたテストと成績表を受け取る。

成績表を受け取った生徒は皆びっくりしていた。

この夏休み、全員がかなり伸びている。

黒板には、増田がチョークを持って一人一人の英語の点数を書き、加算していく。平均点が八〇を超えれば、翔は学校に残れる。

「佐々木、八七点！」

八〇を超える点が加算されるたびに歓声が教室に響く。

「武藤、八三点」

「増田、九二点」

教室中が、次々と発表される朗報に興奮していく。加算された点数を人数で割れば、平均点。それが八〇を超えれば翔は学校に残れるのだ。友達の成績が良いと皆が喜ぶ、というあまり受験学年のクラスでは見られない幸せな光景が今日ここでは繰り広げられている。

成績表を返却する四方先生はいつものように極めて平静を装っている。

「小田、九七点！」

麻里の高得点に歓声は最高潮に達した。

ほぼ全員が八〇点を超えている。

この一ヶ月で、ここまで成績が伸びるとは。

四方先生もこの結果にはびっくりしていた。モチベーションが上がれば、こんなに成績って伸びるものなのか。今まで詰め込めばいいと思っていた自分に、少し恥ずかしさを感じていた。

そして、ついに、出席番号順の最後、翔の番になった。

「花島くんのテスト、返却します」

もう、よほど信じられないようなひどい点でない限り大丈夫だろう。それだけの貯金が黒板に記されている得点の総合計にはある。お祭りのような雰囲気がクラスを支配していた。

「花島くん……」

ふと、テストを返そうとする四方先生の動きが止まった。

教室を不安が支配した。

「花島くんの英語は……」

学級全体がその数字を聞くために静まり返った。

「英語は……」

皆が息を呑む。

聞こえてきたのは、得点ではなかった。

「……どうして？　あれだけできるようになっていたのに、どうして……」

「はい」

翔は落ち着いて先生に答えた。

「どうして、白紙で出したの？」

クラスじゅうがどよめいた。

「花島翔、英語、零点」

四方先生の声が響いた。

その瞬間、暗算が得意な増田の口から、

「〇・二点足りない！」

という言葉が漏れた。

三年二組の英語の平均点は七九・八点。

八〇点に、足りていない。

「どういうことは……」

たった今、花島翔の一ヶ月以内の退学が決まった。

翔は、一礼して零点のテストを四方先生から受け取った。

増田は、いきなり翔の元へ走り寄ると、

「どうして白紙なんかで出したんだよ！　記号選ぶのなんか全部何かにしるしをつければせめて一〇点はとれてるだろ！　八点とれば退学じゃなかったんだよ！　白紙はないだろ！　白紙は！」

と、翔の胸ぐらをつかんで大声を上げた。

「……すまん」

翔は、増田の目を見ずに天井を見ていた。

「あのな、みんな、おっさんさんのために必死に勉強したんだよ！　この夏休み、遊びもしないで。それでこの結果出したんじゃないか」

増田は、キレるとこんなに怖い表情をするんだ。そして、なんて迫力があるんだ！　クラスメートは、いつもは見せない増田の一面を見てびっくりしている。

翔の席の周りに次々と生徒たちが集まってきて翔を取り囲んだ。

「聞かせて。どうしてみんなの気持ちを裏切るようなことしたの？」

そんな麻里の問いにも、翔はただただ、

「……あれが実力なんだってば」

と繰り返すだけだった。

「結構できるようになってきてたじゃないか！」

武藤は巨体を揺らしながら、翔を囲む輪に加わった。

佐々木も、呆然として翔の無表情な顔を見つめている。

「裏切り者！」

増田が翔の正面に回り込んで、罵声を浴びせた。

怖い。すごい迫力だ。まるで、鬼。

あの増田がこんなに感情的になるのは驚きだった。

増田はぶるぶるとうち震えていた。心底怒ると人間はこんなに震えるのだろう。

翔は、淡々と机の上の整理を続けた。

「花島くん、校長先生がお呼びです。校長室へ」

四方先生が、取り囲んだ生徒たちの中から翔を引っ張り出した。

「花島くんのこの先のことを話してきます。皆さんは、自習していること」

いつも通りの冷静な声で教室の生徒たちに言い渡し、四方先生は校長室へと翔と廊下を進んでいった。

「わざと退学になったわね」

廊下を歩きながら四方先生は翔に話しかけた。

翔は無言で髪の毛をさらさら揺らしながら歩く。ラベンダーのいい香りだけが翔の歩いたあとに漂っている。翔はその匂いを嗅ぐと嫌そうな顔をした。

「どうして？」

翔はただただ無言。

「退学になったら、もう会えないじゃないの」

翔は小さく頷く。

「もう、メイクしてあげなくてよくなっちゃうじゃないの」

翔はまた小さく頷く。

「つまんないじゃないの！　あなたみたいに勝手で、強引で、引っかき回すような人がいないと。退学なんて私が許しません。わかった？　先生の言うことを聞かない生徒は退学にしますよ！」

急に感情的になって混乱している四方先生の姿に翔は多少戸惑ったが、

「これでいいんです」

とだけつぶやいて、校長室の中へ一人で入っていった。

校長室の外で、

「勝手な男！」

と吐き捨てて四方先生は脱力したように座り込んでしまった。

校長室では、校長、奥先生、そして、松野組長がソファーに座って翔を待っていた。

入室してきた翔を見て、

「やはり、予想通りでしたね」

と、牧師姿の奥先生が愉快そうに校長に話しかけた。

「ああ、やっぱり、自分から退学になったな、花島翔」

校長先生が微笑みながら言う。

「すみません、せっかく入学させていただいたのに」

翔は、ぺこりと小さくお辞儀をした。

「こいつは、うちの生徒には向いてないですね、やはり」

奥先生がクスクス笑いながら話す。

「ああ、向いてないな、生徒には」

校長も何故か嬉しそうに頷く。

「私の、このミッション系の学校での役割、いやミッションは、終わったと思います」

翔は、先ほど増田に胸ぐらをつかまれて揺すられたときにズレたカツラの位置を直しながら言った。

「お前のミッションが終わった?」

校長が翔に聞く。

「はい。松野組長のお孫さん、小田麻里を日横組から守る。これが僕のミッションでした。幸い襲撃からも守ることができましたが、私がここまで目立ったら逆にこの先彼女に危険を呼び込みます。ボディーガードがいるほうが危険です」

松野組長が尋ねる。

「でもまだあと半年、高校生活は残っているんだぞ」

「この先問題を起こすと、みんなの受験勉強に動揺を与えますから」

翔は、きっぱりと答え、

「何より……」

と言葉を続けた。

「何より、なんだ?」

校長が尋ねる。

「僕が高校生じゃないという秘密は、バレてしまいました」

翔は申し訳なさそうに頭をかいた。

奥先生が、

「ほら、約束ですよ、兄ちゃんとの。ねえ、兄ちゃん」

「兄ちゃん?」

翔が、「兄ちゃん」と呼ばれた人の方を見ると、そこには、松野組長が。

「兄ちゃん、って?」

翔の疑問を無視して、松野組長はゆっくりと校長に向かって話しだした。

「この翔って奴はもう、馬鹿みたいにまっすぐでね、『高校生じゃないとバレたら退学だ』という俺との約束、守ろうとしてるんですよ」

「兄ちゃんって……親父さん、いえ、お父さまは奥先生のお兄さんなんですか?」

翔は目を丸くして松野組長に聞いた。

「ああそうだ」

松野組長は、恥ずかしそうに答えた。

「俺たちの父親が、まあ、ろくでもない父親でな。何度も結婚と離婚を繰り返した。それで俺と奥先生とは母親は違うけど兄弟ってわけだ」

「兄弟！」

翔は、何かものすごく納得したような気持ちになって二人を交互に見た。

（確かに、両方、男気にあふれている）

松野組長が話を続ける。

「その父が、よくいるだろ、自分の教育に失敗したろくでもない人間が急に他人の教育に目覚めるって人。それだったんだ。キリスト教の教えに感銘を受けて作ったのが、この学校。作ったまではいいんだけど、なにせいい加減な親だろ。作った学校を子供に任せて、『じゃあ俺死ぬから』って言って老衰で死んじまった。それで俺と奥先生、いや、弟、と兄弟で学校を育ててきたんだけどな、俺もまた父親に似て飽きっぽい性格で、三十三年前に、今の校長と俺とで、組長と校長、交代してみたんだよ」

「交代？　校長と組長を？」

「そう。偶然飲み屋で隣り合わせて意気投合してな。お互い仕事の愚痴を言い合ってるうちに、相手の仕事が自分に向いてるんじゃないかと思い始めて。最初はいろいろとアドバイスし合っていたんだけど、なんだかそれも面倒になってきてな。『じゃあ、ちょっと交代してみる？』って感じでつい、代わっちゃったんだよな。江川と小林も電撃トレードしてたことだし、ちょっと影響受けやすくてね。でもまあ、これが向いていたってわけ。ね、近藤校長先生」

近藤校長もうんうんと頷く。つまり、このニコニコした近藤校長がもともと毛飯会の組長だった、ということなのだ。

「そんないい加減な」

翔はあっけにとられた。

「まあ、だいたい世の中はいい加減なものだよ。いい加減がちょうどいい加減、ってくらいでね。お前みたいにまっすぐな人間は生きづらいわけだ」

翔は、組長だか校長だかわからなくなってきた松野組長の話になんとかついていこうと、真剣な顔で必死に頭を働かせていた。

松野組長が続けた。

「武藤と佐々木に知られただけなら、ごまかすって手もあるんだぞ。いい加減な世の中なんだから」

しかし、翔はきっぱりと断った。

「隠しごとをしていると、つらいものです。いや、僕がではなくて、あいつらが。あいつらは今から五ヶ月が、人生で本当に重要な時期になります。そんな時に、僕の秘密を隠しながら生きていくのは、勉強に集中もできないし、彼らのためになりませんから」

「お前も、この三ヶ月、隠しごとがつらかったようだな」

奥先生が翔を慰めるように声をかけた。

翔は奥先生の方をまっすぐに見て笑顔で答えた。

「そろそろこのカツラのラベンダーの匂いには耐えられなくなってきましたし。でも、俺の二度目の高校生活は、本当に最高でした。最高の友達に恵まれ、最高の先生、そして最高の娘とも同級生になれて」

「娘？　娘ってなんだ？」

「いや、松野組長の孫娘です！」

翔は慌ててごまかす。

「そうだろ、最高だろ」

松野組長は急に機嫌がよくなった。

「いろいろな最高の友達にも会えました。その最高の友達たちを騙しながら生きるのは、つらいです」

翔は大きな違和感を覚えているカツラに触りながら、きっぱりと言い切った。

校長先生は、微笑みながら深く頷いた。

「よし、じゃあ、退学だな」

翔は、

「はい」

と首を縦に振った。

「退学おめでとう！」

松野組長は翔の肩をポンと叩き、話しかけた。

「どうだ？　高校生活、楽しかったか？」

翔は笑顔で、

「はい。最高でした」

「日本語、上手になったか？」

奥先生も肩を叩いて尋ねる。

「はい、少しは」

「やり残したことはないか？」

近藤校長の問いに翔は、

「高校生活、終わってみれば、やり残したことだらけです。もっと勉強すればよかった。部活に入ればよかった。もっと友達と遊べばよかった。恋の一つや二つ、すればよかった」

と答えた。

松野組長が顔をしかめて言った。

「でもお前、同級生と恋したら、犯罪に近い年齢差だぞ」

翔は悪びれた様子もなく続けた。

「でも、危うくそうなりそうだな、という気もしました。人間、年齢じゃなくて、その本人と本人の関係なんだなって。容姿とか、年齢とか、そういうものにこだわっていると、本当の人間関係って築けないなって学びました」

松野組長の横で校長先生が言った。

「それは、いい勉強をしたね、君は。聖ミカエル学園で」

翔も大きく、

「はい、いい学校でした！」

と頷いた。

「でも、残念なことを言うと……」

翔が小声でポツリとつぶやいた。

「なんだ？」

校長が身を乗り出して聞く。

「小田麻里、松野組長のお孫さんと、もう会えなくなってしまうことです」

「君は自分のミッション、きちんと果たしたと思うよ」

「ミッションとかどうでもいい。彼女と会えないのは、残念です」

翔は夏休みをかけてずっと考えていた。正直、麻里と、娘ともう会えなくなるのは苦しい。狂いそうなほどつらい。でも、退学することが麻里にとってもクラスの皆にとっても最良の選択だ。

というのが、翔の結論だった。

「なんだか、自分の子供みたいなこと言うな」

「いえ、そんな」

翔は慌てて首を横に大きく振った。

「あと……」

「なんだ？」

「もう一回、ソフトボールの試合で、みんなをコミュニケーションしてやりたかったです」

「コミュニケーション？」

「はい、ぎゅー、って」

「そうか。じゃあ、君の最後の授業は体育にしよう。大久保先生にそう伝えておく。よし、退学まで、一週間だ。その間にやり残したこと、なるべくなくしてこい。来週の金曜日が退学の日だ」

校長は、翔の手をとって、握手をした。

「君のおかげで、クラスがまとまったよ。雨降って地固まると言うが、お前は大雨だったな。ただし集中豪雨だったけど。大洪水を起こされて、みんな溺れそうだったけどな。今年の三年二組は、素晴らしいクラスだ。きっと、受験もうまくいく」

翔は、にっこりと微笑むと、穏やかな口調で返事をした。

「でも、学校、やめたくなかったな、ホントは。退学って、やっぱりきついものですね」


自習をしていた三年二組に、木沢先生が息を切らして走り込んできた。

「聞いてくれ！　君たちに重大な話がある！」

「木沢先生の言葉の語尾が伸びてない！」

生徒たちは、何やら重大な事件が起こったことを悟った。

「おっさんさんが白紙で出したのは、君たちのためだぞ！」

「えっ……」

静まり返ったクラスに、木沢先生は息を整える間もなく話しだした。

「あの人は、ハア、いま自分が、ハア、このクラスに、いることが、ハア、君たちの、ハア、ためにならないと思って、ハア、それで答案を白紙で出したんだ。平均点を下げるために」

「どういうことですか？　先生」

なんとか聞き取った武藤が立ち上がって問いただす。

木沢先生は少し落ち着きを取り戻しながら説明する。

「受験勉強にとって大事なこの時期に、自分がこのクラスにい続けることで騒ぎを引きずりたくないって」

木沢先生は、武藤と佐々木の顔を交互に見ながら続けた。

「おっさんさんは男なんだよ。本当の男。いろんな話せないことを一人で抱えたまま、全部自分のせいにして自分だけ責任をとってやめるつもりなんだ」

「おっさんさん……」

「なんの言い訳もしないで。すごい人だよ。あの人は」

二人は、木沢先生の視線の意図を読み取って目に涙を浮かべた。

「追試の結果、知りたくないか？」

試験の成績が悪かった者には追試がある。翔は追試を受けさせられたのだが、

「点数が悪いと夏にいろいろ教えてくれた四方先生に申し訳がない、と言って。仕方ないなあ、なんてまた四方先生にだじゃれ言って怒られながら受けたんだけど、英語、九〇点だよ。九〇点！」

皆がざわついた。

「普通に出していれば、退学になんてならなかったんだよ！」

聞いていたクラスの全員が、事態を呑む込むと、先日の自分の行動を恥じた。

「おっさんさん……ごめん！　裏切り者なんて言って」

増田は大声で泣きだした。

「おっさんさんは、このこともみんなには内緒にしてくれと言っていたんだ。とにかく迷惑をかけたくないって」

クラスのあちらこちらですすり泣きが聞こえた。

「俺たちは、いろいろしてもらったおっさんさんに、何かしてあげたんだろうか？」

増田が切り出した。

「おっさんさんの退学反対の署名をしよう！」

と佐々木が言ったが、それは木沢先生の声にかき消された。

「それじゃ、おっさんさんの気持ちに添うことにはならないぞ。いまクラスを惑わせたくないっていうのが、あの人の気持ちなんだから。あの人は、全部自分で背負い込んでやめるつもりなんだ」

と言う木沢先生に、

「じゃあどうすれば、退学にならないですむんですか！」

麻里が珍しく感情的になって突っかかった。

いつもは大人しい菊池曜子がふとひらめいたように言った。

「卒業式をしよう」

「卒業式？」

皆が振り返った。

「そう、卒業式。おっさんさんのための。そうすれば、退学じゃない。卒業だから」

「それはいい考えだ！」

増田が賛成した。

「そうだ、卒業式をしよう！」

クラスの全員が菊池の意見に賛成した。

「おっさんさんは退学なんかじゃなくて、半年早く卒業するってことだ！」

武藤が言った。

「二年遅れて入学しておいて、半年早く卒業ね。ほんとに学校嫌いなんだね」

麻里が笑いながら言った。

乗りのいい内藤美香が、

「保護者も呼んじゃってさ、警察署の人とか議員とかも呼んじゃってさ」

とはしゃぎだした。皆が次々と卒業式のアイデアを出し始めたが、

「おっさんさんに先に話すと絶対に出席しないから。これは内緒にしておこう」

という佐々木の意見に皆が頷いて、翔には内緒でこの計画は進められることになった。

「好かれているんだな、おっさんさんは。たった三ヶ月しかいないのに。僕は、もう何年もこの学校にいるというのにな」

木沢先生は、羨ましそうな顔で、この盛り上がった打ち合わせをじっと見ていた。

38

「すみません、質問があるんですけれど」

職員室の入り口のドアから、机で書類を整理していた木沢先生に翔が声をかけたのは、そんな九月の放課後だった。

「なんですか～？　改まって～」

木沢先生は、少し緊張しながら翔を職員室に招き入れた。

翔は、少し照れた落ち着かない様子で木沢先生の机の横に立った。

「先生、僕、誰に頼めばいいのかわからないんですが、たぶん先生じゃないかなと思うことがあって」

翔が真剣な声で話しかけると、木沢先生は、

「僕は君にいろいろ借りがあるからな。なんでも言ってくれ〜」

と、机の整頓をしていた手を止めた。

「質問というか、これどうしたらいいかということなんですが」

「なんだ〜？」

「今週をクリスマスにできませんかねえ？」

あまりに唐突な相談内容だった。

「クリスマスに？　今をか？　九月だぞ」

高校生としての存在自体が唐突な翔だったが、この相談には木沢先生もさすがに仰天した。語尾を伸ばす余裕すらなかった。

「はい。どうしてもクリスマスプレゼントをあげたい人がいるんです」

真剣な視線。

「どうしてもか？」

「どうしてもです」

「十二月まで待てないのか〜」

「石の上にも三年です」

「え？　それは、石の上に三年座っているほど辛抱強く待つって意味だぞ？　待つのか？」

「そうなんですか？　僕、痔がひどいんで、石の上に三年も座るのは痔が痛くて我慢できないです」

「『我慢できない』って意味じゃないぞ、このことわざ」

「知らなかった……」

翔は、まだまだ言葉の理解は足りないままだ。

「国語は、もう少し勉強してもいいかもね、花島は」

と話す木沢先生に、

「そのために入学したようなものなんですけどね……」

翔は口を尖らして照れ隠しをした。

「クリスマスに、いますぐにしたいのか」

「はい。どうしても。退学になっちゃう前に。退学になったら、僕、この町から出ていくつもりなんで」

「出ていく？　行くなと言っても？」

「行きます」

「……まあ、君みたいにまっすぐな人は言うこと曲げないよな」

木沢先生は、

（……仕方ないなあ、こういう人間は。そこが四方先生も好きなんだろうけど）

と半分あきれ、でももう半分で、思ったことをそのまま口にして、理由もなく実現できると信じている姿を羨ましいと思いながら、視線を翔に向け続けた。

「どうすればクリスマスにできますか、今を？」

「それより、どうして僕がそんなこと知ってると思うんだい？」

「直感、です」

翔は全く動じずに答えた。

「すごい直感だな」

木沢先生は、ポケットから携帯を取り出して、翔の前にかざして言った。

「クリスマスにしてあげるよ」

翔はびっくりして、

「ホントですか？」

「本当だ。僕のサンタさんに電話してあげる。今まで助けてもらった分、お返しししないとね」

木沢先生は携帯のボタンを押し始めた。

翌日、街のデパートの壁に、大きく、

「九月のクリスマスフェア」

という垂れ幕がかかり、壁じゅうに緑と赤のクリスマス色の装飾が施された。駅前には大きなモミの木が飾られ、蟬の声に混じってジングルベルの音楽が流れ始めた。この残暑厳しい中、街じゅうで、サンタクロースの格好をした男たちが「九月のクリスマスフェア」の看板を首にかけ、汗だくになってティッシュを配っている。ティッシュには、「今週の土日は、九月のクリスマス！」と勝手に決めた日程が書いてある。

　サンタクロースがいて、モミの木があり、音楽が流れると、不思議と街の人たちは、クリスマス気分になってくるものだ。半袖を着ながら、

「南半球のクリスマスはこんな感じだ」

　などと言ってクリスマス気分に浸り始めている。

　その様子を見ながら、キザワデパートの経営者である父親に木沢先生はお礼を言った。

「ありがとう、お父さん。無理にクリスマスにしてくれて～」

「いやいや。なかなかすごいアイデアだよ、一年にクリスマスを二回やるっていうのは。うちのデパートもちょうどバーゲンが終わって、何かイベントが欲しかったときだからな」

「すっかりクリスマスみたいな気分になるもんだね、でも。さすがだね、お父さん～」

「デパートの売り上げも急に伸びてな。この時期にプレゼントが売れるとは思わなかったよ。お前、教師より実業家が向いてるんじゃないか？」

「いや、まだ俺、教師やるよ。まだ生徒に教えられてばっかりだからさ。今回も、またヒントもらっちゃったし～」

　木沢先生は、父親に握手を求めた。

　父親も、がっちりと握手をして、

「がんばれよ」

　と声をかけた。

　ふと木沢先生は思い出したように、

「お父さん、一つ実業家として提案があるんだけど」

と話しかけた。

「なんだね？」

「駅前の商店街を買収するより、今のままで共存共栄したほうが皆に好かれるデパートでいられるんじゃないかなあ～」

「好かれる？」

「大事だよ、好かれるって。計算できるものより、計算できないものが人を動かすんだ」

翔に学んだことをそのまま応用して木沢先生は父親に言った。

「お前、実業家のほうが向いてるな。確かに、今は効率より感情を大事にしないといけない時代かもしれない。よし、じゃあ、駅前商店街の地上げはやめてもらおうか」

と父親は、大きくデパートの経営進路の舵《かじ》を切った。


学校では、いきなり始まった九月のクリスマスセールについて議論が起こっていた。

「急にクリスマスなんて言われてもね」

内藤美香が不服そうに議論を吹っかけている。

「俺たち、受験生だしね」

佐々木も、周りが楽しそうなのは受験生にとってつらいという姿勢を崩さない。

「でも、クリスマスプレゼント、今年、二回もらえるんだぜ」

武藤が少し嬉しそうに話すのを、増田と麻里の二人は、つまらなそうな顔で見ている。

「どうせ僕の家はサンタ、関係ないから」

「私の家もね。まあ、ケーキが食べられればしめたものって感じ」

「靴下なんて、吊《つ》るしとくくらいなら匂いでも嗅いで寝るよ」

とまあ、二人でクリスマス批判大会だ。

その二人の後ろにぬっと立ったのは、翔だった。

「サンタはいる！」

二人はその大きな声に振り向いた。

「いるよサンタは。うちには来ないだけ」

そう口にした麻里の発言を途中で止めるかのように翔は、

「サンタは、来る！」

と大声で決めつけた。

「今度の土日は、クリスマス！」

と言いながら、自分のはいていた靴下をおもむろに脱いで、

「これを吊るしなさい」

と、片足ずつ二人に渡した。

「やだ、なま暖かい！」

麻里は靴下をつまんで体からなるべく遠くへと離したが、少し考えて、その靴下を、

「汚い汚い」

と言いながらもそのまま持ち帰ろうとした。

増田も、それをしぶしぶポケットに突っ込んだ。

翔は、素足に革靴を履いて満足そうに頷いた。

校庭に立っているもみの木にも、木沢先生の指示の下、色とりどりの装飾が施されていた。廊下にも、教室にも、至る所に星や天使様が、美術の箭内《やない》先生の指示の下、先生たちの手で飾られている。

「ありがとうございます、お許しいただいて〜」

もみの木を飾りながら木沢先生は、近藤校長にお礼を言った。

「だってクリスマスですよ。うちはミッション系ですから」

校長先生は笑顔で頷いた。

翔の最後のミッションを、先生達が全員で応援し始めていた。


九月のクリスマスのイブがやってきた。

深夜、翔は、サンタクロースの格好でマンションの十三階、麻里の家の玄関前に立っていた。まだ終わりきっていない夏にこの格好は暑い。汗がダラダラと流れ、翔のメイクを落としていく。

片手には、プレゼント。

「俺が、娘に最後にできることは、夢を届けること。クリスマスプレゼントだ」

翔は、退学を機にこの街から出ていこうと決めていた。

その前に、娘の夢を叶《かな》えてやりたい。

サンタのプレゼントを見たら、麻里は父親が生きていると信じると言った。生きているということだけでも伝えてやれたらこんなに嬉しいことはない。翔は、背負った袋から針金を出すと、器用な手つきで麻里の家の玄関の鍵をピッキングし始めた。

昔取った杵柄《きねづか》、慣れたもので、簡単にドアは開いた。

そっと忍び込む。

この家には、麻里がいる。と同時に、別れた妻がいる。

麻里には会いたいが、元妻には会いたくない。

それでも、サンタとしては、今日、絶対に成し遂げないといけない。

いろいろな建築模型が並んでいる部屋の廊下を通り過ぎて、翔は、足音をたてないように麻里の部屋と思われる方に忍んでいく。

ドアをそっと開けると、麻里の部屋だ。麻里はベッドで夏布団にくるまって寝ている。

（可愛い寝顔だなあ）

翔は、初めて見る娘の寝顔につい見とれたが、その寝顔の少し上をふと見ると、麻里の頭の上あたりに、この間翔が脱いで渡した靴下が吊るしてある。

意地を張っていた麻里の準備した靴下がとても愛《いと》おしくて、手にしていたプレゼントを一つ枕元に置くと、代わりに靴下を胸のポケットに入れて、その場を離れようとした。

「メリークリスマス」

振り返って小声でつぶやくと、麻里が寝顔に少し笑みを浮かべたように見えた。

翔は、

（もうすぐ、さよならだな）

と心の中でつぶやいて、麻里の部屋をそっと一歩出た。

と、その時、

「待ちなさい！」

という声が暗い廊下に響いた。

暗闇《くらやみ》にバットを持った人の影。

「あなた、誰？　なんで娘の靴下持っていくの？　変態？」

見つかった、麻里の母だ。別れた妻・美佳子だ。

暗いシルエットでも、激しく怒っているのがはっきりと伝わってきた。

「いや、これ私の靴下です」

言い訳が空しく深夜のマンションに響く。

ついに、来るべき時が来た。

こういう形で再会するとは思いもしなかったが。

麻里の母が、廊下の電気のスイッチを入れる。

もうおしまいだ。お互いの顔がはっきりと見えた。

「あ！」

十八年ぶりの、元妻との再会。

のはずだった。

しかし、照明に浮かび上がった、こちらを睨みつけているその顔は、十八年前に、

「あなたといるとムカムカする」

と言って翔の元を離れていった元妻・美佳子の、あの頃毎日見せていた優しい顔とはずいぶんと違

うものだった。

というより、全く、別人と言ってもいい。

（これが、美佳子か？　美人になってるぞ）

たれ目気味だった目はむしろつり上がって切れ長になり、丸顔に近かった輪郭はかなり細長くなっている。ついこないだ、テレビでこういう例を見た。そうだ、整形した韓国のモデルがそうだった。

「どうしたんだ？　整形したのか？」

翔は思わず声を上げた。

「どうしたんだじゃないでしょ、あんたが侵入してんじゃないの」

そう怒る声までが変わっているような気すらする。すっかり以前と変わってしまった美佳子を見て、翔は、

（あれから人生を全く変えようとして、顔まで変えたんだな……）

と、そこまで決意させてしまった自分の罪の大きさをひしと感じた。

いぶかしそうな目で立っている女性は、あまりに翔が哀れむような視線でじっと顔を見つめるので、

「ちょっと、なにじろじろ見てるのよ……警察に連絡するわよ」

と、戸惑いを隠せず少したじろいでいる。

「警察、呼ぶがいい。そこまで俺を憎んでいるのなら」

翔は、次々と元妻の口から出る語気の荒い言葉を聞いて、

（こうまでしないと、女性一人で娘を育てていくことはできなかったんだな……たとえ容姿がどう変わろうとも、君は僕の大切な思い出の一部だよ）

という思いがあふれてきて、つい、

「ごめん、迷惑かけたな」

と二、三歩、歩み寄ると元妻の頭をそっと撫でた。

急に髪の毛を撫でられた彼女はびっくりして、

「え、ちょっと、なにするの！」

と言って、翔の体を突き飛ばした。

「俺だよ、俺」

「だから誰？」

彼女は、気持ちを通わせようとする翔をかたくなに拒む。

翔は、あくまでも自分とのつながりを否定しようとする元妻の、別人のようなその顔を見つめ、そこまでして自分を忘れようとした心の痛みを思い、つい涙があふれてきた。

「ごめんよ、整形までさせてしまって」

「さっきから失礼ね、整形って何よ？」

麻里の母は怒りだした。

「だいたいあなた誰なの？」

「サンタクロースだよ」

泣きながらよくわからないことを言うサンタ姿のこの男に、麻里の母は暴力以上の怖さを感じた。

「意味がわからない。ここは私の家。なんであなたがここにいるの？　泥棒？　でも、物をとらずに逆に物を置いていくんだから泥棒じゃないわね。ああ、なんだかよくわからないけど、あんた誰？」

翔は、思い切り優しい笑みを浮かべ、ゆっくりとした口調で答えた。

「翔だよ。翔。花島翔。信じたくないだろうが、お前の元の旦那《だんな》だ。わかるだろ」

翔は、そう言うと、

「十八年ぶりだね」

と元妻をぎゅっと引き寄せ、コミュニケーションした。

「やめて！　警察呼ぶわよ！」

バチン！　とビンタが翔の頬に飛んできた。

「話しましょう、って、何そのヘタなナンパみたいな名前。あんたいろいろよくわからないこと言うけど、誰なのよ！　なんであたしをハグしてるの！」

その叫び声で目を覚ました麻里が、眠い目をこすりながら起きてきた。ようやく目の焦点が合った麻里は、眼の前の光景に仰天した。

「え？　なんで、おっさんさんがここにいるの」

麻里はその場に立ち尽くした。

「おっさんさんって？」

麻里の母は混乱した様子で麻里に聞いた。

「同級生よ。私をボディーガードしてくれた」

「同級生？　この人、私の夫だと言い張ってるのよ」

麻里も様子を呑み込めずにいたが、翔は、

「枕元を見たかい？」

と麻里に語りかけた。

麻里は部屋に戻って自分の枕元に目をやった。

そこには袋に入ったプレゼントが置いてあった。

「あ、プレゼント！」

「そうだよ、俺は、聖ミカエル学園を去るまでに麻里のサンタになりたかったんだ」

「わたしのサンタに？　どうして？」

「驚かないでくれ。実は、実は……」

秘密を明かすその時が、ついに来たようだ。

翔は、大きく深呼吸をして、勢いよく言った。

「何よ、もったいぶらないでよ」

「実は、俺は……麻里のお父さんだからだ」

麻里は、

「え？」

とぽかんと口を開けている。

「どういうことなの？　おっさんさん」

翔は、優しく麻里に微笑むと、

「こういうことだったんだよ」

と麻里の母の髪の毛を再び撫でながら麻里に言った。

麻里は、

「え？　お母さんとおっさんさんはこういうことだったの！」

と、さらに大きく仰天した。

「こういうことじゃないです！」

否定する美佳子の叫び声をよそに、翔は麻里に頷いてみせた。

その瞬間、麻里の母が、

「違いますから！」

と完全否定した。

「え？」

「あんたは私の夫なんかじゃありませんから！」

「もう、恥ずかしがらなくていいんだよ」

全く疑っていない翔に、

「ちょっと待ってよ。ってことは、本気で私と結婚していたって思ってるの？」

と元妻、だったと翔が思い込んでいる女性はびっくりした顔で聞いた。

「そうだよ、美佳子。俺は、お前の昔の夫、翔だよ」

それを聞いて、美佳子と言われた麻里の母は、クックックッと笑いだした。

「なんで笑うんだい？　美佳子」

翔は不服そうに尋ねた。

「あなたは私のかつての夫じゃないわ」

麻里の母は断言する。

「どうして？」

翔は追及した。

「だって、私の夫は、月に行って地底人にさらわれたんだもの」

「お母さん、この状況でまだ妙なこと言わないで」

麻里はムッとして文句を言った。

「違うの。本当なのよ」

「お母さんの話のどこを信じろって言うのよ」

麻里の真剣な顔に、美佳子は、これは言いたくないんだけれど、というように大きなため息をついて、

「もう、地球にはいないってことよ」

と言った。

「地球にいないって？　死んだってこと？」

「そんなものね」

「いや、俺、生きてますよ。ほら」

翔が慌てて体をラジオ体操のように動かす。

「話がややこしくなるから黙ってて！」

麻里の母は翔を一喝した。翔は固まったまま動かない。

「もう麻里も高校三年だから、きちんと話すわね。ちょっとショッキングな話だけど落ち着いて聞いてね」

「いま何を聞いてももう驚かないわ」

母は、麻里の顔をしっかりと見つめながら、覚悟を決めたようにゆっくりと話しだした。

「あなたのお父さんは、実は暴力団の人だったの」

「ほら、やっぱり俺じゃないですか」

翔が一歩前に出ようとして、

「あなたはしばらく黙りなさい！」

と、再度一喝された。翔はシュンとその場で下を向いた。

「暴力団！　って、ヤクザってこと？」

「そう。そして、その人には奥さんがいた。私が麻里を身ごもったとき、その人はそれは喜んでくれたわ。でも同時に、その人は二つのことに怯えたの。一つは、奥さん。ものすごく怖い奥さんとして有名で、怒られるって真っ青になっていたわ。もう一つは、生まれてくるあなたを危険にさらしてしまうということ」

「どういうこと？」

「その人にはたくさん敵がいたから、もし自分の娘だとわかると私とあなたに危害が加わると思ったの。そしてある日、彼は急にこう言ったの。『俺は、今日をもって死んだと思ってくれ』って。全く私たちには関係がないって。ヤクザと普通の人は生きる世界が違う、たとえるなら月と地球くらいに違うって。自分は月の世界の人として生きると。自分の写真も思い出もすべて捨ててくれと言ったわ。そうして、ヤクザとは全く違う世界の人として生きてくれと」

「そうだったの……でも、お父さんは生きてるんだね！」

麻里の母は、うん、と大きく頷いた。

麻里は複雑そうに曇った顔を一瞬ぱっと明るくした。

「でも、お前、美佳子だろ？」

翔はまだ諦めきれないように食い下がる。

「ミカコ、だけど、同じ名前の人っているでしょ。漢字で書けば、美しい香りの子」

「違ってる……ミカコだけど美佳子じゃない！」

翔は生まれて初めて同音異義語の重要性を身に染みて感じていた。

そして、どうやら自分が娘と思い続けてきた麻里が実は自分の娘ではない、という事実を認めざるをえなくなった。

娘を、いま翔は失った。

その痛みは限りなく大きかった。翔は、落胆を通り越して朦朧としてきた。

この数ヶ月で、娘を持ち、娘と過ごし、そして娘と別れることになる。

「そのお父さんは、どの組の方ですか？」

翔は魂が抜けたような顔で尋ねてみた。

「毛飯会の、松野という人です」

「ええ！」

腰が抜けるほどびっくりした。毛飯会に松野という人は松野組長しかいない。なにぶん総勢五名だ。

ということは、松野組長が麻里のお父さんということになる。麻里は、孫ではなくて、娘だった！

七十近い男に十七の娘！　さすがに「孫」とでも言わないとギラギラした老人に見えるのが松野組長

も恥ずかしかったのだろう。

「麻里が動物園で襲われた、と聞いたとき、あの人が会いたくて我慢できなくなったのかと思ったのよ。それで麻里を連れていこうとしたんじゃないかって」

そう言った麻里の母に、翔は気を確かに持って伝えた。

「いえ、その逆ですよ。松野組長は、麻里さんを守るために私をボディーガードとして高校に無理やり入れたんです。それくらい、麻里さんを心配していました。襲うなんてこと、する人じゃないですから」

「あなた、松野組長のことよく知ってらっしゃるけどもしかして……」

麻里の母が何かを察した。

翔は、観念して答えた。

「はい」

麻里がじっと翔の顔を見ている。翔は、まっすぐ前を見て大声で話した。

「僕は、麻里さんが大嫌いなヤクザです。松野組長と一緒、毛飯会の人間です」

「高校生でヤクザ!」

驚く麻里に、

「いや、ヤクザなのに高校生、だ」

と翔は鋭い表情で修正した。

「違いがなんだかわからないわ」

さすがに麻里も混乱して言う。

「あの、俺は、なんなんでしょうか？」

翔も自分がよくわからなくなって麻里の母に聞いた。

「なんなんでしょうかって、なんなんでしょうか？」

美香子は逆に翔に聞き返した。

「確認しますが、俺は麻里の父親じゃないってことですね。そうなんですね」

翔の頭の中で、この三ヶ月間何よりも大事なものだと信じ続けていたことがいきなり崩れ去る音が地響きのように鳴り響いていた。

「そうね。あなたは麻里のお父さんじゃないわ。そして私の夫でもない」

「でも、あなたの作る玉子焼きの味が同じだったんですよ、別れた妻と」

「あなた、玉子焼きでＤＮＡ鑑定するの？」

「……あのＤＮＡってなんですか？　ビデオディスク？」

「それはＤＶＤ。だいたい『Ｄ』しかかぶってないし、それにあなた、高校生でしょ！　ＤＮＡくらい知ってなさい」

高校生でしょ、と言われて、翔は神妙な顔で、今では元の妻ではないとわかった麻里の母と、横に立っている麻里に向かって語り始めた。

「……実は、私も告白します。私、本当は……、四十五歳で、高校生なんかじゃないんです！」

「そんなの、みんな知ってたわよ」

麻里が、翔のあまりに真剣な顔を見て、クスクス笑いながら言った。

「知ってた？」

あっけにとられる翔。

「普通、勘づくでしょ、そんなこと。だいたいそのカツラ、いつもズレてるし。教頭先生の前の髪型と同じだし」

バレていた。自分が必死に隠し続けていた秘密が。

翔は、事態が呑み込めずに呆然としてつぶやいた。

「知ってたんだ……」

「知ってたよ。どう見たって十代じゃないでしょ、その肌」

「そうなのか。みんなか？」

「うん、きっと、みんな」

気がついていないと思っていたのは自分だけ。秘密と思っていたことは、誰もが口にしないだけの公然の秘密だったのだ。

でも、誰も口には出さなかった。

「どうして？」

「口に出すと、おっさんさんとお別れしないといけないって感づいていたから」

麻里は、少し照れたように口を尖らせながら話した。

「ありがとう」

翔の口からついお礼の言葉がこぼれた。

みんな、思ったより大人じゃないか。というより、翔だけが十七歳だったのかもしれないくらいだ。

「俺がみんなのことを騙しているのに……」

「でも、おっさんさんは仲間。すてきな同級生。ずっと一緒に学園生活、送りたかったから」

「……ありがとう」

「知らないふりをしたほうがいいことって、世の中、いろいろあるらしいからね。こないだおっさんさんもしてくれたようにね。あの事件の時」

翔は、気がついていながら、自分と学園生活を送りたいために口にしなかった皆に心から感謝の気持ちがあふれ出してきた。

いいなあ、同級生って。

「でも、本当は……」

また何か言いかけて、麻里は話すのをやめた。

「本当は？」

翔が聞き返す。

「本当は……」

麻里は、覚悟を決めたように真剣な顔になって、翔の目を見て話しだした。

「じゃあ、順番だから告白するね」

麻里が、翔に向かって告白を始めた。

「本当は私、おっさんさんがお父さんだったらいいなあ、って思ってた」

翔は、目、口、鼻と、顔にある穴という穴をこれ以上広がらないというくらいに開いて麻里の方を見た。

「こんな不器用な、まっすぐな、だめな、それでいて一生懸命で優しい人がお父さんだったらなあって。だから、ボディーガードしてもらっていたとき、補習の時、私は、本当のお父さんと一緒に過ごしているような気持ちで、とても嬉しかったの」

「麻里……」

翔は開ききった目から何故か涙があふれそうになっている自分に気がついた。

麻里の話は続く。

「私、お父さんと過ごした記憶がないから。だから、私の中のお父さんの温かさは、全部、おっさんさんとのこの数ヶ月の記憶なの。これから先、心の中では。おっさんさんは、ずっと私のお父さんだよ。一緒にいてくれて、ありがとう」

「こちらこそ、ありがとう」

翔は半分泣きそうになっているのを隠しながら返事をした。

「お父さんって、一瞬でも思ってくれたのか」

声にならない声でつぶやいた翔の元へ麻里は歩み寄ると、

「お父さん、大好き!」

と言ってぎゅうっと抱きついた。

「ヤクザでもか?」

翔は、遠慮がちに麻里に尋ねた。

「ヤクザはキライ。でもお父さんは大好き!」

麻里は抱きついたまま、ずっと顔を翔の胸にうずめていた。

翔は照れながら、

「コミュニケーション！」

とつぶやいて顔を真っ赤にした。

翔は幸せだった。

麻里は本当の娘ではなかった。

でも、翔にとっては短い時間でも本当の娘そのものだった。

その娘に「大好き」なんて言って抱きついてもらえるなんて、リアルな親子でもこんな素敵なコミュニケーションがとれている親子は滅多にないことだろう。

そんな経験をしている自分はなんて幸せなんだ。

美香子が、翔のそんな姿を見ながら言った。

「変質者かと思ったけど、あなた、麻里の本当のサンタクロースだったみたいね。ありがとう」

翔は、自分の妻だったはずの女性にお礼を言われて、さらに赤くなった。

時計の針は、夜中の一時を指していた。

翔は、急に真顔に戻って、

「俺、あと一軒、サンタクロースやらないといけないんです」

と言った。

「行ってきます。これで、もう思い残すことは僕の高校生活にはなくなりますので」

「もう一軒？」

美香子が聞いた。

「こんな夜中に？　また、ピッキングして入ろうとしてるんでしょ、どうせ」

翔は、

「はい、そうです。得意科目なので」

と素直に頷いた。

「うちに入ってきた件だって、いま警察に電話すれば、あなた、立派な不法侵入で捕まるわよ。次の家でバレたらどうするの？　退学どころじゃなく、刑務所よ」

「それはわかっています。行き慣れた場所ですし。でも、サンタをやらないといけないんです、俺。待ってる人がいるから」

「サンタと泥棒は紙一重ね」

麻里の母があきれて腰に手を当てながら、やれやれといった表情で言った。

「サンタも、ある意味では住居不法侵入者なんですね。俺、向いてるのかも」

翔は、また一つ利口になりました、という顔で美香子をしげしげと見つめた。

「で、どこに行くつもりなの？」

「同級生の、増田の家です」

「増田くんの家？」

麻里が目を丸くして言った。

「ああ」

「そうか。おっさんさん、私と増田くんがサンタからプレゼントなんてもらったことがないって言ったの聞いてたから……」

「いや、まあ、高校生活の最後に何かカッコいいことがしたくてね」

翔は照れて頭をかきむしりながら言った。カツラが前後にズレて動いている。

「私、増田くんのお母さんにメールしてあげるわよ。メールなら寝ている増田くんも起こさないだろうし。ね、そうしましょう」

意外な提案だ。

「増田くんのお母さん、私と一緒で建築デザイナーでちょっとした知り合い。遅くまで部屋にこもってデザインしてるって言ってたからきっと起きてるわ。いまメール送ってあげるわよ」

麻里の母は、携帯をとってくるとその場でメールを打ち、大きく頷くと、

「よし、これでいい」

と送信した。

「花島くん、行ってらっしゃい。きっと、そっと入れてくれるはずよ」

翔は、

「ありがとうございます」

と深々と一礼すると、プレゼントを一個左手に抱えて麻里の家から急いで出ていこうとした。

「あ、増田君の家に着いたら、ノックを軽く三回だけしてね。サンタだから、三回」

「了解です！」

答えながら翔はもう早足になって遠ざかっていた。

「あれで生きていけるのかしら？」

麻里の母はあきれたようにぼそっとつぶやいて、翔の出ていった玄関のドアがゆっくりと閉まっていくのを見つめていた。

「あんなに馬鹿みたいにまっすぐで」

「お母さん、まっすぐ、好きでしょ?」

麻里は母に笑いながら話しかけた。

「デザイナーとしてね」

と言って、母は麻里に微笑みかけた。そして、

「あなたも、直線、嫌いじゃないでしょ」

逆に麻里に問いかけた。

「デザイナーの娘としてね」

麻里は、いたずらっぽい目線を母に送りながら答えた。

「大好きよ、まっすぐ。でもこのプレゼントは、どうかなあと思うけど」

麻里が手にしているのはサンタクロースからのプレゼント、『子供の名付け方』という本だった。


図面を描いていた増田の母のもとに一通のメールが届いたのは午前二時に近い時間だった。

おもむろに見ると、麻里の母からである。

「こんな夜中になんだろう?」

そこには不思議な内容の文字が並んでいた。

「いま、そちらに一人、サンタクロースが伺います。ノックを三回するので、玄関をそっと開けてやってください。煙突がないので入れないんだそうです」

デザイナーはたまに変なことをコミュニケーションデザインと言い張ってやらかすことがある。今

回も麻里の母からの深夜のそれか？　と、増田の母は最初思った。

増田の家の前に立った翔は、

「なんて言えばいいんだろう？　『こんばんは、サンタクロースです』かなあ。それだとちょっと頭おかしいみたいだしなあ」

と、しばらく玄関の前でぶつぶつと挨拶のシミュレーションをしていたが、悩んだ挙げ句に考えるのが面倒になり、いっそ「メリークリスマス！」でいいやと安易な結論を出して、トン、トン、トンと、玄関のドアを軽く三回ノックした。

鍵を開ける音が深夜のマンションに響いた。ドアが開いて、増田の母親がすっと顔を出した。その瞬間、増田の母親はサンタクロースの格好をした翔を見てとてもびっくりした顔をした。

そしてとっさに口にした。

「あ、お帰りなさい」

「あ、ただいま」

翔も、つい返事をしてしまった。

返事をしてから二人はいま起こったことがなんなのか、慌てて頭を働かせた。

「なんであなたがここにいるの？」

増田の母親が呆然とした顔で翔に話しかけた。

「なんでお前がここにいるんだ？」

翔は、目の前に突然現れた女性の顔を穴があくほど凝視した。

「なんでお前が……」

間違いない。ここにいるのは、翔の別れた妻の美佳子だ。

「なんでって、私の家だからよ。私と子供の」

「子供って、増田正二か？」

突然目の前に出現した元の妻は、当たり前のことを聞かないでとばかりに反論する。

「そうよ」

「俺の同級生の」

「同級生って、意味がわからないんだけど。なんであなたと？」

「俺、いま高校三年生なんだ」

「ますます言ってることがわからない」

「お子さんとは同級生です」

美佳子は、ああ、と思い当たったことがあるような表情をしてポンと手を叩いた。

「正二が学校にすごく変わっている奴が来たって喜んで話していたわ。なんだか、顔はおやじ顔だけど自分と考え方が似てる気がするって。そうか……あなただったのか。おやじ顔じゃなくて本当のおやじだったのね。考え方だって似てるわよね、親子だもんね」

「親子⁉」

翔は仰天して叫んだ。

「親子って言ったのか？」

美佳子は、増田正二と自分が親子だと言っている！

「そう、親子よ」

「俺はじゃあ増田の」

「父親です」

「え、じゃあ別れるときに『あなたといるとムカムカする』って言ったのは……」

「つわりだったみたいなの」

「つわり！」

「あなたと別れて、すぐに気がついたわ、妊娠してることに。でもなおさらあなたに会おうとは思わなかった。マトモな人生を子供には歩んでほしかったから。生まれたのが正二。私、旧姓に戻したから増田正二。花島正二だったかもしれない子」

「じゃあ、俺は息子と」

「同級生だったということ」

美佳子があきれたようにこの暑いのにサンタの帽子をかぶった翔の顔を穴があくほど見つめ返す。

「あなた、何も変わっていないわね。相変わらずやっていることの意味がわからない」

美佳子は、自分がサンタクロースと夏の終わりに話している内容のあまりの荒唐無稽さに、少し吹き出しそうになった。

「お父さんは同級生、ってわけね。私がいま言ってることも意味がわからないわ」

「お父さんは同級生？」

「そう。あなたは、息子のクラスメート」

「息子は同級生ってことか。俺の息子が」

翔も、口にしてみたものの、言葉にまだまるで実感がこもっていない。

「あなたに似ないように似ないようにって気をつけて育てたのよ。聖ミカエル学園に入れたのも。いい大学に入ってあなたとは全く逆の人生を歩んでほしかったから。でも似てるのよ、親子って。まっすぐで、頭が固くて。『男の約束だ』って言って、小さい頃からひと言も父親のことは家では話題にしなかったわ。ずっと、今まで」

「そうだったのか」

「おまけに本当に石頭。ゆで卵はおでこで割ってるの。あなたが昔そうしてたように。誰も教えていないんだけどね」

翔は、何故自分が増田のことを気になっていたのかが、いまわかった。

遺伝子って、無言で何かを交信し合うものなんだな。

そして、何故あの時、同じ墓をお参りしていたのかも。

家族だったんだ、増田とは。

翔は自分の息子の寝顔が見たくて仕方がなくなってきた。でも、これで帰ろう。自分が父親だと知ってがっかりさせたくない。

「これ、枕元に置いてくれ。クリスマスプレゼントだ。あいつ、欲しがってたから。俺は、帰る。俺のことは正二には言わないでくれ。正二が知ったところで、あいつには何一ついいことなんてない。これからエリートになれる奴に、親父がヤクザだなんていうことは一つのメリットもないからな。知ってるだろ、こないだの事件。俺は、もうすぐ退学になって、その後、俺はまたお前たちの前から消える。息子の成長の邪魔になりたくはない」

そう言って、美佳子にプレゼントを渡して帰ろうと動きだしたとき、

「誰か来てるの？」

気配を感じたのか、目をこすりながらパジャマ姿の増田が玄関に現れた。

「来てるわよ、サンタさんが」

美佳子が答える。

増田はすっとんきょうな大声をあげた。

翔は、サンタならぬケンタッキーフライドチキンの前に立つカーネルサンダースの人形のように硬直して立ち止まった。

「サンタさん？」

増田は、なに言ってるんだという顔で母を見て、正面に突っ立った男の顔をしげしげと見た。

「おっさんさん！」

増田はすっとんきょうな大声を上げた。

「違う、サンタさんだよ」

と言って慌てながら翔は美佳子に渡したプレゼントをあれ！　あれ！　と何度も指さした。

「おっさんさん。なんて格好してるの？」

「サンタって格好だ」

「見りゃわかる。よくわからないけど、メリークリスマス。でも、この本、プレゼントされても困るんだけど」

増田は、翔が買ってきた、『女性とうまく付き合う攻略本』という本を見ながら言った。

「正二、そんな本よりも、もっとびっくりするものがあるじゃない」

美佳子が増田に語りかける。

「なんだよ。ほかにはどう見ても何もないじゃないか」

増田は周囲をきょろきょろ見回しながら話した。

「だいたいここにおっさんさんがいること自体がびっくりだよ」

「そう。そのおっさんさんがプレゼント」

美佳子が翔を後ろから増田の前にポンと押した。翔は、一歩、増田の前に進み出た。

「なんだよ?」

「このサンタさんはね、あなたのお父さんなの!」

「え?」

増田は、寝ぼけているのかどうか確かめるために思い切り自分のほっぺたをつねった。古典的な方法だが、とっさの時にはそういう当たり前のことしか人間思いつかないものらしい。

「痛い!」

ってことは。

「ああ、そうだ。俺は、君の、お父さんだ!」

サンタの格好をした汗だらだらの中年男が手を広げて威張っている。気持ち悪い。

「わかったわかった。で、なんでおっさんさん、ここにいるの?」

増田は混乱気味の頭を整理させようと翔に尋ねる。

「サンタクロースだからだよ」

翔は極めてまじめな顔で答えた。

増田は、ああ聞くんじゃなかった、という表情を露骨にしながら、

「じゃあ仮におっさんさんがサンタだとして、なんでうちのお母さんと話してるわけ？」

と、混乱を少しでも解決しようとして質問を続けた。

「この人は、私の別れた夫だからよ」

増田の母の答えは混乱を深刻化していく。母親の表情は、真剣だ。

「つまり、僕のお母さんの別れた夫が、この、おっさんさん……？」

「そういうこと」

「てことは、このサンタクロースは……」

ちらっと増田が翔の顔を横目で見た。

「あなたの父親です」

翔はまるで謝るかのように、深々と体を曲げてお辞儀をする。

「だっておっさんさんは高校生じゃないか！　同級生だろ？」

増田は口に出すことで、この混乱がなにかしら解決できないかと叫んでみた。

「そう、お前は俺の同級生だ。でも、俺はお前の父親だ」

「あー。もうよくわからない」

増田が頭を抱えていると、

「わからないことがあったら、なんでもお父さんに聞きなさい」

と、いきなり翔がお父さん面を始めた。

「あんたが一番わからないんだよ！」

混乱気味の増田に、美佳子が諭すように話しかけた。

「正二、お前、『長男なのに、正二、ってなんで二がつくの?』って聞いたことがあったよね」

増田は、こくり、と頷いた。

「字は違うけれど、お前の『ショウ』の音は、お父さんの名前からとったのよ。花島翔、の『ショウ』。そして『二』は……」

「それに俺は痔だからな。偶然だが『ショウ』も『ジ』も俺につながっている」

翔は思いついたことをそのまま口に出してしまった。

「正二の『ジ』は『痔』なんかじゃない！　あ〰〰〰」

増田は自分にまつわりついている、羞恥心か、落胆か、照れなのか、なんなのかわからない感情を振り払うかのように手足をバタバタさせて暴れた。

「こんな人の話、まともに聞かないの！　『二』は、翔の二世、という意味。こんなろくでもない人だけど、他の人にはないいいところも持っていたから。そこは、見事にあなたには受け継がれたみたいだけどね」

美佳子は、取り乱した息子をなだめるように言った。

翔は正二にすまなそうに語りかけた。

「増田、聞いてくれ。これから、俺も、ちょっといいことを言う」

「宣言しなくてもいいじゃないか」

「いや、宣言でもしないと恥ずかしくてなかなか言えないからな」

そう言われると聞きたくなって、増田は暴れるのをやめ、翔の話に耳を傾けた。

「これは、お前の同級生として話す。俺はこの三ヶ月の間、お前という友達がいてくれて、本当に幸せだった。俺はいつも不思議とお前に何故だか近しいものを感じていたんだ。すごく怒りたくなったり、すごく助けたくなったり。その理由がやっとさっきわかった。お前は、俺の息子だったんだ。お疲れさまです」

「お疲れさまじゃないだろ、そういうときは」

増田は翔に突っ込む。

「じゃあ、ご苦労さまです」

「御愁傷さまだろ！」

「そう、それ。ごしゅうしょうさまです」

「いいから先を続けて」

増田は翔に言葉の先を促した。

「遺伝子が呼んでたんだな。本当に親子って不思議なもんだ。今回いろいろあって俺は退学になる。でもお前と過ごしたこの高校生の時間は、決して忘れない。ありがとう」

じっと聞いていた増田も翔の話が終わるとなんだか照れくさそうに、

「僕もいい話をするよ」

と宣言をして話し始めた。

「おっさんさん、僕もただ義務として通っていた学校がこんなに好きになったのは、あなたのおかげです。ありがとう」

と頭を下げた。

翔も、照れくさそうに頭を深く下げた。

「ただ、どうして退学になろうとするんだ」

「俺には聖ミカエル学園の制服が似合わない、と思ったからさ。ちょっと窮屈だしな、俺の体には」

「ごまかすなよ。あのね」

まだ何か言おうとする増田を制して、翔は続けた。

「そして、増田、俺にはお前を騙していたことがある」

「なんだよ」

翔は、重大な発表をする北朝鮮のアナウンサーのような口調で切り出した。

「俺は、高校生なんかじゃありません。十七歳なんかじゃない。俺は四十五歳のおっさんです」

翔は自分の口から増田に直接、自分の最大の秘密を伝えた。

「四十五歳……」

増田は、口を大きく開けたままだ。

「ショックだったろ。ゴメンな」

さすがにまっすぐな少年。騙したりして本当に申し訳ないことをした。

と翔が思ったのもつかの間、増田は、

「五十歳は超えてると思ってた」

と呆然とつぶやいた。

「お前、俺が十七歳でないことを……」

「あのね、俺、東大受けようとしているんだよ。馬鹿じゃないんだよ。三十歳もサバ読んでることくらい見りゃわかるだろ！」

「知ってたのか……」

翔が逆にショックを受けた様子を見せた。

「みんな気がついてるよ」

「やっぱり、そうなんだ」

やはりクラスのみんなは翔の秘密について知っていたらしい。もっとも、秘密というのは往々にしてそういうものである。秘密と思っているのは自分だけ。自分が秘密と思っているから秘密、みたいなものだ。

「じゃあ、知っててお前たちは……」

「あんたが何歳でも、大事な同級生だ。年齢なんか気にしてるのはむしろ大人だけじゃないの？　何歳だって、おっさんさんは俺の親友だよ。バレたらどうせ退学なんだろうから、じゃあ、俺らがバレてないふりしていればいいだけじゃない。大人の事情なんだろうから。一緒にいようよ。だって僕たち、まだ高校生なんだぜ」

増田の話を聞いて、翔は今までの人生にないくらいに感動していた。

自分は一人ぼっちじゃなかった。

なんて素敵なんだ、友達って。

「ありがとう、増田。嬉しいよ」

翔は増田に駆け寄り抱きついて、頰ずりまでしてコミュニケーションをした。

増田は思い切り、

「ヒゲが痛いよ！」

と嫌がる。

翔は、増田に力ずくで遠ざけられながら、話を続けた。

「そこまで言ってくれる親友に、こういうことを言うのは心苦しいんだけど」

「だからなんでも言ってみろよ」

「申し訳ないが、俺はお前のお父さんなんだよ」

「ほんとに申し訳ないことだよ！」

「呼んでみるかい？　お父さんって。さあ、呼んでごらん」

増田は真っ赤になって怒る。

「そんな恥ずかしいことできるかよ、同級生に！」

「俺だって恥ずかしいよ！」

翔も言葉を荒らげて怒る。

その二人の姿を見て美佳子は、

「あらあら、やっぱりそっくりだこと。このキレた怒り方」

と微笑みながら、肩をいからせて怒る二人を傍観していた。

ふと翔はすまなそうな顔をして言った。

「増田、もう一つ言っておかないといけないことがある」

「もう慣れたよ、なんでも言ってくれ」

翔は、溜まっていたものを洗いざらい吐き出すように、自分についてのもう一つの事実を言った。

「お母さんは知っていることだが、俺は、ヤクザだ」

増田の顔が一瞬こわばったように見える。

「悪いことはなんでもしてきた。今まで何人も病院送りにした。そんな親なんだよ、お前の父親は。期待はずれで申し訳ない」

しかし増田は予想に反して全く動揺しなかった。

「でも、少なくともおっさんさんは、聖ミカエル学園ではみんなを病院から救い出してくれたじゃないか」

「病院から?」

「あんたが来てくれたおかげで俺たち、人間らしい人間になれたと思うよ。感情の出し方も、体の使い方もわからないような人間になるところだった俺たちを、治療法のない病気から救ってくれた」

「いや、そんなこと……」

「あんた、気がついていないだけだよ、自分のいいところに。五十年間気がついてないんだよ」

「四十五歳だ、まだ!」

翔がすぐに憤る。

「私は気がついていたけどね。十八年も前に」

美佳子がニコニコしながら威張る。

「だったら離婚するな！　子供に迷惑だ！」

増田は母親を一喝した。

「それから、サンタさん」

増田は、翔の方を向いて別の話を始めた。

「なんだ？」

「このプレゼント、あんたに聞いたことばかりみたいだよ」

増田は、翔からプレゼントされた『女性と付き合う攻略本』をペラペラとめくりながら言った。

「そうか……サンタ失敗か」

翔は少しがっかりした表情をした。

「なかなかうまくいかないんだよな、俺、することが」

翔は天井を見上げて言った。

「そうだね。この本、あんたがいれば必要ないね」

増田は笑いながら翔に言った。

「でもね、今日は俺、サンタっているんだなって思ったよ」

「どういうことだ？」

翔は増田に聞いた。

「一番欲しかったものをくれたからね」

「一番欲しかったもの？」

増田は、少し照れながら翔を見て、

「お父さんに会えるなんて思っていなかった。ありがとう、サンタクロース」

と言った。

39

翔の高校生活最後の授業は、翔の希望通りソフトボールだった。

この試合で翔は、いつものようにチームメートを褒め、怒り、殴り、抱きしめながら、あくまでも勝利に向けて真剣に汗を流し続けた。

翔は、すべての打席でホームランを狙った。それは、翔が望んだことではなく、チームメートが何事にも全力でぶち当たる翔の姿を記憶にとどめておきたくて、

「とにかく思い切り振ってきて」

と頼んだからだった。


翔が第一打席に入ると、チームメートからは、

「職員室、職員室」

というコールが起こった。

生徒全員が、職員室まで届くような翔の桁外《けたはず》れのホームランを期待している。

翔は声援に頷くと、これ以上ないというほど力を入れてスイングした。

体が二回転もする大きな空振りだった。

爆笑が味方からも敵からも起こった。

「おっさんさん、歳なんだから無理するなよ」

「馬鹿、俺は高校三年生だ」

「無理するなよ、中年高校生！」

真剣な表情で高校三年だと言い張る翔にまた皆は爆笑して、それでも全力スイングで翔の打球が遠く職員室の窓を突き破るのを期待している。

そして、翔は期待に応えた。

次のスイングで、空気を切り裂く音をたてながら、職員室の窓を突き破る豪快なホームランを放った。

「おっさんさん、四十五歳でそれじゃあ、体が壊れるんじゃないの」

という手厳しいヤジが佐々木から飛んだが、

「十七歳です！」

と言いながら全力疾走をやめない翔の姿に、いつしか皆が敵も味方もなく大声援を送っていた。

職員室では、また割れた窓ガラスを四方先生と奥先生が苦笑しながら片付けていた。

「あいつにはずっと迷惑かけられっぱなしでしたね」

奥先生が四方先生に言った。

「全く。でも、もっと迷惑をかけてほしくなるのはどうしてなんですかね」

四方先生も、友人に「コミュニケーション」と言って抱きつきまくっている翔を遠目に見て、

「私だけに、もっと迷惑かけてほしかったんですけどね」

笑いながらもため息をつくのだった。

スコアは九回表が終わって七対五。翔のチームのリード。

相手チームにいた武藤が、最後の攻撃の前にチームメートを集めると円陣を組んで言った。

「いいか。追いつかないと、おっさんさんとの高校生活が終わっちゃうぞ」

生徒たちの目の色が変わった。

なんとかして、追いつきたい。

追いついて少しでも長く、おっさんさんと学園生活を続けたい。

スマートな生き方しかできなかった生徒たちが、泥臭く、汗をかきながら見た目なんか気にしないでソフトボールに打ち込んだ。

そして、ついに追いついた。

こうして試合は、いつまでもおっさんさんと学園生活を続けていたいという同級生たちの気持ちが表れ続けて、延長また延長と、果てしなく続いた。

いつしか、職員室にいたはずの先生たちも参加して、校長先生、四方先生、奥先生、木沢先生、すべて入り乱れて、笑いながら、そして全員が半べそをかきながら、日が暮れても試合を続けた。

最後は、もうボールが見えない、という理由で、同点のまま校長がゲームセットを宣言した。

こうして、翔の高校最後の授業は終わった。

最後に、全員が集まって翔を胴上げした。

胴上げされたまま、翔はプールに御神輿《おみこし》のように運ばれて、そのまま「ボチャン」と投げ入れられた。

続いて皆が次々と夏の終わりのプールに飛び込んでいった。

男も、女も、涙をプールの水でごまかすために。

そして、みんなで、死ぬほど泣いて、笑った。


最後の登校日。すっかりクリスマスの飾りつけも取り外された普段通りの学校。翔は、退学を校長から言い渡されるためだけに、いつもの通り学校に朝早く来て、いつもの通りに校長室で四方先生に高校生に見えるメイクをしてもらった。

だいたい、メイクで年齢をごまかす必要などもうないのだが、急にやめるのもなんだか寂しい気がして、今まで通り、四方先生に作業をお願いした。

「これが、最後ですね」

翔は、名残り惜しそうな声で四方先生に話しかけた。

物事の最後というのは、すべてが感慨深いものだ。

あれだけ抵抗があったメイクも、眉毛に感じる筆でくすぐられるような気持ち悪ささえもとても愛おしく思えた。

「四方先生には、いろいろホントにお世話になりました」

目の前一〇センチに顔を近づけながら眉毛を描いている四方先生に翔が言うと、

「ちょっといま動かないで」

といつものような返事が四方先生から戻ってきた。

予想通りの四方先生の怒った声が翔は少し嬉しくて、黙って最後のメイクのために顔を硬直させた。

「今日でお別れね」

作業しながら四方先生が話しかけた。

「はい」

「退学したらどうするの？　この先」

四方先生も、この時間を惜しむように、いつもより時間をかけて丁寧に眉毛を描いている気がする。

「そうですねえ。とりあえず、遠くに行きます」

「遠く？」

「そう、とにかく遠くへ。俺が近くにいたら、クラスメートの受験勉強の邪魔になるだけですよ。俺という生徒は、なかったことにしようと思うんです」

「なかったことに？」

「ちょっとした事故だったんですよ、俺がこの学校にいたこの三ヶ月が」

「事故？」

「早く忘れてもらうために」

「でも、それは無理ね」

四方先生は笑いながら反論した。

「どうしてですか？」

「人間って、事故ばかり覚えてるものだから」

翔は、黙って視線だけを動かして四方先生の目を見た。

「少なくとも私には大事故だったわ。こんな最悪の生徒の担任になっちゃったことが」

翔は、すみません、というように頭を軽く下げた。

「動かないで！　仕方ないわね、動いたから、またやり直さなきゃいけないじゃないの」

四方先生は少し嬉しそうにも見える口元で不平を言いながら、再び必要以上に丁寧に丁寧に時間をかけて翔の眉毛を筆でなぞり始めた。

まるでこの時間が過ぎるのを惜しむかのように。

「すみません」

翔もまた今日は少し嬉しく思えた。

四方先生は話の続きを始める。

「それに、生徒たちもみんなそうみたいじゃない。忘れられない事故。じゃないと、卒業式なんて開かないでしょ、一人の生徒のために」

四方先生の話を聞いて、翔は目を丸くした。

「卒業式？」

「そう、きょうはあなたの卒業式よ。そうそう、講堂にこのあとすぐに行ってね」

「何も、聞いてませんけど」

「知ってたらあなた、出席しないでしょ、そんな大げさな式には」

四方先生は知らなくて当たり前という顔で、メイクの仕上げと格闘していた。

「じゃあ、俺に黙って……」

「さあ、できた。行きますよ、講堂に」

四方先生が、諦めたように筆をそっと置いた。最後のメイクが終わった。

「ありがとうございました！」

と、翔は四方先生に深々と頭を下げた。

「卒業式用に、念入りにやっときましたからね。泣いても化粧崩れしないようにウォータープルーフで」

翔は通い慣れた校長室を出て、講堂へと歩きだした。

「クラスメートに感謝しなさいよ！」

四方先生が後ろから大きな声をかけた。そして、使い道のなくなった筆をそっと自分の顔にあててみた。

「仕方ないから、私がキレイになってみようかな」

40

「これは……」

講堂の入り口から中を覗いてみて、翔はその様子にびっくりした。

講堂は、まるで本当の卒業式が行われるかのように飾り付けられている。

壇上には、「聖ミカエル学園高等学校秋季卒業式」と大きく書かれた看板が掲げられ、すでに三年二組の生徒たちが着席して翔の到着を静かに待っていた。

「みんな……」

生徒たちは、入り口に立つ翔に気づいて一斉に笑顔で手を振りだした。

佐々木、武藤……、そして麻里。

見慣れた顔がみんなそこに揃っていた。

それだけではなかった。他のクラスの生徒たちも、高三の生徒すべてが出席してくれている。

教師の席にも、翔と関わったすべての先生がすでに着席して翔の到着を待っていた。

「先生たちまで……」

ちょうどそこに今までに見たことのないくらいきっちりとメイクを施してきた四方先生が遅れて駆けつけた。髪はポニーテールにして。

いつもとは別人のような美しさに、生徒たちの間にざわめきが起きたほどだ。

後方には、保護者席も用意されていて、麻里の母、そして増田の母、いや、翔の昔の妻の美佳子をはじめ、保護者会で翔の退学を主張した人たちも皆、顔を見せていた。

よく見ると、似合わない蝶ネクタイをした松野組長の顔まで見える。

「親父さんまで……」

翔はすでに胸がいっぱいになっていた。

「こんな俺のために、こんなに人が集まってくれて……」

立ち尽くしている翔に、後ろから校長先生と牧師姿の奥先生が、

「さあ、卒業生だ。入場しなさい」

と声をかけた。

「校長先生、これ……」

「いいんだよ。卒業式が年に二回くらいあってもいいじゃないか。クリスマスが二回あったくらいだ

からな」

校長先生が、翔の背中をポンと押した。

「何てお礼を言っていいか……」

奥先生が、大きな声で講堂の中に向かって叫んだ。

「卒業生の入場です！」

一斉に入り口を会場の全員が向いた。

続いて大きな拍手が起こり、講堂の入り口から頭をかきながらぎこちなく入ってくる翔を、全員が温かく迎え入れた。

「こんなに多くの人に拍手されたの、俺、生まれて初めてかもしれない」

翔は、今日のメイクがウォータープルーフなことにすでに感謝しながら歩いた。

「卒業式って、やっぱり泣くんだな」

あれだけ翔の退学にこだわっていた親たちも、拍手しながら、

「子供の模試の成績が急に上がってね、よく聞いたら、あの花島くんが引っ張ってくれたかららしいのよ」

「何より、学校が楽しいなんて今まで言ったことのなかった子が、学校に楽しそうに行ってるのよね」

「それもあの花島くんのおかげだっていうじゃない」

「でも、どうしてあんな素敵な人を退学にしちゃうのかしらね？」

「何か間違っているわ、かわいそうに」

「学校っていうのはそういうもんだよ、きちんと生徒を認めない」

などと勝手なことを口々に話している。

翔が、最前列の真ん中に一つだけ用意された卒業生の席へと歩いていくのを、校長と奥先生は講堂の入り口からしばらく見ていたが、保護者席に座った人々の様子を見た奥先生が不意にびっくりした表情で、

「おや、あんな方までいらしてるよ」

と言って一番後ろの方を指差した。

「あんな忙しい方まで、ねえ」

校長先生も、少し意外そうな顔をした。

「花島は、好かれていますねえ」

奥先生は感心したように腕を組んで、

「どうも、地域の警察や消防の方々もお呼びしたほうがいい感じですね」

と校長先生に進言した。

「そうみたいだなあ。そのほうが、より卒業式っぽいしなあ」

校長先生は携帯を取り出してその場で電話をかけだした。

「すみません。急なんですが、卒業式にぜひいらしてほしいんですよ。……いえ、一人と言わずに大勢でどうぞ」

「しかしまあ、熱心な方だねえ。よほど花島くんが好きなんだねえ」

奥先生の視線の先には、サングラスをかけたあの日横組の男が座っていた。そして、つい先日、奥

先生と校長に痛めつけられたはずの組員たちも、保護者に交じって卒業式に参列している。

サングラスの男は、横にいる子分に、

「式が始まったら隙を見て、あの花島という男に襲いかかれ。もうどうなっても構わん。たっぷりお礼してやらないと気が済まねえ。卒業式で、奴が一人になるタイミングが必ずある。そこを狙え」

と耳打ちした。頷く子分たちにサングラスの男はこう続けた。

「それと、この間うちに殴り込んできたあの二人のじじい、校長と奥とかいうじじいを叩きのめしてやれ。生徒全員が人質みたいなもんだ、手出しはできまい」

と言った。

ひとつ前の席に座っていた本郷組長が、振り返ってゆっくりと落ち着いた口調でこうつけ加えた。

「それに、見ろよ、毛飯会の松野組長が護衛もなく一人で来てるじゃないか。ちょうどいい、あのじじいも痛めつけてやれ。なに、死んでも寿命だ」

サングラスの男は、ハイ、と返事をすると歯を見せて笑った。

一人だけのための卒業式は、卒業生入場のあと、

「ただいまから、秋の臨時卒業式を行います。一同、起立」

という司会の四方先生の声で始まった。

参加者が、一斉に立ち上がった。そしてまず、

「讃美歌３１２番」

と言う四方先生の声に続いて、オルガンの伴奏とともに全員で讃美歌を歌った。

いつくしみ深き　友なるイエスは
罪とが憂いを　とり去りたもう
こころの嘆きを　包まず述べて
などかは下ろさぬ　負える重荷を

まるで翔のいまの気持ちを代弁してくれるかのような歌詞に、イエスかノーかもわからないまま翔は感情移入して心から声に出して歌った。

翔が歌うとすべての歌が演歌のようになる。

周りの人が翔に引きずられて、賛美歌をまるで八代亜紀の演歌のようにコブシを利かせて唸《うな》るように歌った。こうして聞くと、賛美歌もほとんど演歌に近い気すらするから不思議だ。どちらも魂の叫びという点では似ているのかもしれない。

演歌のような讃美歌の残響が耳に残る講堂で、卒業証書の授与になった。

いや、正式には「退学証書」と書いてある。

壇上では校長先生が立って、卒業生、いや退学生を待っていた。

四方先生の声が響いた。

「退学証書、授与。三年二組、花島翔」

「はい」

というひときわ低くて大きな声が響いた。

翔は席を立つと、階段を少し上って壇上に登り、客席に向かって一礼した後、校長先生の前へと進んだ。

柄にもなく緊張し、手と足がこんがらがりそうになって歩く翔の姿を、同級生たちは微笑みながら見つめている。

そして、同じその姿を見て、日横組の男たちは不気味に笑っていた。

校長先生は、証書を広げて、文面を朗読し始めた。

「退学証書。三年二組、花島翔。昭和四十二年二月二十八日生まれ。本校の教育課程から退学に処する。平成二十四年九月十二日。聖ミカエル学園高等学校校長　近藤勇三」

証書を読み上げると、校長は翔に、

「退学おめでとう」

とささやきながら両方の手で退学証書を差し出した。

翔は、きちんと背筋を伸ばして、深々とお辞儀をし、その証書をうやうやしく受け取った。

「君は、この学校の邪魔者であり、誇りだ」

校長が声をかけると、翔は照れたような顔で校長を見た。

「すみませんでした。そして、ありがとうございます」

校長に答えると、翔は体を観客席の方に向け、そこにいる同級生や保護者、遅れてついさっき到着した来賓の警察の方々に向かって、深く一礼した。

少し、カツラがまた前にズレた。

(このカツラの違和感もこれで最後だ)

証書を持って席へ帰ろうとする翔を、今日は見違えるほど化粧が決まっている司会の四方先生が引き止めた。

「卒業生を送る言葉。在校生代表、小田麻里。花島くんは壇上で聞いてください」

全く聞いていないことだったが、足を止めて、演壇の真ん中に置いてあるマイクの方に体を向けた。

麻里が、マイクに向かって歩み寄り、軽く会場に一礼すると、翔の方を向いて送る言葉を述べ始めた。

「花島くん、退学おめでとう。なんだか言いづらいから、いつもの通り、おっさんさんと呼ばせてください。おっさんさんがいきなり同級生になったのは、梅雨の始まる前でした。受験に向けて、クラスがピリピリとし始めていた頃だったと覚えています。私たちは入学してからずっと、問題を起こさないこと、先生方の言うことを聞いて、いえ、聞いているふりをして過ごしていくのが学校だと思っていました。でも、あなたはまず、存在自体に問題がありました。どう見ても中年の顔、でも学生服。先生が『十七歳』と言うから、『十七歳なんだ』と思い込まないといけないと、私たちはどう考えてもおかしいことに目を向けないで過ごしました。でも問題は顔だけじゃなかった。言うことなすことすべてが問題。おっさんさんは、学校で今日まで当たり前と思われていたことに次々にぶつかっていきました。自分の存在がおかしいくせに、おかしいことに目をつぶってはいけないと伝え続けてたんです。無茶苦茶です。でもいつしか私たちは、おかしいことはおかしいと言える、自分の意見を持った人間へと成長しました。でも、おかしいことをおかしいとキチンと言ってしまったら、おっさんさんは学校にいられなくなってしまう……。それでもきっとおっさんさんは、自分がおかしい、と言うこともキチンと言えるようになれと言いたかったんだと思います。おっさんさんのおかげで気がつきました。本当におかしかったのは私たちだったんだなと。ありがとう、おっさんさん」

翔は、真っ赤になって照れながら、麻里の言葉を聞いていた。

「そして、私、途中からこの人はもしかしたら、自分のお父さんなんじゃないか、と思うようになったのです。おかしいんですけれど。

行動とか服装とか、『私の勝手でしょ』ということに細かく文句を言うし、急に叱る。それも、もう、うるさい！　ってくらいに。不平を言うと、急にすねたりする。でもなんだか不器用だけど、少し遠くからいつも温かく見ていてくれる。絶対に見てるのに見てないふりをするけれど。『本当のお父さんだったらいいな』と、気がついたら思い始めていて、そうしたら、ごめんなさい、当たったり、逆に甘えたりしていました。同級生なのに。クラスメートがお父さんだなんてあるはずがないのに。『本当のお父さんじゃない』と、当たり前のことを知ったときは、正直に言います、少し、悲しかった。

本当のお父さんだったらよかったのに。カッコ悪くて、恥ずかしくて、お世辞にもすてきな男性じゃないけれど、花島くん、いえ、おっさんさん。あなたは、私の立派なお父さんです。

お父さん、大好き。退学しても、私たちのことを忘れないでください。ね、お父さん」

そう述べ終わると、麻里は場所をはばからず涙を流して、翔に深々と一礼した。

翔は、今日ほど念入りに化粧を施してもらってよかったと思ったことはない。すでにもう麻里の話の途中から涙が止まらなかった。そして、麻里の話にいちいち大きく頷いていたのだった。

会場のあちらこちらからも、すすり泣く声が聞こえる。日横組の組員たちの中にも声を上げて泣く奴が出たが、即座にサングラスの男に、

「何感動してるんだ！」

と足を思い切り踏まれていた。四方先生の言葉がまた響いた。

「お礼の言葉。卒業生代表、いえ、退学者代表、花島翔」

翔はゆっくりと演壇の中央にあるマイクに向かって歩いた。

本郷組長はサングラスの男を振り返り、

「このお礼の言葉が終わったら、だ」

と指示を出した。

日横組の連中の動きが、にわかに目立ってきた。

校長と奥先生は、それを見て何かを決意したように、視線を交わして頷き合った。

翔は、演台の真ん中にぽつんと置かれているマイクの前にすっと立つと、ぐるっと演台の下を見回した。

そこには、見慣れた三年二組の同級生の姿が並んではいたのだが、先ほどの麻里の「送る言葉」で皆が皆、涙にくれて下を向いていて、翔からは顔を見ることができない状態だった。

翔は、おもむろにマイクに二、三回、

「テストテストテスト」

と言って人差し指で叩いた。

「ドンドンドン」

という、いきなり机を拳で叩いたような大きな音が、静まり返った講堂に響いた。

その音で生徒たちがビクッとして顔を上げた。

「花島翔です」

翔は、まるでこの集団の中から犯人を捜す刑事のように、こちらを向いた顔を一人一人確認するように見ながらスピーチを始めた。

「みんな、下を向いても何も落ちてないぞ」

翔は、ソフトボールの時にチームに発破をかける口調で生徒たちに話しかけた。

「下を向くのはテストを解くときだけでいいだろ。あとは反省するときだ。これが両方、僕は苦手だった。だから今日、こうしてここにいるわけです」

翔の普段と変わらない口調につられて、うつむいて涙を溜めていた生徒たちも、顔を翔の方に向けた。

全員の顔が翔を向いたところで、翔は自分の顔を指差して、

「この顔が、おっさんさんです。覚えておいてください」

と、顔を少し突き出して睨むようにぎょろりと見渡し、三年二組の全員と次々に目を合わせた。

生徒たちも、翔とにらめっこのように目を合わせた。まだ目が合っていない生徒は、自分とも合わせてくれと催促するように、翔を凝視した。

日横組の連中も、襲いかかるタイミングを測るようにじっと翔の顔を見ている。

こうして三年二組の生徒全員と目と目で直接にらめっこを軽くしたあと、翔は、

「さてと、本題です」

と声を大きくした。

皆が、翔の口元に視線を集中させた。

「僕は、この学校を、本日無事、退学になります。ありがとうございます」

こう言って翔は頭を深々と下げた。

「退学なのにありがとうかよ……」

聞いていた増田はあきれたようにつぶやいた。

「いろいろ感謝したいことばかりですが、あえてお詫びと説教をしようと思います」

また翔は変なことを言いだした。

「最後の最後まで上から目線だな」

身長が高くて上から人に見られたことのない武藤は、壇の上から睨みを利かせている翔にクスッと笑いながら言った。

「俺は嘘つきが大嫌いです。だから、俺は俺が大嫌いです。俺の馬鹿！」

急に自分の頭を二、三発、拳で殴り、翔の奇妙な説教が始まった。

「みんなごめん、騙していて。知っての通り、俺は十七歳なんかじゃない。四十五歳です。ずっと、皆を騙していた。皆は騙されたふりをしてくれたのかもしれない。本当は『俺を皆で殴ってくれ！』と言いたい。言いたいけど、俺の石頭で皆が痛い思いをするから、やめておく。殴るな」

一体どうすればいいのか、聞いている生徒たちが混乱するような論理展開だ。

その直後だ、翔がとんでもない行動に出たのは。

「最後は、嘘を全くなくしたありのままの俺の姿で卒業、もとい、退学しようと思います」

と言うと、翔はおもむろに教頭先生からもらったカツラを自分の頭からカパッと外した。

そこには、髪の毛を角刈りの演歌歌手のように刈り込んだ学生服姿の男が立っていた。

「これが本物の花島翔です！」

まるで罰として頭を刈られた生徒のようだった。顔以外は。

生徒たちは、そこに現れた自衛官のように精悍《せいかん》な四十五歳のおっさんの顔を、「予想はしていたけれども、こんなにおっさんだったのか」という半ば呆然とした表情で見つめていた。

その反応に翔は少し不満顔だったが、おもむろに教頭先生に、

「長い間お借りしました！」

と言って、カツラを放り投げた。

カツラは、さわやかな放物線を描いて教師席に座っている先生の膝の上に落ちた。

「これで高校生は終わり！」

翔は講堂に響き渡る声で宣言した。

あまりの展開に、日横組の連中は襲撃するタイミングを測りかねて呆然とこの不思議な光景を眺めている。

「あと、高校を二度退学になった者として、俺、いいこと言おうと思う」

いいことを言おう、と意識して、いいことを本当に言える人はほとんどいない。大体が選挙の演説のようにいいことなど何も言えずに終わるものだが、翔が話を続けると、生徒の目は翔の顔に否応《いやおう》なく注がれた。

「まず、女子はスカートを短くしすぎない。腰を冷やすと将来、母体に響く」

内藤美香を見ながら翔は怒ったようにすら聞こえる口調で言う。美香は、またいつものように「うるせえなあ」という顔をして口を尖らしている。

「餃子は最後の一個は遠慮しないで食う」

今度は増田を見ながら言った。

増田も「わかったよ」という、うんざりした表情で翔を見る。

「そして、これは初めて言うことだが」

翔は少し口調をゆっくりにして言った。

「俺は四十五歳。人生半分終わっている。でも、大人なんて高校生に毛が生えたようなもんだ。高校生に戻ってみて、やり残していたことがこんなにあったんだと気がついた。どんなにがんばっても、お前らが優秀でも、必ず何かをやり残して成長していく。俺は偶然、やり残した高校生活をやり直すことができたけど、でも結局、さらにやり残したことを増やしちまった感じだ」

生徒たちは食い入るように翔を見つめて聞いている。

「今の俺と同じ四十五歳になり振り返ってみたときに、俺よりやり残したことが少ない人生にしろ。俺が四十五で気がついたことをお前ら、十七とか十八で気がついてくれ。後悔しない人間なんているはずがない。そんな奴がいたら気持ち悪いし、たぶん後悔すべきことに気がつけない、人間として欠陥品だ。あとでどれだけ後悔に時間を使わないですむかが大事なんだよ。だって、もったいないだろ、後悔している時間が」

学生服の自衛官みたいな翔の演説に妙に説得力があったのは、その体験をクラスのみんなが共有できたからなのだろう。

「後悔も大事だが、結局は、今から自分が何をしていくかなんだよ！　どうする？　これから？　がんばれよ！　ってこれ、俺、自分に説教してるな。以上、説教は終わり」

あまりに唐突に翔が「終わり」と言ったので、慌てて日横組の連中は行動しようとしたが、その矢先、今度は、

勝手に説教を終わりにして、翔はいきなり、

「最後にやっぱり感謝だ」

と言いだした。

また日横組はタイミングを失い、黙って翔の話を聞く羽目になった。

「退学になれたのも、まず、この学校に入れたからです。この学校に来て本当によかった。素晴らしい友達に会えた。素晴らしい先生に会えた」

先生も生徒も、急にしんみりすることを言いだした翔に不意打ちを食らったようで、ちょっと胸が詰まる感じで聞いていた。

「そして、何より」

そう言いながら翔は、増田の方に顔を向けた。

「息子に会えた」

増田は少し照れた顔で翔から視線をそらす。

「息子と同級生なんて、こんな楽しい経験ができたのは、俺くらいだと思う。なあ、息子」

増田はもう地面に潜りそうなくらいに下を向いている。

「本当に、すてきな退学式、ありがとう」

翔はそう言って会場に向かって深々と頭を下げた。

少し沈黙の時間が流れた。

「ありがとう」

という声が、麻里の口から漏れた。

それをきっかけに、

「ありがとう」

と、生徒たちが口々に言った。

そして、その「ありがとう」は、波のように広がっていった。

翔は、頭を下げ続けてその声をじっと聞いていたが、おもむろに、

「最後に、もうひと言だけいいかな」

と言って、マイクのスイッチを切った。そして大声で怒鳴った。

「でも、本当は、この学校に残りたかった！」

講堂が、静まり返って、翔の声の反響だけがこだましていた。

もう一度深くお辞儀をして、翔はマイクを離れた。

ひときわ大きな拍手が講堂を包んだ。

生徒も、先生も、保護者も、気がつくと全員が立ち上がって拍手を送っていた。

「今だ！」

本郷組長が声を上げたが、その声は鳴り響く拍手にかき消された。振り返ると、日横組の連中も精一杯の拍手をしている。

気がついたときには翔は自分の席に戻ってしまっていた。

四方先生のアナウンスが響く。

「続きまして、校長の退学生へ贈る言葉。校長先生、どうぞ」

笑いと拍手は収まり、登壇した校長に視線が注がれた。

「花島くん、退学おめでとう。こんなにみんなに愛されて退学する人も珍しいですね。先ほど、花島くんが『学校をやめたくなかった』と言ってくれましたが、それは私も同じ気持ちです。なんとか残ってもらいたかった。でも、四十五歳の生徒はバレてしまったら学校に置いておけません。残念ながら、退学です。でも、君は、学校に本当に必要な人でした」

話しながら、校長先生は日横組の人間の動きに注意を払っていた。どこかのタイミングで、彼らはこの退学式の最中に翔を、そして自分たちを襲うだろう。校長は、奥先生と目と目でコミュニケーションをして、急にこう付け加えた。

「実は、皆さんにもう一つ、お知らせがあります。学校を去るのは、花島くんだけではありません」

生徒たちがどよめいた。

「私、校長の近藤と、奥先生は、今日をもって学校を去ります」

会場が大きくざわついている。

日横組の人々も、動揺してさらに攻撃のタイミングを逸している。

「ご来賓の警察の方々、先日、私ども二人は、実は暴行事件を起こしまして、こちらにお見えになっていらっしゃる方々、ほら、あのサングラスの方や、そちらの坊主頭の方々を痛い目にあわせてしまいました。今も抗争をしておりまして、今日もこうしてわざわざお見えになっています」

会場の視線が校長の指差した日横組の組員たちに集中した。サングラスの男たちは、予想もしない展開にただおどおどしている。

「すみませんが、この場で出頭いたしますので、私と奥先生、それと今日ここに木刀などをご持参しておられる日横組の方々を一緒に連行していただけますでしょうか？　いえ、きっかけがなくて連行しづらいようでしたら、今から暴れてもよろしいです。現行犯として逮捕してください」

その話を聞いて、来賓として急に呼ばれた警察の人々は、

「了解いたしました」

と、一斉に立ち上がって日横組の人間を素早く取り囲み、呆然とする組員たちを全員、保護者席から連れ出した。

何がなんだかわからないうちに一網打尽にされて、日横組の男たちはわめき散らしている。本郷組長だけは、

「あの校長、ただもんじゃねえな。さすが伝説の組長だ」

と、手錠をかけられながら感心していた。

警察署長が、壇上の校長のところに寄ってきて、

「これでよろしいですか？」

と聞いた。

「はい、これで」

校長は笑いながら答えた。

署長が、校長の手に手錠をガチャリとかけた。

翔は、

「ちょっと待って！　校長は悪いことしたわけ？」

と怒鳴ったが、校長は、

「私は、悪いこととは思っていませんが、社会的には悪いことをしてしまったんですよ。つい、悪い奴らをボコボコにしてしまいました」

と笑顔で翔に答えた。

校長先生と奥先生は、手錠をかけられて並んで警察官に連行されていく。

動揺している生徒たちに、ふと立ち止まって校長が言った。

「新しい校長先生を紹介します」

「え？」

どよめきが講堂に広がった。

誰なんだろう？　全員が校長の次の言葉を待った。

「新しい校長は、花島翔先生です」

「え？」

さらに大きなどよめきが講堂にこだました。

翔は何がなんだかわからない。

「明日からは校長として、花島さんには学校に来てもらいます」

「俺が、校長？」

翔は校長先生の元へ駆け寄って、切れ長の目から目ん玉が落ちそうなくらいに目を見開いて見つめた。

「そうです。君は今日で退学。でも、明日からは校長として登校してください」

両側を警察署長たちに挟まれながら、今日で最後になった校長先生は翔に語りかけた。

「しかし、僕は人に教えることなんてとても……」

翔は狼狽しながら、思いもしなかった校長という重責を固辞した。

同じく連行される奥先生が振り向きざまに語りかけた。

「実は、お前をこの学校に松野組長がよこしたのも、すべてお前がこの学校の次の校長にふさわしいかどうかを観察するためだったんだよ」

「え？　なんですって？」

翔はまた初めて聞かされたことにびっくりして松野組長を見た。

この学校の元校長でもある松野組長は、奥先生の話に深く頷いている。

「それで、お前は、合格したってわけだ。校長になるためのテストに。お前の本当のミッションは、この学校の校長になってこの人情味がなくなって機械のような生徒の増えている学校を変えていくことだったんだよ」

「僕の本当のミッション……」

「お前は生徒としてはこの学校にふさわしくなかったかもしれない。でも、校長としては最適だ」

「校長って！　俺は何も教えられません」

「お前は、その体で十分にいろんなことを教えてきているよ。生徒たちにも、私たち教員にも。言葉では嘘をつけるけど、体は嘘をつけないからな」

「でも、俺、十七歳だなんて大嘘を……」

「小さな嘘がたくさん積み重なるのが一番厄介でな。つくならでっかい嘘がいい。お前のみたいに誰にでもわかる嘘は、嘘とは言わない。夢だ、夢。でっかい夢みたいなもんだ。大ボラ吹きだ。世の中は、でっかい夢ばかり見ている大ボラ吹きが変えてきたからな。お前は校長にぴったりだ。この学校をもっと良く変えてくれ」

大笑いしながら奥先生は連行されていく。

「でも、俺、校長になるなんてムラムラ思っていなかったんです」

翔が去っていく二人に叫びかけた。

「サラサラ、だろ。サラサラ！」

校長先生が翔を指差しながら笑う。

「もっと学校で国語勉強しろよ！」

奥先生も翔を指差してニヤニヤしながら連行されていく。翔は、

「はい」

と言いながら、背筋を伸ばして二人の尊敬すべき先輩に深く一礼した。

この三人のやりとりを、三年二組の生徒たちは、最初は起こっていることが呑み込めずに呆然と見つめていたが、「翔が学校に残る」という事実が理解できてくるにつれて、だんだん三人が演じる楽しい漫才を見ているかのような気持ちになって、笑いながら楽しみだした。

保護者たちも、退学になった生徒が明日から校長という、消えてほしかった人間がしばらくずっと学園に存在する、それも最高権力者として、という事態に、事の重大さが呑み込めていない部分もあるにせよ、何やら楽しいことが起きたような気持ちになって、微笑みながら事態を眺めていた。

よくわからないときは、人間、笑っていたほうが楽しいものだ。

連行されていく校長と奥先生が講堂の出口に差しかかった。警察署長が校長に、

「最後におっしゃりたいこと、ありませんか？」

と促した。

校長先生は、立ち止まって振り返り、講堂に響き渡るような大きな声で生徒たちに叫んだ。

「つくなら、でっかい嘘をつけ！　新しい校長に負けるな！」

生徒たちは、声を揃えて、

「はい！」

と返事をした。

「こんなおっさんに負けないっすよ」

武藤が大きな声で叫び返すと、講堂は爆笑の渦に包まれた。

翔は恥ずかしそうに頭をかこうとして、カツラがないことで指先にいきなり当たった角刈りの感触に少し違和感を覚えたが、おもむろに舞台の上から生徒たちに大きな号令をかけた。

「一同、起立！」

きょとんとしている生徒たちに、翔は続けた。

「校長命令だ！」

生徒たちは一斉に立ち上がった。

「近藤校長先生、奥先生に、一同、敬礼！」

そう指令すると、翔が自ら敬礼のポーズをとって二人に最高の敬意を表した。

そして、ザッという音とともに、三年二組の生徒たちが全員揃って、去りゆく二人に敬礼をした。

連行している警察署長たちも、その場で校長先生、奥先生に敬礼をする。

校長先生は、ニコッと笑って、生徒たちに敬礼を返した。

奥先生は、いつも通りにニヤッとニヒルに笑いながら、手錠をされた両手を胸の前で組んで、大声で言った。

「祈りましょう！　聖ミカエル学園の未来を」

会場の全員が、祈った。奥先生は目を開けると、翔の方をちらっと見てウインクした。

翔も、ウインクをしようとしたが、両方のまぶたを閉じてしまい、なんだかただ目を可愛くパチパチさせただけみたいになった。

二人は、ゆっくりと講堂を後にした。

残された生徒たちは、今度は壇上の翔を見た。

「校長先生、よろしくお願いします！」

学級委員である増田がまず声を上げた。

「よろしくお願いします！」

全員がそれに続いた。

翔は、今日まで同級生だった生徒たちをじっと見て、こう話しかけた。

「新しい校長の、花島翔です！　この学校の目標は、コミュニケーション！　近くの生徒に抱きつけ！」

生徒たちは、近くにいる者同士で抱きついたり、頭を叩いたりし始めた。

その姿を見て、保護者席にいた増田の母、美佳子は、

「相変わらずまっすぐね、あの馬鹿」

と言いながらクスッと笑みをこぼした。

翔の横には、いつの間にか進み出てきた四方先生がいた。

「校長命令ですので、コミュニケーションさせていただきます！」

と言いながら、翔に思い切り飛びついてきた。翔は目を丸くしながら、

「もうよし！　もうよし！」

と逃げようとしたが、

「今日の私のメイク、相当キレイだと思うんですけれど？」

と耳元でささやく四方先生に観念して、

「コミュニケーションです」

と言いながら四方先生を軽く遠慮がちに抱きしめた。


「次に、退学記念撮影をします」

満足げな表情の四方先生が収拾をつけるためにマイクで呼びかけた。

「校庭の桜の木の前に集合してください」

「九月に桜？」

生徒たちはいぶかしがったが、校庭に出てみると、その疑問は、

「きれい！」

という感嘆に変わった。

校庭にある大きな桜の木には、満開の花が咲き誇っていた。

「ありがとう」

四方先生は、桜の木の下で大の字になって寝ていた美術の箭内先生にお礼を言った。

「四方先生、大変なんですよ、桜の花作るのって。それも満開ですからね」

箭内先生は目の下にクマを作って、自分で作ったまるで本物にしか見えない桜の造花を一つ、髪の毛に挿している。

その桜の前に立って、翔を中心にして三年二組の生徒全員が記念写真を撮った。

翔の横には、増田正二。その隣には、小田麻里。

カメラマンは、松野組長が、「引き金を引くのは得意だ」という物騒な理由で買って出た。

「親父さん、引き金じゃないですよ、シャッターですから」

翔は小声で組長に忠告した。

「親父さんじゃない、お父さまと呼べと言っただろ！」

組長は持っていたステッキで翔の頭をカンと殴った。

やはり、ステッキがクニャリと曲がった。

それを見た生徒たちが目を丸くしてびっくりしている。

「はい、こっち向け！」

この初対面のお爺さんの妙に偉そうな指令も、いま翔の頭をステッキで殴った行為を目の当たりにした生徒たちは、なんの抵抗もなく素直に聞いている。

「あなた、何やってるの校長先生に向かって！」

そんな松野組長に近寄っていきなり蹴《け》ったのは麻里の母の美香子だ。

「お前……」

いきなり松野組長の声が弱くなった。

麻里の母は小声でそっと翔に耳打ちした。

「歳とってからできた子供だから可愛くて仕方ないのよあの爺さん、麻里が」

目を細めて麻里を見つめる、普段とはまるで様子の違う松野組長の姿がそこにはあった。

「まだ麻里には言ってないんだけど。あまりに歳が離れてるからって今まで隠していて、これからも祖父さんで通すって聞かないから」

「言ってやってください、麻里も本当はお父さんに会いたがってるから」

「うん、じゃあ機会見て。あの人、他人には強いけど自分にはすごく臆病《おくびょう》だから」

すぐ横で、何も知らずに小田麻里は増田たちとはしゃいでいる。

「笑顔準備！」

松野組長の命令に近い号令に、四方先生、生徒たち、皆がカメラに向かって無理やり笑顔を作った。

「初めての親子写真だね」

増田は笑顔を作りながら翔に言った。

「馬鹿、これは卒業写真だ、いや違った、退学写真だ！」

翔は照れ隠しに少し怒った口調で言った。

「こら、翔、笑え！」

松野組長は翔にまた怒りをぶつけた。

「すみません」

翔は無理やり引きつった笑顔を作りながら謝った。

翔は、正面を向いたまま笑顔で増田に言った。

「でも、俺は息子と一緒にいられることになって、嬉しいよ」

増田も笑顔を作りながらカメラの方を向いたまま言った。

「俺も嬉しいよ。せっかく会えたお父さんだからな」

「同級生だけどな」

「だった、でしょ。あんたは退学なんだから」

「そうだ。今日まで同級生だ」

組長のピントの調整に時間がかかって、皆は笑顔のまましばらく待たされていた。

「校長にならなかったら、どうするつもりだったの？」

増田は笑顔をピクピク引きつらせながら聞いた。

「もう二度とお前たちに会えない場所に行こうと思っていた」

翔のほっぺたも笑顔の続けすぎでピクピク痙攣していた。

「どうして」

「俺がいると、また問題を起こして迷惑かけるからな。俺はなかったものとして忘れてもらおうかと」

「あんた馬鹿じゃないか？」

「馬鹿？」

「ああ、馬鹿だね」

「自覚はあるけど、はっきり言われると腹が立つな、それも息子に」

「だって、馬鹿なこと言うからだよ。お父さんなんて、忘れられるはずないだろ」

「……そうか」

「責任持って、そばにいてくれよな」

「仕方ないなあ。でもな」

「でも？」

「近くにいると、好きになっちゃいそうなんだよ、お前のお母さん」

「当たり前だろ、あんたの奥さんだったんだから」

と不意に、「バシャ」というシャッターの音が聞こえた。

「ちょっと、タイミング悪いですよ！」

あまりに長く笑顔のまま待たされた四方先生が、気を抜いた瞬間のシャッター音に不快感をあらわにして松野組長に怒った。

「タイマーセットするの失敗して。……なかったことにしよう」

組長はいつもの口ぐせを言って、もう一回ファインダーを覗き直した。

増田の横にいた麻里が、作りものではない笑顔で増田に語りかける。

「初めてよね、つきあってから一緒に写真撮るの」

増田の顔がみるみる真っ赤になった。

今度はうまくシャッターのタイマーをセットした松野組長が走ってきて、なに食わぬ顔で麻里の横に立った。

翔は、その姿が微笑ましくて吹き出した。

その瞬間、再びシャッター音が響いた。

41

「朝ご飯は残さず食べていきなさい」

食卓に麻里の声が響いた。

「ママ、またゆで卵？」

麻里の息子、正太郎が不満そうに自分の額にゆで卵をぶつけて割る。

「そのゆで卵の食べ方だけは、パパに似てほしくなかったんだよな」

増田正二は小学三年生の息子に苦言を呈する。

「でも、何回聞いてもわからないんだけどさあ」

正太郎は人より頑丈なおでこにゆで卵をぶつけ続けながら質問する。

「お祖父ちゃんがパパとママの同級生だったって、どういうことなの？」

「うっ！」

正二は返事に困って卵の黄身を喉に詰まらせた。

「どういうことって、そういうことよ」

麻里は聞きたがり盛りの小学校三年生に極めて冷静な顔で説明する。

「だって、お祖父ちゃんはパパのお父さんなんでしょ？　なんで同級生なの？」

不満そうな息子のさらなる追及に正二は頭をかきながら言った。

「それは、説明がすごく難しいんだよ」

「説明が難しいことなんか、わかるのも難しいよ」

正太郎が憮然として正二を睨む。

「世の中は、説明ができることだけじゃできていないのよ」

麻里は正太郎に説明するが、正太郎は、

「ママ、いつも僕には『理由をちゃんと説明しなさい』って言うじゃない。言ってることが違うよ」

とふくれる。

増田家では、ときどきこの会話が治りきらない風邪のようにぶり返す。

そういう時は、決まったように、

「じゃあ、お祖父ちゃんが説明してあげようか」

と、正太郎のお祖父ちゃんが横から説明しようとするのだが、これも決まって、

「お父さんは話すと長いから、黙ってて！」

と麻里が止めるのだった。

「翔お祖父ちゃんまた怒られた！」

正太郎が嬉しそうに翔をからかう。

「お祖父ちゃんの説明長くて眠くなっちゃうから遠慮するよ！」

孫にも指摘されて、翔は黙ってゆで卵を頭で割る。

翔の横で正二も全く同じようにゆで卵を割る。

「もう、みんな揃って石頭なんだから」

麻里は親子三代にわたって同じ卵の食べ方をする男たちを見てあきれている。

「お父さん、早くご飯食べちゃって！　片付かないから、食卓が」

麻里が翔をせかす。

「麻里は相変わらず怖いなあ」

「怖い怖い」

翔は、正太郎と顔を見合わせて頷きながら麻里の方を見た。

「お祖父ちゃん、もう一つわからないのはさあ」

正太郎は翔にもう一つ質問をぶつけた。

「子供だからパパを『正二』って呼び捨てにするのはわかるけど、お祖父ちゃんはどうしてママまで『麻里』って呼び捨てにするの？　ほかの家だとお母さんは『さん』づけだよ。麻里さん、って。ママにはちゃんと松野のお祖父ちゃんっていうお父さんがいるのに」

正太郎は仏壇に飾ってある松野組長の写真を見ながら翔に聞く。

「仏壇に父の写真飾るのやめてくれない？　まだ父は生きてるのに」

麻里が仏壇で笑う松野組長の写真について翔に文句を言うが、

「本人が、みんなが頭を下げてくれるからここが一番いいって言うんだから仕方ないだろ」

翔は麻里に反論する。そして、正太郎の目を見て説明を始める。

「それはね、あれはママが高校三年生の夏だった……」

その瞬間、麻里が、

「お父さんは話が長いから！　学校に遅れる！」

と翔の話を止めて、

「それはね」

と自分で説明を始めた。

「結婚すると、旦那さんのお父さんも、奥さんにとっては『お父さん』になるの。だから、翔お祖父ちゃんは、ママにとってもお父さん。でしょ」

「わかったようなわからないような……」

と言いつつ、正太郎はしつこく、

「でも、なんで呼び捨てにするの？」

と食い下がる。

麻里は、にこっと笑いながら正太郎に話しかけた。

「大好きだからいいのよ。ママはお祖父ちゃんが大好き。ね、お父さん」

翔は黒白まだらの角刈りの頭をポリポリとかいている。

「さ、もうわかったでしょ。質問おしまい！」

麻里はこれ以上の質問を封じると、

「お父さん、正太郎は学校に行かないといけないから、あまりかまわないでくださいね」

翔に注意を促している。正二も正太郎に、

「ほら、余計なこと聞かずに早く全部ご飯食べちゃえ」

とハッパをかける。

しかし正太郎はさすが翔の孫。まるで諦めない。壁に掛かったもう二十年も前に撮影した、桜の木の前での退学写真を眺め、口に卵を詰め込んでゴホゴホむせながら、

「お祖父ちゃんって、お父さんとお母さん、両方のお父さんなの？」

と質問した。

「そうだよ。ママと、パパと、両方のお父さんだ」

今年六十五歳になった翔は答える。

「そして、お父さんとお母さんの両方の同級生なの？」

「そうだよ」

「ふーん」

渋々納得した様子を見せた正太郎は、

「そこまではわかったとして」

と、さらに別の質問を始めようとした。

「と、して？」

翔は孫の質問にゆで卵を剝きながら答える。

「どうしてもわからないよ、お祖父ちゃんがパパとママ両方の高校の校長先生だったなんて。同級生で、校長先生で、お父さん？」

「それはね……あれはママとパパが高校三年の夏だった……」

翔が説明しようとすると、正二と麻里が声を合わせて怒った。

「お父さん！　間に合いません学校に！」

麻里が叱るように言う。

「今の校長先生、すごく厳しいんだから」

翔は、また、

「知ってる知ってる。あの人は昔から厳しい人だったから」

と頭をかきながら、

（お父さんか。やっぱり、素敵な職業だな）

と、なんだかとても幸せな気持ちでゆで卵を口に放り込むと、こうつぶやいた。

「このゆで卵、絶体絶命においしいな！」

正太郎は、

「ゆで卵、って、ゆでた孫、みたいだね」

と言い残すと、

「余計なこと言わない！」

という麻里の声を聞く前に慌てて玄関に駆けていく。

「今度の校長先生、やたら抱きついてくるんだよなあ。化粧濃くて服についちゃうんだよ」

と言いながら。

翔は、走っていく正太郎に後ろから大きな声で叫んだ。

「ギョーザは絶対に残すなよ！」

聖ミカエル学園に最近できた小学校の校門では、バッチリ完璧なまでにメイクをした美しい女性の校長先生が、遅刻してきた正太郎を捕まえようと待ち構えていた。

「こら、遅刻する子は、コミュニケーションしちゃうわよ！」

「ごめんなさい！　四方校長先生！」

「そんなに勝手に生きてると、退学よ！」

この作品は、読売新聞の無料会員サービス「ヨリモ」の連載（二〇〇九年三月二日～二〇一〇年四月二八日）を大幅に加筆・修正したものです。

〈著者紹介〉
澤本嘉光　1966年長崎県生まれ。東京大学文学部卒業。CMプランナーとして「ホワイト家族」シリーズや、東京ガスの「ガス・パッ・チョ!」など、数々のヒットCMを制作し続けている。カンヌ国際広告祭、アドフェスト、IBA、NYフェスティバル、Times Asia-Pacificなど海外の広告賞を数々受賞。国内でもACC CM FESTIVALグランプリ、東京コピーライターズクラブグランプリをはじめ、「クリエイター・オブ・ザ・イヤー」を唯一3度受賞している。書籍、コラムの執筆多数。

おとうさんは同級生
2012年7月20日　第1刷発行

GENTOSHA

著　者　澤本嘉光
発行者　見城 徹

発行所　株式会社 幻冬舎
〒151-0051 東京都渋谷区千駄ヶ谷4-9-7

電話:03(5411)6211(編集)
03(5411)6222(営業)
振替:00120-8-767643
印刷・製本所:株式会社 光邦

検印廃止

ISBN978-4-344-02212-6 C0093
幻冬舎ホームページアドレス　http://www.gentosha.co.jp/

この本に関するご意見・ご感想をメールでお寄せいただく場合は、
comment@gentosha.co.jpまで。